刘绍棠文集

黄花闺女池塘

刘绍棠／著

北京出版集团公司
北京十月文艺出版社

▶ 摄于一九八二年，西城光明胡同 45 号院南屋书房。

刘 绍 棠

中国乡土文学作家。一九三六年二月二十九日生于北京通州大运河畔的儒林村。一九四八年参加革命。一九四九年开始发表作品。一九五三年加入中国共产党。一九五四年考入北京大学中文系学习。一九五六年加入中国作家协会，从事专业创作。至一九五七年被划右派时，已出版了《青枝绿叶》《山楂村的歌声》《运河的桨声》《夏天》《中秋节》《瓜棚记》《私访记》等七本书。

一九七九年右派冤案得以改正，重获创作权利。带病顽强拼搏了十八年，为后人留下了五百多万字的乡土作品。即十二部长篇小说：《春草》《狼烟》《地火》《豆棚瓜架雨如丝》《这个年月》《敬柳亭说书》《十步香草》《京门脸子》《野婚》《水边人的哀乐故事》《孤村》《村妇》。二十多部中篇小说：《蒲柳人家》《渔火》《瓜棚柳巷》《花街》《草莽》《荇水荷风》《蒲剑》《鱼菱风景》《小荷才露尖尖角》《绿杨堤》《烟村四五家》《柳伞》《年年柳色》《青藤巷插曲》《黄花闺女池塘》《碧桃》《二度梅》等。两部短篇小说集：《青枝绿叶》《蛾眉》。十一部散文短论集：《乡土与创作》《我与乡土文学》《一个农家子弟的创作道路》《我的创作生涯》《论文讲书》《乡土文学四十年》《蝈笼絮语》《如是我人》《红帽子随笔》《我是刘绍棠》《四类手记》。

《京门脸子》获得北京市优秀长篇小说奖。《敬柳亭说书》获得首届中国大众文学优秀长篇小说奖。《蒲柳人家》获得全国优秀中篇小说奖。《蛾眉》获得全国优秀短篇小说奖。中短篇小说多种被译成英、法、德、俄、日、西班牙、泰国、孟加拉、阿尔巴尼亚等国文字。

上世纪八十年代以来，不遗余力地倡导乡土文学，创作上坚持"中国气派，民族风格，地方特色，乡土题材"。他的全部作品，都是写大运河的乡土乡亲，形成了独具特色的大运河乡土文学体系。

目录

吃青杏的时节

1

一家之主的夏打盹儿，三盅酒入肚，就像摇身一变，瘦削的瓦刀脸挂了红，纸糊驴大嗓门儿，芝麻粒的胆子鸡蛋大，脾气长十围。这时候，他一声令下，老伴鹅儿黄和三个女儿，虽不是跪接圣旨，也都低眉顺眼，不敢牙迸半个"不"字儿。生人冷眼一看，真当他是佛龛里的灶王爷，关上门金口玉言。

但是，真假虚实瞒不了当方人。鱼菱村大人小孩都摸底，等到夏打盹儿的酒气一过，不过是鹅儿黄手中的傀儡，三个女儿也没有一个人真怕他。大女儿金枝跟她娘搓一股绳，插圈拴套。二女儿玉枝一张整脸子，心里长牙，暗暗怨恨他只比泥胎石人多一口气。三女儿翠枝是老两口子的眼珠子，姐妹三个中的千金小姐，犯起小姐脾气来，敢放火烧房；夏打盹儿能被小女儿赏半个脸，窝头吃得比馒头香，咸菜疙瘩尝出炖肉味儿。

夏打盹儿这大半辈子，虽不是坑坑洼洼走背字儿，可也不是步步登高踩在鼓点上；虽没有大道上翻车，小河汉子里翻船，可也不是轻车快马，一路平安，顺水推舟，一帆风顺。

大女儿金枝，是鹅儿黄改嫁给他带过来的，二女儿玉枝，是他的前妻所生，这姐妹俩都是二十六，只不过生日有大小。三女儿翠枝儿，却不是花开两朵，各占一枝了，而是他们这二茬子夫妻结下的一颗香瓜，也二十三四了。于是，这一家五口人，竟出了六个心眼儿。

心眼多的是鹅儿黄。

鹅儿黄原名黄鹅儿，自幼生得花骨朵似的，只因心眼子重，坠住了身子不长个儿，跷起脚尖也不够尺寸，五官四肢都显得小气。可是，个子虽小手儿巧，她家在村外河边有一块瓜田，种一篓蜜的甜瓜是她的拿手戏。她下地头上扎一幅西湖毛巾，前额上迎门当户一朵红牡丹，三里外照花人眼。远处耪地的小伙子，叶叶扁舟上打鱼的，杨柳岸边背纤拉船的纤夫，都停了锄，收了网，住了脚，伸长脖子看直了眼；鹅儿黄东扭身子西转腰，好像躲闪这四面八方投来的目光，却是人人都能见一面。有位贼眉鼠眼的相面先生，从瓜田外路过，口干舌焦嗓子眼冒烟，想哄骗几个瓜解渴，突然直盯盯站在路上，直勾勾死盯住鹅儿黄。鹅儿黄被他看得又羞又恼，骂道："剜出你的眼珠子！"相面先生却惊惊乍乍长叹一声："可惜呀，可惜！"鹅儿黄走上前来，沉着脸儿喝道："大白天你跟我装神弄鬼，我喊人来把你倒挂在歪脖树上，掏出你的牛黄狗宝！"相面先生鬼鬼祟祟一笑，哑着嗓子说："姑娘，看你的眉眼口齿，上上大吉，早几十年能嫁个四品道台，五品知府，七品县令，大富大贵，白头到老；只可惜身量矮小减成色，上不上，下不下，半截子的命相。"鹅儿黄动了心，慌了神儿，赶忙摘下两个一篓蜜，双手捧到相面先生前，问道："您看我上到何处，下到何方？"相面先生一边大口吃瓜，一边近瞧细看，饱餐秀色，才说："不是天上比翼鸟，就是地上连理枝。"鹅儿黄猜不出这两句谜语，又追问道："拐弯抹角，您把我装进闷葫芦；直出直入，您的葫芦里卖的什么药？"相面先生满肚子甜瓜，润透了嗓子，摇头晃脑说了声："天机不可泄露呀！"扬长而去。过了几天，鹅儿黄那个赌鬼老爹，欠下宝局子老板的印子钱到了日子，赌鬼老爹身无分文，鞋底抹油溜之大吉。宝局子老板带领他的两名长工，到黄家打、砸、抢，两名长工里有一个就是夏打盹儿。鹅儿黄害怕宝局子老板把她抢走，卖给人贩子，慌乱中搬个板凳垫脚，爬进墙柜躲藏起来。谁想，宝局子老板进门就看上了大墙柜，喝令两名长工拴绳套，找杠子，把大墙柜抬回去。宝局子老板的二儿子，在通州城里的一家钱庄当小跑儿，回家歇伏，大墙柜抬进他屋里；天大黑了，闷了个半死的鹅儿黄，忍不住呻吟出声，宝局子老板的二儿子打开墙柜，把哭哭啼啼的鹅儿黄抱到炕上。强扭的瓜不甜，鹅儿黄一条冷身子，一张哭丧脸，宝局子老板的二儿子便觉得柴火妞子土里土气，家花不如野花香，嫖妓宿娼不回家，鹅儿黄孤灯冷雨守空房子。一座四合院，北房是宝局子老板的住屋和他的赌场，东厢房住的是宝局子老板的大儿子那一窝三口，鹅儿黄一个人住三间西厢房，南房是牲口棚和长工屋。有一回，梆打三更月光天，夏打盹儿给牲口棚里的骡马拌夜草，睡眼惺忪，恍惚看见一只羊钻进西厢房，过了一会儿，忽听鹅儿黄睡梦中一声尖叫："鬼！"夏打盹儿一根根头发直竖起来，但是见死不救枉为人，便提着拌草的柳木棍子闯进鹅儿黄的卧房，只见一个白乎乎毛森森的妖怪，把鹅儿黄压在身下，夏打盹儿一棒打下去，妖怪啊呀一声，扔下鹅儿黄落荒而逃。夏打盹儿听出是宝局子老板的水音儿，吓得麻了手脚，第二天宝局子老板躺倒起不了炕，夏打盹儿端茶送饭，煎汤熬药，看见宝局子老板的脊背上一道黑紫的棒伤，身边一件破裂的翻毛老羊皮袄，狠咬住嘴唇才没有放声大笑。从这一天起，鹅儿黄一见夏打盹儿便脸一红、低下头眼泪打脚面；夏打盹儿也就夜夜支起耳朵睡觉，天长夜短也要醒几回，给鹅儿黄看门打更。"土改"时候，宝局子老板划了个破落地主，鹅儿黄过门不到一年时光，成分划到娘家栏里，便跟宝局子老板分家另过了。夏打盹儿分到几亩地，也就不再扛长工，回鱼菱村自立门户。他在长工棚里卷铺盖，鹅儿黄脸色惨白走进来，有气无力地说："打盹儿，你把我带走吧！"他吓了一跳，眨了眨眼说："我不要活人妻。"鹅儿黄木木呆呆地说："我跟那个冤家早就牛蹄子两瓣了。"夏打盹儿伸出手，说："拿休书来！"鹅儿黄见夏打盹儿不肯收下她，只得孤身一人过日子。解放以后，鹅儿黄硬着头皮进城去找宝局子老板的二儿子。那小子很会见风使舵，从私人钱庄跳到县银行去了。他自知出身不好，媳妇找上门来，不但不敢推出门外，反倒笑脸相迎；破镜重圆之后，鹅儿黄开花结果生下个女儿。她哪里想到，宝局子老板的二儿子猫皮狗脸，忽然一天当上股长，就心毒手狠跟她离了婚。清明时节，凄风苦雨泥泞路，鹅儿黄怀抱三岁的女儿回娘家，从鱼菱村渡口过河，猛然看见夏打盹儿身背一个小女孩儿，正给河滩沙冈上的一座新坟烧纸上供。原来，夏打盹儿娶了个五大三粗的女人，这个女人一心想发家，起五更爬半夜，舍命不舍财；两口子盖三间房，不找一个帮手，上梁那一天，女人肩扛一架大柁，登梯子爬高，头昏眼花失了脚，砸死在大柁下。两颗苦瓜一根藤，从此，鹅儿黄和夏打盹儿，一对断肠人搭了伙。当年那位相面先生，正是鱼菱村的人，姓郑，抱着儿子九品到夏家串门，鹅儿黄拦住他，问道："你这个马勺混饭吃的家伙，我脸朝黄土背朝天，算是哪一国的天上比翼鸟呀？"相面先生面无愧色，嬉皮笑脸地答道："你跟夏打盹儿土里刨食，不正是地上连理枝吗？"

二十几年过去，虽然过的是酸、甜、苦、辣、咸的日子，鹅儿黄和夏打盹儿却是情投意合，而且给鱼菱村留下一桩佳话。鹅儿黄一过五十，沾上了九斤老太的脾气，喜欢对晚辈人横挑鼻子竖挑眼，常常慨叹："这年月，年轻人看电影邪了心，小媳妇子们脸皮半尺厚，不到晌午就盼天黑。"小媳妇子们反唇相讥："难道您没有过年轻时节，难道您当年怕天黑？"鹅儿黄满脸正色，说："我不怕天黑，就怕天亮！"小媳妇子们雁声一齐叫："不怕天黑怕天亮，您的脸皮厚一尺！"

夏打盹儿的性子，软不软，硬不硬，蔫不蔫，欢不欢，黏黏糊糊，老牛破车；全凭鹅儿黄鬼点子多，坐在炕上指东画西，呼来唤去，将老头子拨弄得团团转。

这三年，年年吉庆有余，积存了七八千元；金枝和玉枝要出嫁，翠枝不离家门却得盖房子，招个称心如意的倒插门女婿。夏打盹儿仍然不慌不忙，按兵不动，好像口渴了打井不算迟，临上轿扎耳朵眼儿也不晚。

鹅儿黄眉头一皱，计上心来。

2

四框都是柳棵子地，就像四堵墙，四道篱笆，包围一座八丈宽九丈长的大院落。一亩二分地，一半沙冈，一半洼坑。三间土房和两间泥棚，顶在沙冈上；一连三天雨，洼坑一片蛤蟆塘，绿纱翅膀的蜻蜓落在粉红的狗尾巴花上。沙冈和洼坑之间，几棵高大的杏树，像几把伞，擎天而立。

要想盖房子，就得扒倒沙冈垫洼坑。可是，夏打盹儿一把老骨头，气力不足了，鹅儿黄两只小脚，肩不能挑筐，手不能提篮，只会上嘴片碰下嘴唇，舌头敲花梆子，上场出不了力。大女儿金枝又娇又懒，怀抱彩球只想抛到城里去，哪里肯为盖房子脱一层皮，掉几斤肉，磨出两手老茧？二女儿玉枝能顶个大小伙子，单枪匹马上阵，士气不高。青堂瓦舍新宅院是三女儿翠枝的嫁妆，翠枝却最不用心，也不动手，早出晚归脸朝外，又饿又困才回家吃饭睡觉，像住店打尖的过客，不像这家人。

这天傍晚，夏打盹儿和三个女儿一同收工回来，老头子进屋上炕，闭眼一躺，玉枝做饭，金枝炒菜，翠枝不喜欢围着锅台转，搬一只春凳在杏树下，打开一天到晚带在身上的小半导体收音机，听关牧村唱歌。全家五口人，难得饭桌子上大团圆，鹅儿黄觉得，今天是黄道吉日。

"金枝，瓶里还有酒吗？"鹅儿黄忽然问道。

这是明知故问，弦外有音。

两手交叉着垫住后脑勺，仰八脚儿粘在炕席上的夏打盹儿，挺尸的身子动了动。

金枝在外屋答道："零打的散酒还有两口。"

"买一瓶原封红粮大曲！"鹅儿黄下令，"万一来了客，一毛二分钱一两的薯干酒，怎么有脸拿到饭桌上？"

夏打盹儿坐了起来，两条腿搭在炕沿上。

"我炒菜占着手，您另请高明吧！"金枝明白老娘的用意，却不同意老娘的手段。

“我去！”玉枝心疼她爹，自告奋勇。

“你做完饭还得剁猪菜！”鹅儿黄不许二女儿手上沾一分钱，嗓子拔个高音，“翠枝儿，辛苦你了，你到小卖部买一瓶好酒来。”

夏打盹儿坐不住，双脚找鞋。

“等一等！”杏树下的翠枝儿脆生生答道，“我听完这支歌就去。”

夏打盹儿已经穿上鞋，走到院里，拿起铁锨，推起胶皮轱辘独轮车，到坡下推土垫坑去了。

翠枝儿买酒回来，鹅儿黄亲自动手，炒几个鸡蛋，炸两把花生仁儿，拌了个香油细盐腌黄瓜，又拌了个青蒜芝麻酱绿豆凉粉，四盘酒菜。

“翠枝儿，搬桌子，搬板凳，洗酒盅！”鹅儿黄小声吩咐，“听我一声咳嗽，喊你爹吃饭。”

翠枝儿却心疼老爹的老胳臂老腿，马上甜着嗓子叫道：“爹喝酒喽！”

“得令！”夏打盹儿一副梆子老生的腔调，眉开眼笑从坡下回来，“我再把你们的镰刀磨一磨。”

他到屋檐下，搬过磨刀石，打一盆清水，把三个女儿的三把镰刀磨得吹毛断发，削铁如泥，这才洗了手，擦把脸，在饭桌主位上落座。

三个女儿摸透了老爹醉酒撒疯的脾气，早匆匆吃完了饭，各奔东西，只有老伴鹅儿黄作陪。

“快吃吧！”鹅儿黄递过一双红漆金花筷子，“酒足饭饱，安安静静炕上一倒，睡个香香甜甜大觉，舒筋活血养身子，一大早起来四肢八叉都是力气。”

"哎呀，凉热四盘！"夏打盹儿又咂嘴，又搓手，"我没有多大酒量，只不过想沾一沾唇，辣一辣嘴皮子，也就算过了瘾。"说着，咬开瓶盖。

"要喝，就得像个样儿！"鹅儿黄抢过酒瓶，给老头子把盏，"信贷社里存款七八千块，够你喝上多少缸？"

夏打盹儿嗞的一声，一饮而尽，哈了口气，摇了摇头，说："有钢用在刀刃上，可不能吃净喝光。"

"小点口儿，别忘了吃菜！"鹅儿黄又满上一盅，"吃不穷，喝不穷，算计不到才受穷。这七八千块钱，花在哪一板哪一眼，你得掏个主意。"

夏打盹儿夹起一箸炒鸡蛋，扔进口中，吧嗒着嘴呵呵笑道："你的肚子是小杂货铺，还是你掏吧！"

"盖房！"鹅儿黄书归正传点了题，"这块大宅院，盖上八间大瓦房；三间是咱们老两口子的安乐窝，五间是翠枝儿坐地招夫的鸳鸯阁。"

夏打盹儿点点头，又喝下一盅酒，脸上挂了色，皱起眉头，说："咱们翠枝儿如花似玉，只差三分没有金榜题名，不招个大学生，也得招个中专生，不能委屈了我的秀才女儿。"

"你这是剃头的挑子一头热。"鹅儿黄也发了愁，"城里喝过几瓶墨汁的小伙子，八抬大轿请不动，刀搁脖子上也不愿娶个柴火妞子呀！"

"八口人住一间鸽子笼，一家子腌酸菜，眼皮子薄，眼窝子浅，还要端出一副空架子！"夏打盹儿骂起来，"他们哪里知道，乡下人富起来，柴火妞子变成了千金小姐，娶个媳妇还白得一大笔压箱子钱，多么上算。"

"翠枝儿还小，她的亲事，倒不算火烧眉毛。"鹅儿黄赶忙给老头子败火，笑嘻嘻拐到岔道上，"金枝眼看要出门子了，她的压箱子钱，咱俩得拿定个数目。"

这时，夏打盹儿已经三盅酒入肚，头上冒汗，脸红脖子粗，翻着眼皮问道："你打算给多少？"

"给多了，割咱们的肉；给少了，叫人家笑掉大牙。"鹅儿黄察颜观色，"你是灶王爷，说一不二。"

"一个钱也不给！"夏打盹儿拍桌子吼道。

"你想当瓷公鸡，铁仙鹤，一毛不拔呀！"鹅儿黄把酒瓶子抢到手里，也瞪起眼睛。

"倒酒！"夏打盹儿大喝一声，"你跟金枝早就稳坐钓鱼船，等我上你们的钩。"

"冤枉！"鹅儿黄尖声叫屈，"我哪一点不心疼你，金枝哪一点不孝敬你？"

"我看不上你们娘儿俩相中的那个狮子狗。"

"人家是大干部的儿子，眼下正打算开个公司，当经理。"

"我看那小子来路不正，不能眼瞧着金枝跳陷阱。"

"婚姻自主，你可别横插一竿子，竖插一杠子，逼得金枝投河上吊！"鹅儿黄知道夏打盹儿胆小，想把他的酒吓醒了。

"那我就一个钱也不给！"夏打盹儿犯起了牛脖子。

"你给不给玉枝？"

"谁听话，我给谁。"

"你想给玉枝多少？"

"五百块。"

"那就得给金枝一千。"

"她是凤凰蛋孵出来的，拿双份儿？"

"玉枝落在乡下，金枝嫁到城里，城乡得有个差别嘛！"鹅儿黄急中生智，想出这句政治术语，也算唇枪舌剑。

"城乡有没有差别，我喝的是井水管不了那么宽！"夏打盹儿不但没有被堵住嘴，嗓门反倒更亮堂了，"我的心是一杆公平秤，对待儿女没差别。"

"难道翠枝儿的压箱子钱也是五百块？"鹅儿黄搬出爱女，使出一个杀手锏。

夏打盹儿打了个愣怔，咽了口唾沫，刚有点清醒，却又被一股子酒气冲昏了头，嚷叫道："翠枝儿要是迈出门槛脸朝外，也是五百块压箱子钱；不听我的话，也是一个钱不给！"

鹅儿黄冷笑一声，说："我把她找来，你跟她当面锣，对面鼓。"

"找来！"夏打盹儿一副铁面无私的神气，"把金枝跟玉枝都找来，我要训话。"

鹅儿黄遵旨走出去，传唤各奔东西的三个女儿，回家见驾，恭听圣旨。

坡下，玉枝正借月亮这一盏天灯，推着独轮车，来来往往扒土垫坑。

"玉枝，知道你妹子到谁家串门去了吗？"鹅儿黄问道。

玉枝给她后娘一个后脑勺子，明明知道翠枝儿现在谁家，却偏要粗声大气地呛道："下落不明！"

鹅儿黄被噎得打出一连串饱嗝儿，只得先找金枝，订个娘儿俩同盟。

她一走，夏打盹儿便醉似烂泥，挣扎着进屋去，一条身子搭在炕沿上，鼾然入睡，风平浪静了。

3

金枝秀眉俏眼，聪明伶俐，活脱脱描下她娘的影子。鹅儿黄的昨天，就是金枝的今天；鹅儿黄的今天，就是金枝的明天。鹅儿黄年轻二十岁，娘儿俩照相，共用一张底片。

美中不足，金枝也是小个儿。

前几年，北京的大学到乡下选拔女学员，剧团选拔女演员，饭店选拔女服务员，金枝的家庭出身、文化程度、五官相貌、个人表现都合格；只因身量比人矮一头，不能入选，哭得死去活来，每一回选拔都像闹一场大病。眼下，挑水的回头过了井，年龄大起来，早已不想上大学、入剧团、进饭店，只盼找个有身份有地位的丈夫，自己也高人一等。

夏打盹儿在村里有人缘儿，鹅儿黄又能说会道，收买人心；金枝念完初中，回村没下过一天地，一直坐在大队办公室挣工分。近二年，大队办公室裁减闲人；正巧本村有个老花匠退休回家，传授手艺，办起花房，金枝便从办公室转移到花房来，工分不少挣，奖金分外多。她的穿着打扮，完全是现代城市化，为了提高自己，爱穿高跟鞋。花房子干活都怕晒黑了脸，大热的三伏天，也用一块面纱蒙住头脸。她个子虽矮，眼眶子却高，村里的小伙子，没一个入她的眼；孤芳自赏，凡人不理。

有一天，起大早，头顶星星上路，金枝坐一辆牛车，到县城里卖花。

金枝最喜欢进城，她觉得城里市声嘈杂的风光，比乡下的鸟语花香赏心悦目。曙色晨光中，他们在县城万寿宫大街的一棵龙爪槐下停车，只见绿荫如棚的人行道上，有人散步，有人遛鸟儿，有人练气功，有人打太极拳，有人念外语，有人喊嗓子，都是乡下见不到的景致。

车把式拿出喷壶，给花枝喷洒清水，金枝深吸一口气，吆喝起来。

"卖花哟！……买花呀！"

她的嗓音甜脆优美，声脆婉转动听，很像朝鲜彩色宽银幕影片《卖花姑娘》里的花妮。

一个干巴瘦削的小老头儿，秃了顶，戴一副金丝眼镜，一手挂一根雕花手杖，一手提一只鸟笼子，四方步踱过来。

"姑娘，你的花怎么卖？"小老头儿的口音，轻飘飘而又甜丝丝的。

"是买一枝，是买一把，还是买一盆儿？"金枝很会做生意，笑吟吟问道。

小老头儿突然鼓起眼珠子，直盯金枝的面孔，盯得金枝很不好意思，羞涩地一笑。可是，小老头儿就像走了神儿，丢了魂儿，两只死鱼眼把金枝盯得肉皮子一阵阵发紧，便皱起弯弯秀眉，沉下脸来。小老头见金枝变了脸，这才如梦方醒，龇牙一乐，摘下眼镜，掏出手帕擦镜片。

"姑娘,你是哪村的?"

"鱼菱村。"

"贵姓?"

"姓夏。"

小老头儿急忙戴上眼镜,追问道:"叫什么名字?"

"金枝。"

"你父亲……"小老头儿苦着脸,"是不是叫夏打盹儿?"

金枝脸一红,反问道:"您怎么认得我爹?"

小老头儿却摇头不答,一路追问下去:"你娘是不是姓黄?"

"您也认得我娘?"金枝更感到奇怪。

"是不是叫鹅儿?"

金枝扑哧一笑,白了小老头一眼,说:"您这个人真嘴浅,怎么当着我的面,叫我娘的小名?"

小老头儿脸上的皮肉,痉挛扭曲了一下,哼哼唧唧问道:"你娘也……老了吧?"

"老来少,没一根白头发。"金枝眼珠一转,"您审问了我半天,我还没有打听您贵姓高名哩?"

"我姓田,名自元。"

"您在哪个单位工作?"

"过去在银行,眼下退休了。"

"当过头儿吧?"

"芝麻粒大的官儿,支行副行长。"

"不算小呀！"

买花的人多起来，田自元买了一把月季花，交了钱，满含感情地说："金枝，花卖完了，到我家吃饭，我住在南城八楼三门二单元。"

"改日吧！"金枝的目光中充满谢意，"队长有令，收了车赶紧回村。"

"回来替我问你娘好。"田自元满脸凄苦神色，"我只剩孤身一人，年老常思故旧。"说罢，拄着手杖，伛偻着腰，趔趔趄趄地走了。

金枝觉得，这个小老头儿又可亲，又可怜；下一趟进城，倒要带一点土产野味，看望这个小老头儿，也是打通一条门路。

她回到家里，全家正抱桌子吃饭。

"爹，娘！"金枝兴冲冲地喊道，"县里一位不算小的干部，认得你们老两口子，还给我娘捎好。"

"姓甚名谁，你且道来！"夏打盹儿套了一句戏文。

金枝十分得意，亮着嗓子说："过去的银行副行长，姓田名自元。"

"哼！"夏打盹儿拉长了脸。

"这个家伙还没死吗？"鹅儿黄也两眼冒火。

"哟！田行长怎么得罪了你们老两口子？"金枝吃了一惊，"人家慈眉善目，和和气气，是个好心肠的老头儿。"

"他一肚子狼心狗肺！"鹅儿黄连啐几口唾沫。

夏打盹儿扔下筷子，怒气冲冲地走了。

玉枝最讨厌金枝攀高枝儿，讥笑道："拿着狗屎橛子当香蕉，嚼吧！"

翠枝儿掩嘴哧哧笑，也挖苦道："只当抬头见喜，谁想是出门撞丧。"

金枝一腔高兴，没想到被兜头浇了一瓢凉水，跑进屋里哭起来。

夏家三间北房，东屋住老两口子，西屋住姐妹三人。暑伏时节热得像笼屉里蒸馒头，翠枝儿就搬到西厢房的小棚子里睡；她夜晚开灯看书，玉枝不愿跟她做伴，也不愿看金枝那娇滴滴的酸样儿，正巧有个新媳妇，丈夫出外当兵，一年回家一趟，玉枝就到新媳妇的洞房住店。于是，西房便是金枝一人的天下，每天晚上，鹅儿黄给她打扇扇凉，她才入睡。

夏打盹儿在东屋打着呼噜睡着了，鹅儿黄给金枝做一碗香气扑鼻的鸡蛋面。

可是，金枝怄气不吃。

"唉！"鹅儿黄坐在炕沿上叹息，"你哪里知道，那条老狗是你生身的爹。"

"啊！"金枝骨碌爬起来，"他……他不是姓袁吗？"

"参加工作，跟家里划清界限，更名改姓了！"鹅儿黄咬牙切齿，"我想他出身不好，'文化大革命'一开场，红卫兵就把他打死了，谁想他还活着。"

"他退休了，孤身一人过日子，怪可怜的。"

"活该！"

"冤家宜解不宜结。"

"我跟他结下解不开的死扣儿。"

"可是，我……到底是他的骨血，是他的女儿呀！"金枝扭着身子。

鹅儿黄咬定牙关，说："你刚三岁，他就不要咱们娘儿俩了。不认他这个两条腿的畜生！"

"我想进城找个铁饭碗，他能给我走后门。"

"饿死不打他的门前过，人活一口气！"

金枝见她娘咬碎了牙不松口，也就不想磨嘴皮子。等到又一趟进城卖花去，她却偷偷到南城八楼三门二单元，找田自元去了。原来，田自元关进牛棚的时候，后娶的那个婆娘跟他离了婚，所生一子也造他的反，只落得孤家寡人了。田自元一见金枝找上门来认父，又给钱，又买表，又送衣裳。金枝回家，装得若无其事，并不声张。但是，一来二去，蛛丝马迹，瞒不过鹅儿黄的眼睛了。

"我是他的女儿，他是我的亲爹，父女相认不算没骨气！"金枝的态度强硬起来，"他不当行长，又当上一家公司的顾问，仍旧是四面八方路路通；他住一个单元三间房，有彩电，有冰箱，有沙发，有钢丝床，还有存款一万块，我都亲眼得见。"

"老虎挂念珠，你就把他当善人了！"鹅儿黄哀叹着。

"您这是小肚鸡肠，死心眼子！"金枝冷言冷语，"我爹有文化，有地位，您土里土气，是个文盲，人家跟您离婚，也有道理。"

"他没有养育过你！"

"那是您不肯把我交给他！我要是在我爹的身边长大，不上大学，大小也得当个干部。"

"我把你拉扯大，反倒有罪啦！"

"从今以后，该我爹为我操心了。"

"难道他能手托着你的双脚，一步登天？"

"他……"金枝咬着嘴唇低下头，"他打算把我许配给那个公司的经理，先到那个公司做事，然后把户口转到城里。"

"那个经理是个什么人？"

"他爹当过县革委会三把手，眼下也退休在家，他本人结交的都是香港有钱人。"

"我要亲眼相看。"

"我带着他的相片。"金枝从钱包里掏出照片来，递给鹅儿黄。

鹅儿黄接过照片一看，失声尖叫起来："他是人是妖，是男是女？"

"这是时髦青年的打扮！"金枝把照片抢过来，贴在胸窝上，"您看那些演爱情打斗片的电影明星，都是这个模样儿。"

"我看着扎眼！"鹅儿黄撇嘴。

"您呀！"金枝挂下脸来，"僵化。"

女儿爱如至宝，鹅儿黄也只得眼里揉沙子，只有夏打盹儿的脑瓜子僵化得不开窍。而且，僵化的不仅是老年人，年轻人里僵化分子也不少；玉枝和翠枝儿，一见金枝拿出那位时髦青年的照片，就一阵阵反胃，恶心得呕吐。

4

鹅儿黄找到金枝，娘儿俩回家来，已经月上杏树梢了。

月光下，玉枝的手推车仍然往来如穿梭；此外还有一个小伙子，驾着一辆双轮平板车，来回奔跑，马不停蹄。

"娘，看！"金枝在柳棵子阴影里，悄悄一指那个拉车跑来跑去的小伙子，"您们老两口子还没有招考倒插门女婿，马鞍子就来报名了。"

"侧歪身子睡觉，想偏了他的心！"鹅儿黄鼻孔里哼了哼，"别看玉枝也是你爹的亲生女儿，她比翠枝儿矮一头，低三等，这片家产，是翠枝儿嘴里的果子。"

"您把马鞍子赶走！"

"好一台不花分文的推土机！叫傻小子干去，我还得夸他两句。"

她们从柳棵子阴影里走出来，玉枝看见她们娘儿俩，气哼哼地说："金枝，你就知道撂下饭碗串门子，也来推两车吧！"

"我又不想占一间屋子半间炕！"金枝不咸不淡，话中有话。

"我这是替翠枝儿扛长工！"玉枝气得涨紫了脸，"我跟她一个爹，你跟她一个娘，一般远近。"

"别吵，别吵！"那个名叫马鞍子的小伙子，慌忙劝架，"玉枝，这出戏是二人转，三个人就撞了车。"

"原来是马鞍子大侄儿呀！"鹅儿黄给女儿解围，亲自出面，"我老眼昏花，没看出是你大战长坂坡；歇一歇腿，喘一喘气，快进院里喝水。"

"不累，不累！"马鞍子憨笑道，"今晚上我是一百车的定额。"

"那就多谢啦！"鹅儿黄虚情假意，牵着金枝的手，连忙上坡，进院里去。

玉枝反倒觉着过意不去，劝道："马鞍子，你收车回家吧，我娘嘴甜心苦，累死你不偿命。"

"心甘情愿！"马鞍子大锹铲土，车上堆起一座土牛，"今晚上我要垫出一间房的地场。"

"饭要一口一口地吃！"玉枝夺过他的铁锨，"不能摘下脑壳，把一锅饭倒进去。"

"我恨不得一车推走一座山，三天之内你家的新房平地起！"马鞍子双手叉腰，脚站丁字步，一副搬山倒海的神气。

玉枝瞟了他一眼，问道："你拼死拼活，想讨谁的彩？"

"讨翠枝的喜欢呀！"马鞍子的肠子不拐弯儿，直来直去。

玉枝的一张笑脸下了霜，冷得滴水成冰，哼道："原来你想把我妹子哄到手呀，快到水洼子照一照你的人模狗样儿，也配！"

马鞍子挨了当头一棒，头大如斗嗡嗡响，眼皮连打呱嗒板儿，说："人家翠枝儿是一只天鹅，我怎么敢……怎么敢……"

"坐下！"玉枝一声断喝。

马鞍子乖乖地背靠着杏树坐下来，两只大手搓下一层皮，怯生生地说："玉枝，我……我……"

"你为什么想讨她的喜欢？"玉枝的目光，像两把刀子。

"你……你问郑九品去吧！"马鞍子吭吭哧哧，蚕豆粒大的汗珠子哗哗直淌，"他替我……跟你说明白。"

玉枝的脸上一阵烧红，啐道："郑九品那一张狗嘴，吐不出象牙！"

玉枝自幼丧母，后娘鹅儿黄偏心眼儿，一心扑在亲生的金枝身上，她比金枝低一头。夏打盹儿虽然疼爱她这块骨血，可是男人家粗心大意，不懂得细腻柔情，想起来抱一抱，买块糖塞进她嘴里，想不起来三天五日也不看她一眼。自从翠枝落生，更冷落了她，她也就位列三等了。姐妹三人挨肩长大，一块上学；翠枝儿拔尖，爹娘脸上光彩，在家中更是人上人；金枝虽然功课不好，可是蹦蹦跳跳，叽叽喳喳，会演个小节目，大出风头，也给爹娘争得脸面；只有她，念书不聪明，唱歌没嗓子，相形之下，黯然失色，越发懒得进校门。夏打盹儿虽是个文盲，却希望儿女识文断字，玉枝不爱上学，便拿起棍棒追打。玉枝被迫上路，书包里却装着一条麻绳和一把镰刀，走到河滩，钻进茂密的草丛里，割一大捆草，晌午背回家；夏打盹儿叫骂着要打她，不给她饭吃，鹅儿黄却替她撑腰，跟老头子大吵。玉枝有后娘做主，胆子更大，逃学是家常便饭，打草便是课外作业了。

有一回，在河滩上，她正打草，巧遇马鞍子打鸟儿。

"鞍子，你怎么也不上学呀？"玉枝见有人搭伴，心里高兴。

"我上学走过一家门口，一条拦路狗扑上来咬我，我扯住它的一条后腿，抡圆了一扔，摔死了！"虎头虎脑的马鞍子，一副憨态而又神气十足，"狗主儿找到学校，老师把我关在小屋里，我跳出窗户跑了。"

"武松打虎你打狗，好大力气呀！"玉枝的眼珠转了转，"我想考考你，力气有多大。"

"考吧！"马鞍子晃着肩膀走过来。

"给！"玉枝把镰刀递给他，"割几趟草，我看看。"

马鞍子接过镰刀，冲进草丛割起来，一片片青草迎刃而倒，玉枝站在柳荫下吹风乘凉，拍手喊叫："十分，二十分，三十分……"

喝彩声中，马鞍子割得更猛，来去一阵风；玉枝喊到一百分，叫他住手，他却像发了狂，镰刀闪光，收不住脚。直到玉枝吓得哭起来，他才急刹车，泥头巴脑直瞪眼，嬉笑道："你怕我割得净光不给你呀？我一根草刺儿都不要！”

他跑到河边，爬上一棵老龙腰河柳，扯住柳枝打秋千，扑通落到河里，溅起一丈多高的水花。

等他从水下钻出来，玉枝站在河岸上笑道：“鞍子，你的力气真不小。”

“没有翠枝儿大！”马鞍子一边狗刨，一边摇头。

“瞎说！”玉枝耸着鼻子，“我爹跟我娘把翠枝儿娇惯得横柴不捡，竖草不拿，油瓶倒了也不扶，还没有我的一条胳臂力气大。”

“吹牛！”马鞍子扮了个鬼脸儿，“那一天，翠枝儿拿一根鸡毛，叫我扔过墙，我扔了几回扔不过去；她噘起小嘴吹一口气，鸡毛就飘飘悠悠过了墙头。”

“鞍子，你是傻周仓投胎转世！”玉枝笑出了眼泪儿，“从今以后，你每天给我割两筐草，练出比翠枝儿还大的力气。”

“逃几天学，我还得上课哩！”

“下了学帮我割呀！”

“你不想念书啦？”

“我想到队上挣分，不想进那个鸟笼子了。”

玉枝真算有先见之明，这一年天下大乱，学校被砸烂了，她高高兴兴下地劳动。母大儿肥，她也长得像她的亲娘，膀阔腰圆，浓眉大眼，没有几年便挣上妇女队里的头等工分。马鞍子更长得虎背熊腰，粗手大脚，男劳力中无敌手。可是，两个人都大了，男女有别，生分起来；低头不见抬头见，笑一笑擦身而过，没有来言去语。

麦收时节，男劳力上囤，马鞍子并不肩扛麻包，而是一条胳臂挟一个，大步流星上跳板，往返就像走马灯。有一回，只听嘎巴一声响，跳板拦腰一折两段，他慌忙从跳板上跳开去，双脚落地，两只麻包仍挟在肋下。他力大过人，却像小姑娘一般口羞；村里人都知道他的脾气，脱坯、抹房、推土、垒墙，全找他帮工；他只敢吃个半饱，不抢菜也不喝酒，主人上算他上当，还是有求必应。

相面先生的儿子郑九品，油头滑脑，油嘴滑舌，喜欢捉弄人。

"鞍子，我给你介绍个对象呀！"郑九品胡说八道，却一点也不像开玩笑。

马鞍子难为情地摇了摇头，说："我一张嘴吃三口人的饭，谁肯嫁给我呀？"

"就有这么一个人！"郑九品满脸正色，"人家不嫌你的饭量大，你也别嫌人家个子高。"

马鞍子信以为真，呵呵笑道："我只怕配不上人家，哪里敢挑三拣四？"

"找个黄道吉日，我带你亲眼相看，你得给人家做一身衣裳，不能小气。"

"好吧！她叫什么名字？"

"十三姐儿。"

过了两天，郑九品又登门找他：女方已经同意，在县城的西海子公园见面。马鞍子买了两瓶酒和一盒糕点，郑九品伴驾，一同进城；进了城郑九品又敲竹杠，下馆子大吃大喝一顿，酒足饭饱才到公园去。

西海子公园，百亩碧水，二里翠堤。碧水中盘盘荷叶，朵朵红莲，鱼儿戏水，蜻蜓点点；翠堤两旁，绿柳青杨，鸟雀声喧，花树葱茏，彩蝶纷飞。北岸，矗立着一柱擎天的宝塔，微风徐来，水面上摇映着波光塔影。

这是隋朝的燃灯佛舍利塔，一千多年了，十三节十三丈高，塔尖上一棵虬松，牵扯着一抹白云，层层塔檐，串串铜铃，风吹叮咚响。

"那位十三姐儿，在哪儿？"马鞍子东张西望。

"远瞧！"郑九品挤挤眼，"耳环子响得像一串铃儿。"

马鞍子手搭凉棚望去，目中无人，说："瞧不见。"

"近看！"郑九品又努努嘴儿，"满头青丝发，一幅白纱巾。"

马鞍子踮起脚尖，四下看了又看，失望地嗷起了嘴，说："看不见。"

"就是她呀！不多不少十三节儿。"马鞍子一指宝塔，哈哈大笑，"相中了，先扯一块花布，给她做一件连衣裙。"

"我……砸烂你的狗头！"马鞍子浑身上下起了火，挥拳就打。

郑九品藏头裹脑，撒腿就跑，马鞍子狂怒地追赶，就像牤牛追兔子。

追过一条街，赶出一条巷，眼看就要擒拿到手了，郑九品贼喊捉贼，大声呼叫："救命呀，救命！"

街口，跑出九个流里流气的年轻人，放过郑九品，横排开一字扁担阵，拦住马鞍子。

"土老帽儿，胆敢到城里抢码头？"领头的是个戴蛤蟆镜，穿喇叭裤和尼龙洋字紧身衫，留着长发小胡子的家伙，"我劝你光棍不吃眼前亏，抱着脑瓜子玩蛋去！"

"闪开！"马鞍子大吼一声，冲了上去。

他身陷重围，遭到围攻，只得跟这支喇叭裤联队出手一打；土豹子大战窝子狗，他打伤了两个，踢瘸了三个，另外四个也都鼻青脸肿。

巡逻的民警赶来，马鞍子被拘留半个月。

谁想，他却一拘成名。回到村里，人人竖起大拇指，马鞍子单枪匹马打败了喇叭裤联队，好像替鱼菱村争了光。

郑九品手提一只篓子和一只篮子，篓子里是鸡蛋、小米、红糖，篮子里是西瓜、点心、肥肉，登门赔礼，慰劳马鞍子；不知道内情的只当他是看望坐月子的人。

郑九品还拍着胸脯立下军令状，一定要给马鞍子找个货真价实的对象。

这个对象就是夏玉枝。

5

马鞍子像被枣核钉子钉在杏树上，不敢抬头，不敢挑眼皮，一声也不敢吭。

"竹筒倒豆子，说！"玉枝的目光咄咄逼人，声严色厉像审贼。

马鞍子浑身燥热，喉咙里像塞进一把炒沙子，他可怜巴巴地说："我想……找口水喝。"一边说着，一边想偷偷摸摸站起身。

"不许动！"玉枝吆喝一声，"口渴了，我给你上树摘几个杏子吃。"

"杏子还是青的呀！"马鞍子只觉得嘴里一酸，咽下一大口唾沫。

"青杏才解渴呀！"玉枝忍不住哧哧笑，"咬一口，酸倒了牙；吃一个，张口吐出一坛子醋。"

"别说啦，别说啦！"马鞍子那干燥的喉咙像凿开一口泉眼，"我不渴了，干活吧。"

"我这个当头儿的没有拔出令箭，小卒子胆敢过河！"

"人家都说夏家的大姑娘刁，三姑娘娇，只有二姑娘柔柔和和脾气好，谁想你也是个嘴尖舌巧。"

"我哪儿比得上十三姐儿可爱呀！"

"我不认得什么十三姐儿！"

"舍不得给人家买衣裳吧？"

"我想翻盖五间新房。"

"你有多少钱？"

"我们娘儿俩存下一千八，再借八百块，完秋盖起来。"

"下一步呢？"

"大干一年，还债，买家具。"

"还清了债，买全了家具，还有什么打算？"

"买……买……"

"买媳妇？"

"这个'买'字儿，多扎耳朵。"

"我来给你当介绍人！"玉枝的目光又像两把锥子，紧盯在马鞍子那一阵红一阵白的脸上。

"你别耍笑我！"马鞍子连连告饶，"一定是一胖一瘦两个姑娘，胖的姓朱（猪），家住村西口圈儿胡同；瘦的姓杨（羊），家住村东口……"

"放屁！"玉枝恼了，"你怎么狗咬吕洞宾？"

"我怕你是从郑九品那里趸来卖给我。"马鞍子一副一回被蛇咬，十年怕井绳的神气。

"我是一本正经，你愿意不愿意？"

"你给我介绍的是谁呀？"

"咱们村……"玉枝欲言又止。

"谁？"马鞍子腾跳起来。

"东八里……"玉枝又说半句话。

"我不要！"马鞍子大失所望。

玉枝咯咯笑道："再往回走两个四里。"

"转腰子，绕脖子呀？"马鞍子愣头愣脑地问道。

玉枝掉过脸儿，沉吟了片刻，稳住了神儿，才说下去："这个姑娘，一不跟你要新房，二不要你的彩礼，还能给你带来五百块的压箱子钱。"

"这是《天仙配》里的七仙女，眼下哪有这么好心肠儿的姑娘？"

"你别隔门缝看人，把人看扁了。"

"我不找你……"马鞍子吞吞吐吐。

"你找谁？"玉枝陡地变了脸。

马鞍子也是大喘气："当媒人。"

玉枝放了心，口气温和下来，问道："你想找谁穿针引线？"

"翠枝儿。"

"找翠枝儿给你介绍谁？"

"等我垫平你家的房基地，我才向翠枝儿张口。"

"我想三年早知道。"

"这……这……"

"坦白从宽！"

马鞍子的舌头挂上了秤砣，张开盆大的嘴，只听心跳咚咚响，却吐不出一个字来；这时候，他恨不得郑九品像雨后的蘑菇，从他脚下的地皮上钻出来，做他的代言人。

郑九品那天到他家，进门就烧香上供，哄得他的老娘笑不拢嘴。

"大娘，我给您老人家叩头！"郑九品把一篓子鸡蛋、小米、红糖，一篮子西瓜、点心、肥肉，安放在马鞍子的老娘面前，装出哭丧脸儿，一副可怜相，"前些日子，我看爱情影片入了迷，中了邪，昏了心，走了神，吃柳条拉鸡笼，肚子里编出一个十三姐儿，诓骗鞍子空跑了一趟县城，还白住了十五天公安局的客店，真是罪该万死。"

马大娘为人菩萨心肠儿，一辈子不会忌恨别人，听郑九品的油嘴滑舌呱嗒出一片花言巧语，只笑得前仰后合，说："我不打你，不骂你，也不受你的礼；反正三年之内，鞍子得娶上媳妇，我伸手跟你要了。"

"手到擒来！"郑九品忙走过去，在马大娘耳边，挤眉弄眼，喊喊喳喳。

"那闺女，入我的眼，称我的心！"马大娘喜形于色，"只怕她那个打盹儿的爹犯迷糊，鬼点子的娘耍花招儿。"

"我自有神机妙算！"郑九品摇头晃脑。

"快告诉我！"马大娘眼巴巴望着他那张贫嘴。

"天机不可泄露！"郑九品扭头就走，正撞在收工进门的马鞍子身上。

马鞍子在拘留所受到教育，不想打架，只是气呼呼瞪了郑九品一眼，说："骗子手，不许你再登我家的门槛！"

郑九品一时心慌，急忙讨好，说："我是来给你介绍对象的。"

不说这句话，马鞍子不起火，一听郑九品又旧话重提，火冒三丈，抓住他的脖领子，说："你又捉弄我，我擂碎了你！"

"鞍子！"马大娘喝道，"人家九品想把玉枝介绍给你。"

马鞍子是个孝子，只得撒了手，哼了一声："墙上画烙饼！"

"我这一双火眼金睛，早看出玉枝对你有意思！"郑九品又满脸正色起来，"她在家不吃香，一心想赶快嫁出去，跟一个好汉搭伴，劳动致富，就看上了你。"

"我怎么看不出来？"马鞍子不大相信。

"你的眼睛长在脚板子上！"郑九品嬉皮笑脸了，"脚板子上又磨出一层老茧。"

马鞍子抓了抓脑瓜皮，说："那就全靠你这条弯弯绕的舌头了。"

"你自个儿也得走走后门。"

"怎么走？"

"讨翠枝儿的喜欢。"

"我为什么要巴结她？"

"你知道不知道，你大闹县城，打伤的那个戴蛤蟆镜的家伙是谁？"

"流氓！"

"他是金枝的未婚夫。"

"鬼迷了金枝的心窍！"

"你得罪了金枝，也就得罪了鹅儿黄，要娶玉枝难上难。"

"那我就别痴心妄想了。"

"讨得翠枝儿的喜欢，翠枝儿替你说话，玉枝就顺顺当当到你手了。"

"翠枝儿真能一锤定音？"

"她是她家的小祖宗儿，鹅儿黄和金枝都惹不起她。"

"我这个人愣头愣脑，不会讨人喜欢呀！"

"我白送你一条锦囊妙计！"郑九品的得意神色，活像小诸葛，"夏家存款七八千元，要盖一座新宅院，为的是给翠枝儿招个如意郎君；你每天晚上到夏家推土垫地场，一能接近玉枝，二能感动翠枝儿，两个夹攻，必能大功告成。"

"我跟玉枝见面，要说哪些话？"

"多干活，少开口。"

现在，在杏树下，马鞍子在玉枝一句紧盯一句，三盘六问之下，只得打破砂锅亮了底。

"你不愿意，算我胡说八道！"马鞍子交了心，神色紧张地听候玉枝发落。

"鞍子！"玉枝扑到马鞍子的肩膀上，"我早就想跟你在一张桌子上吃饭了。"

"好不要脸！"院门大开，鹅儿黄大骂。

慌乱中，马鞍子扯住玉枝的胳臂，望影而逃。

"到哪儿去？"玉枝心惊肉跳。

"快找翠枝儿……"马鞍子气喘吁吁，"搬……救兵。"

"翠枝儿在哪里？"

"在……邢春塘家。"

"你怎么知道？"

"我到春塘哥家串门，没有一回不遇见翠枝儿。"

"难道这个丫头？……"

"我有眼无珠也看得出来，她……想给春塘哥做填房。"

"唉呀！我们家要天塌地陷了。"

"她成全咱们俩，咱们也要成全她。"

一对惊弓鸟儿，飞向邢家去。

6

夏家的千金小姐翠枝儿，在自己家里，整个身子，上上下下，里里外外，眉梢眼角都挂着骄娇二气；可是，一出家门就换了个人，脸是笑的，嘴是甜的，心是热的，性子也变得像返青抽芽的柳条儿似的绵软。

她念完公社的半吊子高中，回村当过幼儿班保育员、小卖部售货员、民办小学教员，可就是条件虽好路子窄，没有当上大学里的工农兵学员。恢复高考，她兴致勃勃报了名，却一连三回落了榜，倒了胃口败了兴，只落得满肚子怨气。

这么多年，她没下过地，上垄跟不上趟，民办小学又合并到中心小学去，她被精减下来，幼儿班和小卖部也都有人顶了她的缺，便闭门家中坐，怨天恨地，灰心丧气。

正在这时，邢春塘从县城里回来了。

邢春塘已经三十六岁，原是县城一家工厂的车间副主任。这个工厂光赔不赚，八一年正月关了张，全厂职工一半并入别的厂子，一半闲待着；邢春塘是守摊人员，考上了电视大学，也算有个营生。不想家里发生变故，他情愿每月领取百分之六十的工资，回家过日子。

眼下是八二年，十二年前，二十四岁的邢春塘是个眉清目秀的小伙子，在这个厂子当技工。当时，工厂也是停产，邢春塘不加入这一伙，也不投靠那一伙，闲来无事，就到城外一座菜园子里帮人家种菜。他脾气温顺，脑子聪颖，嘴勤、手勤、腿勤，老园头十分欢迎他，热心传授他种菜的手艺，他一学就会，一点就通。

一天清早，他又蹚着露水来到菜园，却见老园头正在园房外打转转，一见他的影子，连连招手。

他走上前去，问道："什么事儿？"

"你看！"老园头压低声音，一指爬满瓜藤豆蔓的小园房。

邢春塘从窗眼看去，只见小炕上躺着一个衣衫散乱的年轻女子，炕沿下乱扔着酒瓶和罐头盒，看来是喝得酩酊大醉，沉睡不醒。

"她是谁家的人？"邢春塘又问老园头。

"眼生。"

"报告民警吧？"

"慢！叫醒她，问一问她的来历。"

邢春塘拍着窗棂，轻轻呼叫，女人尖叫一声，打个滚儿坐起来，手探进怀里，两眼凶光，一脸杀气。

"你是从哪儿来，到哪儿去？"邢春塘笑脸相问。

年轻女子见邢春塘满脸忠厚，不像歹徒，便鼻涕一把，眼泪一把，哭哭啼啼自报家门。

她叫苇眉，白洋淀千里堤人，他们那里的武斗打成一锅粥，一家人都被冤家对头杀光，只剩下她孤身一人逃了命。青纱帐里东躲西藏，夜行昼伏迷失方向，落花流水漂到这座县城外；两脚水泡，寸步难行，钻进小园房躲藏一时。

老园头被她哭得心软，就收留了她，对外人只说是一位远房外甥女儿，想要插队落户，投奔到门下。

邢春塘仍然每天到菜园去，有时苇眉来给老园头送饭，他们也点点头，搭讪几句，两人都冷冷淡淡的。邢春塘觉得，苇眉那一双阴沉的眼睛，像两口井。

忽然，有一天，邢春塘清早刚走进园子里，老园头满脸黑云迎上来。

"你……你……"老园头拍腿跺脚，七窍生烟，身子摇摇晃晃。

"我怎么啦？"邢春塘吃了一惊，慌忙上前搀扶老人。

老园头一掌子把他搡开去，喊嚷道："你……你欺侮苇眉子！"

"这是从何说起？"邢春塘脑瓜子嗡嗡响。

"她有喜了！"老园头手指邢春塘的鼻子，"你想赖账？"

"啊！"

"你得娶她！"

"我冤枉呀！"

这时，小园房里走出了苇眉；大热天，她穿一身花衫浅裤，肚子里像吞进一个滚圆的西瓜，从花衫下鼓出来，扑闪着阴沉的眼睛，刁钻而又狡黠。

"春塘，是我轻狂，不能怪你……"苇眉吸溜鼻子，挤出两串眼泪，"你不肯要我，我也不能牛不喝水强按头。"

"春塘，你不能丧良心！"老园头又跳又叫。

邢春塘有口难分，只得哑巴吃黄连，说："三两天就举行婚礼。"

苇眉没有户口，更没有介绍信，正是颠三倒四的年月，他们没有登记，就住在了一起。

"春塘，我讹诈了你，也是迫不得已呀！"洞房之夜，苇眉枕在邢春塘的胳膊上，呜呜咽咽。

邢春塘轻轻地给她擦泪，说："你心里有什么苦处，对我说吧！我不嫌弃你。"

苇眉这才吐露真情。

原来，她是一支造反团的敢死队员，跟一位战友有了身孕，武斗中那位战友身负重伤，被对方抓走，只怕已经扔到淀里喂鲇鱼了。她逃了出来，想流产却又到哪儿开证明信？挨一天算一天，衣衫遮掩不住重身子，这才一条藤缠在邢春塘身上。

几个月过去，一天晚上，邢春塘回家，只见苇眉蜷缩在床上，脸色惨白，面无人色。

"快送我到乡下去吧！"苇眉连声呻吟，"仇人踩着我的脚印追来了，他发现了我，我转弯抹角，连滚带爬跑回家。"

邢春塘把苇眉送回鱼菱村，生下一个死胎。苇眉的户口一直没有转迁过来，不能下地干活挣分，邢春塘是个二级工，每月收入只有四十二元五角，只够两人吃饭。两人算不上相亲相爱，可也没有吵过架，拌过嘴；后来苇眉生下个儿子，取名雁翎。七九年白洋淀平静下来，苇眉才敢回家迁户口；不防一万，要防万一，苇眉不敢带着雁翎回娘家。几天之后，苇眉去而复返，黄皮寡瘦，好像大病一场。

"春塘，我没带来户口！"苇眉扑到邢春塘怀里大哭，"还得回去。"

"去吧！"邢春塘这三年提升两级，手头宽了，花得起路费，"热土难离，多住些日子。"

"这一去，就不回头了。"

"难道那边不给户口？"

"我那个……死孩子的爹……还活着。"

"你跟他见了面？"

"他被打断了两条腿，架着双拐过日子，两只手还能织席。"

"你可怜他？"

"我们从小一块长大，有福同享，有难同当。"

邢春塘心慈面软，却是个硬汉子，点头同意，说："咱俩没有登过记，也用不着办离婚手续，孩子是娘身上掉下来的肉，你把雁翎也带走。"

"雁翎……留给你。"苇眉抽泣着，"我对那个人撒了谎，只说逃到外边，遇见好人搭救，一直当临时工，没有嫁人。"

但是，临到分手，苇眉才发觉自己多么爱恋邢春塘；日夜啼哭，舍不得走，一天又一天地改日子。最后，还是邢春塘硬下心来，给她买了车票，赶她上路，早日跟那个人破镜重圆。

苇眉走时，雁翎只有三岁，哭叫了两声："娘呀，娘呀！"三天一过，也就忘了。邢春塘一直把雁翎带在身边，回村来也是父子形影不离。

鱼菱村有一块大寨田，坐落在河边，二三十亩；挖了填，填了挖，揉来搓去成了一块不毛之地，没有一个人承包。邢春塘每月有百分之六十的工资收入，赔赚并不放在心上，便割下五六亩一块，承包下来种菜。一个人劳力不足，便嘴上挂广告，招收志同道合的人；翠枝儿在家里正闲得慌，便报了名。

上下午各有一个中歇，翠枝儿都要回家一趟；鹅儿黄在小灶上给她做得美味小吃，滋补爱女的身子。

"大哥，你的信！"初夏时节一天，翠枝儿从家里滋补回来，路上遇见邮递员，带回寄给邢春塘的一封信，"信皮上只写着内详，是不是你们厂子要把你召回去。"

邢春塘接过来，撕开信口，掏出信纸，一眼就看出是苇眉的字迹。

信上写道，分别二年，她和丈夫承包一片苇塘和一条船，丈夫织席她打鱼，两年收入五千元，盖上新房，买上电视机，日子过得很富足；去年得了个女儿，她给取名菱女，暗中纪念在鱼菱村的那些年月。但是，她想念儿子雁翎，也挂念雁翎的爹；希望邢春塘化个女人的名字，只说是她落难时候的干姐妹，回一封信，写个详细。

邢春塘皱起眉头，十分痛苦。

"大哥，你怎么啦？"翠枝儿惊问道。

邢春塘把信递给她。

翠枝儿从头到尾看一遍，笑道："我来跟你演双簧！"

"有劳了。"

灯下，翠枝儿代笔写信，才知道自己扮演的这个角色，难度很大。自己必须使用真名实姓，书信才能往还；但是，苇眉想知道的是雁翎和邢春塘的大事小情，对于雁翎和邢春塘，自己是个什么身份呢？算是外人，每封信写的都是邻居父子的故事，苇眉的丈夫看到，免不了猜疑；算是一家人，扮作邢春塘的妹妹，写侄儿的故事合情合理，大写哥哥也难免引起苇眉丈夫的多疑。思来想去，只有跟邢春塘假扮夫妻，跟雁翎假扮母子，写起来才方便，可是，这多么叫人为难啊！她骂自己是没罪找枷杠，可也不好意思打退堂鼓，只得硬着头皮写吧！不过，不能写雁翎的名字，只写我那儿子；更不能提邢春塘的名字，只写孩子他爹。一封信整整写一夜，也不敢给邢春塘过目，倒赔八分邮票寄出去。

没过多少日子，又接到苇眉的回信，信写得非常动情，有许多热辣辣的句子："妹妹，我忘不了你对我的恩情，忘不了咱俩的相亲相爱，更忘不了咱俩住一间房，吃一锅饭的那些日子……"明明是跟邢春塘藕断丝连，向邢春塘倾诉衷肠，翠枝儿羞得脸烧心跳。

"大哥，我只管回信，不管看信了！"

"不看信怎么回信呢？"邢春塘看完来信，撕碎撒到河里，"你回信劝她，多多心疼她的孩子爹。"

一年来，二人合作，跟苇眉书来信往不断，已经不失分寸了……

玉枝和马鞍子来到邢家门口，敞开街门，屋里玻璃窗也没有挂上帘子；他们看见，翠枝儿手拿一封信，正跟邢春塘一声高一声低地争吵。

7

邢春塘的父母，十几年前就先后去世了，给儿子留下三间土房，一座黄泥墙小院。邢春塘在县城里当工人，又没有多大进项，也就不想改旧翻新。去年回来，只是在土房上铺了瓦，院墙内外栽种了花树，也算增添两三分秀丽风光。

东屋住他们父子，堂屋一台液化石油气炉子做饭，西屋是他的书房，摆放着十二吋黑白电视机，每天晚上听电视大学的课程。

邢春塘只念过初中，便入厂学徒；二十年用心钻研，不但技艺高超，而且书本子的学问也不小，这也因为他得到郝老右的真传。

他入厂那年十六岁，带他的师傅姓郝，原是北京一家大工厂的副总工程师，五七年划了右，发配到这个县城的小厂劳改。郝老右是童工出身，聪明好学，刻苦用功，解放后被评为八级工，送到大学深造四年，还到外国的工厂实习二年，一专多能，通晓几国文字。谁想只因说了一句"大老粗不能当厂长，党委书记也不要甘居外行"，就被戴上帽子，十恶不赦，一钱不值。蒙冤受屈，他并无怨恨，只是一想到党和人民把自己栽培成材，不老不少却报国无门，便心如刀割。他想，自己今生只怕没有出头之日了，一心要把全身的本领传授年轻人。但是，他头戴荆冠，一身晦气，没有人敢接近他；只有邢春塘是个乡下孩子，土头土脑，憨直厚道，没有那么多的花花肠子鬼心眼儿，恭恭敬敬向郝老右学艺，师徒亲如父子。七九年郝老右的错划问题得到改正，恢复原来的地位，想把邢春塘带在身边；邢春塘却不想沾师傅的光，自己考取电视大学，一步一个脚印朝前走，不是抱着粗腿向上爬。

邢春塘的每月工资，花在吃饭和买书上，穿衣就十分马虎了。他身穿网眼短袖背心和平纹的确良长裤，光脚旧凉鞋；但是，他的淳朴、沉静、文秀和正气，却令人并不感觉他衣着寒酸。

翠枝儿跟他相反，是京郊农村的现代化了的姑娘。一身打扮，仿照最走红叫响的女电影明星：浪花长发，透明汗衫，浅豆青筒裤，半高跟白凉鞋。不过，天真的神态，手上的茧子，还保存柴火妞儿的一半本色。

两人的争吵已经平息，面对面坐下来。

翠枝儿掏出一块花手帕，扇着凉说："你该买一台电风扇！"

邢春塘淡淡地一笑，说："明年就买得起了。"

"我送你一台吧！"翠枝儿财大气粗。

邢春塘给她找出一把芭蕉扇，说："你有钱花不了，多买几本书看。"

"借你的吉言，我一天三顿把书当饭吃！"翠枝儿又火了，"放下那一桩，拾起这一桩，你也得早下决心呀！"

今天下午，公社党委书记到鱼菱村来找邢春塘，请他当公社综合厂的技术副厂长，这就要把人事关系从县城的工厂转过来。

邢春塘沉吟着，说："我还拿不定主意。"

"我知道，你想当工程师还得带总字儿，赶上你的师傅！"翠枝儿的舌头能蜇人，"我们的小水洼子，留不住你这条大鲤鱼。"

邢春塘摆了摆手，说："我是扔不下咱们的菜园子。"

今年，邢春塘和翠枝儿承包了那二三十亩的整块大寨田，还吸收了郑九品、马鞍子和另外几个姑娘小伙子加入，又跟县蔬菜公司挂了钩，一片兴旺风光。

"你这是目中无人！"翠枝儿冷笑道，"你走了，这块菜园子我当园头。"

"你不是还想报考电视大学吗？"

"你当园头，电视大学的课程也没放荒呀！"

"好！明天我到公社报到。"

"这才是快刀斩乱麻呀！"翠枝儿笑起来，"刚才那一团乱麻，你怎么就绕脖子缠腰，捆住手脚呢？"

也是今天下午，接到苇眉来信，信里还有一张彩色照片，苇眉抱着女儿，跟丈夫坐在新房门前的合影，她希望也得到一幅"干妹子"的全家福。

"苇眉真会出难题儿！"邢春塘又发愁又后悔，"都怪我当时心不狠，求你给她回了信。"

"这个难题儿可怎么回答呢？"翠枝儿心慌意乱。

"不理她！"

"那要伤苇眉的心。"

"我只得铁石心肠了。"

"也会惹起苇眉丈夫的疑心呀！"

两人争吵起来。

现在，转了一个圈，又回到这个话题，邢春塘还是发愁而又后悔。

"都怪我……"

"推车轱辘！"翠枝儿打断邢春塘的唉声叹气，"不能不理她。"

"来往下去，纸里包不住火。"

"我看，给她照一张全家福……"翠枝儿话出口，脸烧红了，"她也就跟你一刀两断了。"

"怎见得？"

翠枝儿走出屋门，向外看了看，玉枝和马鞍子慌忙蹲在一棵海棠树的阴影里；翠枝儿只不过匆匆扫了一眼，没有发现他俩。

"春塘，你……你是个呆子！"翠枝儿回到屋里，红着脸儿，"难道你看不出苇眉这封信的来意？"

"我猜不出她的谜语。"

"她……她是想……成全你和我呀！"翠枝儿的眼睛春水汪汪闪着光。

"亏你想得出！"邢春塘吓了一跳。

"我……早就想弄假成真呀！"翠枝儿双手蒙住脸。

"你二十四，我三十六……"

"算不得老夫少妻。"

"又是填房。"

"我正想给你续弦。"

"我领取了独生子女证。"

"少了生孩子的麻烦，我一心无挂念上电视大学。"

"你的爹娘盖起新房，要给你招个称心如意的人。"

"你又有手艺，又有文化，招的就是你。"

"我不想倒插门儿。"

"我也不想当坐家女儿。"

"二位老人一心把你留在身边。"

"我从小娇生惯养，不会孝敬老人；玉枝二姐吃苦耐劳不抓尖儿，我主张留下她。"

"还得找个真心实意，孝顺岳父岳母的小伙子。"

"我早替她相中了一个人。"

"谁？"

"马鞍子。"

"翠枝儿，帮忙吧！"马鞍子从海棠树下直起了腰。

翠枝儿却恼怒起来，跑出屋去骂道："马鞍子，你怎么贼头贼脑偷听人家私房话？我这才看透了你，原来你是下流坏子！"

"翠枝儿，我们来找你……"海棠树下，玉枝哭了。

"二姐！"翠枝儿笑着走过去，"你俩早就私订终身了，我是个马后炮。"

"咱娘不同意。"

"我来当媒人，她老人家敢不赏脸！"

邢春塘也走出来，锦上添花，连连道喜。

马鞍子眉开眼笑得像喝醉了酒，说："春塘哥，我也给你道喜；丢了一个苇眉，得着一个翠枝儿，撒了芝麻捡个西瓜。"

眼泪婆娑的玉枝，扑哧笑了。

"天色不早，我该回家了！"翠枝儿那满含柔情蜜意的目光，向邢春塘瞟过去，"那件事儿，一言为定了。"

邢春塘是个过来人，平平静静，微笑着说："睡个好觉，明天清早起来再想一想，问一问二位老人的意见。"

翠枝儿狠狠地刺了邢春塘一眼，啐道："你是一捆不起火的湿柴！"怒冲冲一阵风走了。

她跑过一条街，脚步慢下来，渐渐消了气；只觉得心里甜蜜蜜的，身子轻飘飘的，来一股小风，能把她像一只蝴蝶风筝似的吹上天去，落下来挂在月中桂树上。

突然，一阵刺耳的噪音冲进村口，摩托车的车灯强光照得她头昏眼花，惊慌地闪跳到路边。

这是郑九品从县城回来了。

鱼菱村的小伙子，郑九品最赶时髦，分了红不盖房，也不存入信用社；买一辆摩托车串村飞驰出风头，惊吓得鸡飞狗走，大姑娘小媳妇尖叫着四散奔逃，手指他的背影又啐又骂，他却一路哈哈大笑。

郑九品染上时髦症，不过一年时光。他跟金枝早就偷偷相好，谁想金枝进城卖花认父，在生身之父田自元的府上，被那个蛤蟆镜迷住了心窍，水性杨花把他甩了。他一怒之下，赌咒要消灭城乡差别，仿照蛤蟆镜的洋相打扮起来。今年，他加入菜园子，常常进城跟县蔬菜公司接洽生意，每进一趟城回来，就多一分洋相儿。翠枝儿横竖看他不顺眼，上个月趁他醉得像一摊烂泥，悄悄拿一把剪刀，把他的大鬓角铰得像拔毛的鸡，只得改剃和尚头。

"翠枝儿，大事不好！"郑九品冲到翠枝儿面前，紧急刹车。

翠枝儿惊叫道："风风火火，你把钱丢了？"

"支票挂在肋骨上！"郑九品拍拍身子，"我是向你报丧：你那位大姐夫，戴上松紧扣的狗牙子手镯儿，住进公安局客店了。"

"嚼蛆！"翠枝儿骂道，"谁给我大姐找的婆家？"

"你蒙在鼓里，还是蒸在屉里？"郑九品酸溜溜地问道，"金枝的亲爹，给她找了个蛤蟆镜，那个家伙是个劳改犯，放出来还是狗改不了吃屎，坑、蒙、诈、骗、偷、倒卖走私货，又给抓了进去。"

"你听谁说？"翠枝儿惊吓出一身冷汗。

"我亲眼得见！"郑九品喜气洋洋，"我驾驶摩托车，路过南城八楼，正看见警察把蛤蟆镜押下楼来，搡进了警车；我又拨马回头，一直送他到公安局的大门口，也算给他捧个场。"

"贱骨头，贱骨头呀！"翠枝儿气得骂起金枝来。

郑九品长吁短叹，说："过去我只见过那个家伙的半张脸，这回警察摘下他的蛤蟆镜，那一张脸子呀，原来是雨打沙滩地，翻卷石榴皮，我真想不通金枝看上了他哪一疙瘩哪一块？"

翠枝儿不想听下去，心焦脚急跑回家。

8

翠枝儿跑进她家那座柳棵子四框的院落，猛然看见月光下的一棵杏树上，正有个人抱着树身子出溜下来；她只当是谁家的淘气孩子，趁夜深人静偷酸杏吃，便从柳影中蹑手蹑脚挨过去，想一跃而出抓住他。

那人下了树，背着月光，大吃大嚼；却又像一口噎住了，哇哇呕吐起来，一边吐一边抽泣。

"姐姐！"翠枝儿站在柳影中，僵住了腿脚。

金枝慌忙抹了一把脸，转过身子，脸上还带着泪痕，却装出轻松神气，假笑道："死丫头，吓破了我的胆！"

"你在干什么？"翠枝儿脚步沉重地从柳影中走出来。

"我……我……"金枝干笑两声，"一只死了伴的布谷鸟儿，叫得我睡不着觉，我上树……"说到这里，又呕吐起来。

"别跟我撒谎！"翠枝儿冷下脸子，"你……你是不是怀了孕？"

"血口喷人！"金枝也翻了脸。

"我看见你吃青杏！"

"我也看见你摘过青杏，吃过青杏。"

"那是雁翎儿想吃，我给他摘了几个，也尝了一口，又涩又酸。"

"那么，你是不是也……"

"住口！"翠枝儿满头冒火星子，"你跟我放刁，可别怪我不讲姐妹情义。"

"好吧！算你猜对了。"金枝怪声怪气，"你替我美言几句，老头子给我一千块压箱子钱，我当天就进城跟他结婚。"

"丢人现眼的东西！"翠枝儿张手抽了她一个嘴巴，"那个该死的流氓，公安局把他抓起来，二进宫了。"

"谁看见了，谁看见了？"金枝的脸色，被月光照得灰白。

"郑九品亲眼见到的！"翠枝儿乱跺着脚，"神不知鬼不觉，赶紧流产。"

"晚了！……"金枝昏倒地上。

一前一后的脚步声，玉枝和马鞍子又回来了；他俩舍不得分离，只有推一夜土。

"二姐！"翠枝儿叫道，"快把大姐背到我的屋去。"

马鞍子不明真相，也不多心，摇头叹息地说："这位大姑奶奶，纸糊彩画的人儿，一定是跟玉枝赌气，不睡觉也来推土，累躺了。"

翠枝儿心头一热，说："鞍子哥，跟我进院里拜见老丈人和丈母娘吧！"

"我听你吩咐！"马鞍子咧开大嘴傻笑。

走进院里，玉枝噘着嘴从西厢房小棚屋走出来，说："好心换了一挂驴肝肺！我把她放在炕上，她睁开眼就赶我走。"

翠枝儿打了一个手势，向上房喊道："爹，娘！醒一醒。"

真是一声令下如山倒，上房灯亮了，鹅儿黄和夏打盹儿双双走出来。

夏打盹儿睡眼惺忪，仍然酒气喷人，问道："一窝蜂似的吵吵嚷嚷，闹地震啦？"

"给你们老两口子报喜！"翠枝儿笑吟吟地说，"我做媒人，二姐和鞍子哥两厢情愿对了象。"

夏打盹儿揉了揉眼睛，看了又看马鞍子那顶梁柱似的高大身材，嘻嘻笑道："翠枝儿，你还能委屈你二姐，叫咱们夏家吃亏吗？我连说三声中意。"

鹅儿黄不敢跟爱女唱反调，却要节外生枝，冷冷地问道："马鞍子给多少彩礼？"

不等马鞍子开口，玉枝抢着说："我分文也不要他的。"

"我可不想白送！"鹅儿黄急了。

"您给我多少压箱子钱？"玉枝也要起价来。

"一个也不给！"鹅儿黄板着脸。

"我姐姐的压箱子钱也不给吗？"

"不听老娘话的不给，听老娘话的还要多给。"

"偏心眼儿！"

"都给，都给！"夏打盹儿打圆场儿，"你跟你姐姐的压箱子钱，每人都是五百块。"

"给我吧！"玉枝一边向老爹伸手，一边向马鞍子回头，"你也给五百块彩礼。"

"彩礼一千！"鹅儿黄叫道。

"您这是存心要拆散我们俩……"玉枝大哭，"狠毒莫过后娘心呀！"

"二姐，不许跟咱娘恶言恶语！"翠枝儿笑嘻嘻地把左手伸到老爹面前，右手伸到老娘面前，"把我那一份儿，给我二姐。"

"你要这几个钱干什么？"老两口子一人抓住爱女一只手，"盖八间大房，都是你的。"

"八间大房我不想一口独吞。"翠枝儿挂着清水脸儿，冷淡淡的口气，"压箱子钱姐妹三人平等。"

"难道你不想当坐家女儿？"夏打盹儿和鹅儿黄都大感意外，一个直了眼，一个眨巴眼，"不想服侍我们老两口子？"

翠枝儿看了一眼玉枝，说："二姐留下来，比我更孝顺。"

"我就要你！"鹅儿黄把爱女揽在怀里，生怕她像一只脱手的鸟儿飞走了。

翠枝儿嘴角讥诮地微笑了一下，说："留下大姐，您要不要？"

"我的家里不养她那只蛤蟆眼睛狮子狗！"夏打盹儿吼起来。

"你们老两口子一定要我坐地招夫，报名的挤破了门框，我都看不中呢？"翠枝儿歪着头问道。

鹅儿黄忙说："你不中意，我跟你爹也看不上。"

翠枝儿眯起一双豆荚眼，又问道："我看中了，人家不愿倒插门儿呢？"

夏打盹儿大笑道："儿呀，你不光是鱼菱村的一枝花，还是一个大钱柜，谁能不愿意？"

"就有这么一个不贪财的人。"

"好大的眼眶子！"

"谁呀？"

"邢春塘。"翠枝儿轻声柔气说出这个名字，"他那三间土房有风水，我到他家去，给他当填房。"

夏打盹儿嘿儿嘿儿发笑，说："儿呀，别戏耍你的老爹老娘。"

翠枝儿摇了摇头，一字一板地说："今晚上我跟他一言为定了。"

"小祖宗儿，你怎么拿终身大事当儿戏？"鹅儿黄拍打着两只手，"他还有个六七岁的儿子，后娘难当呀！"

翠枝儿不动声色，说："国家政策，一对夫妻一个孩儿，我不生养了，一心扑在雁翎儿身上，日久天长亲如母子。"

"你……你……"夏打盹儿气得手脚乱颤，"我一个压箱子钱也不给你！"

"我把这身上的衣裳都扒给你们，一丝不挂到邢家去。"翠枝儿的骄娇二气发作起来，跑进她的小棚屋，突然喊叫，"哎呀，我姐姐跑啦！"

鹅儿黄只当爱女走了邪火，吓得哆里哆嗦地说："儿呀，屋里是不是有黄鼠狼跳梁，你咬破舌尖啐一口，魂儿就归位了。"

"我那自作聪明的糊涂娘呀！"翠枝儿哭道，"大姐上了城里那个流氓的当，吃了大亏；那个流氓被公安局抓起来了，只怕大姐要寻短见。"

夏打盹儿急火攻心，痰堵住了喉咙喊不出来，嘴眼歪斜，身子打晃，马鞍子急忙抱住他，玉枝连忙给他捶背掐人中；老头子的嗓子眼咕噜一声，喘着气说："快……快……快把金枝找回来。"

"金枝，金枝！"鹅儿黄想迈步，两腿一软坐在了地上。

翠枝儿冷静下来，拿一支手电筒跑出去，要找邢春塘搭伴，四下搜寻金枝的下落。

邢春塘家仍然虚掩街门，翠枝儿侧身进去，刚要喊出口，忽然看见郑九品正坐在邢春塘的书房里，一副愁眉苦脸；邢春塘把两只手按在他的双肩上，良言相劝。

"九品，你跟金枝早就相爱，一时离心要想千日好；她身遭大难投奔你，你不能见死不救，把她推出门去，我看你还是下定决心娶她吧！"

"吃这个哑巴亏，我……窝心。"

"你那个苇眉嫂子，我跟她不过是萍水相逢；只因怕她心眼窄，有个三长两短，我才收留她。"

"天下大乱你搭救了她，太平年月她又撇下了你，苇眉是个恩将仇报的娘儿们。"

"人心都是肉长的，她远在几百里外，还想替我红线穿针。"

"这条红线穿在谁身上？"

"等到瓜熟蒂落，你还得扮作我的媒人。"

"春塘哥，我抢个头彩，你先给我当媒人吧！"

翠枝儿一块石头落了地，悄悄抽出身子，一溜小跑回家转。

夏家闹嚷大半夜，村里人天亮之后打听消息，却只见夏家人人喜眉笑眼，都猜不透昨晚是怎么一出戏。大家看见，从这一天起，夏打盹儿带领玉枝、翠枝儿、马鞍子和郑九品，就像上阵父子兵，五辆车推土平地。当上公社综合厂副厂长的邢春塘，因为工作忙，没有出场；他那六岁的儿子雁翎，却每场必到，爬上杏树找青中转黄的杏子吃。鹅儿黄端茶送水，做饭炒菜；只有金枝卧病，一直没露面。

杏子红熟，麦收之前，三座各有四间新房的小院平地起，听说夏家的三个女婿都算倒插门。

一九八二年五月至六月

于儒林村—北京

原载一九八二年第四期《长城》

村　姑

1

站在运河这边的渡口，踮起脚尖，手搭凉棚，扑出身子向河那边张望，一眼看见一河之隔的白沙冈上，仍然屹立着那棵摸着天，挂住云，缠绕青藤、绿蔓、碧叶、紫喇叭花，浓荫遮住半亩地的老杜梨树，今年已经五十五岁的杜桂子这才相信，过河双脚落地，便是她一别四十年的花街地面。

一阵热烫烫的南风，裹挟一团暖烘烘的花香水汽，隔河扑过来，吹得杜桂子三摇两晃，只觉得恍恍惚惚，眼前一片迷离，朦朦胧胧看见，老杜梨树那遮天铺地的浓荫下，站立着一个风摆杨柳的农家少女，若隐若现，似有似无。

那是她，四十年前的桂子。

四十年前，她这个父母双亡，从小寄人篱下，拌着眼泪吃姨母家一碗残汤剩饭的小柴火妞儿，哪里会留下一张当年的相片？当时，日本鬼子下令，中国人要领良民证；从通州下来一个照相馆的二掌柜，在花街的熊腰上支起照相机架子，一名身穿黄狗皮的大烟鬼巡警，抢一支鼓槌子敲一面破锣，扯断了脖子大呼小叫，吆喝男女老少到熊腰上拍个一寸免冠小照，贴在良民证上。村里人怕被日本鬼子画影图形，点名抓苦力，抢花姑娘，年轻小伙子和刚打开抓髻梳辫子的少女，都逃进了村外的青纱帐；她也和隔壁人家十三岁的金砖，逃到河边白沙冈，爬上老杜梨树，密叶掩面，树梢上藏身，天大黑才回家。四十年过去，她把自己当年的眉眼口齿早忘了，谁想背井离乡四十年之后，刚回到生身之地的地界，少女时代的身影便出现在花香水汽中，摇曳在南风里。

望见老杜梨树，也就想起了金砖。

金砖家跟杜桂子的姨母家只隔一道篱笆，他爹名叫金大贵，拉纤为生，一年四季出外，金砖的娘死后，才不走船。到邻村的地主家扛长工，也是早出晚归，每天起五更出门，儿子还在梦中，半夜回家来，儿子早已入睡。大口小口，一月三斗；金大贵上工就借粮，一直扛到杜桂子的姨母家，金砖一天三顿饭，都在杜桂子的姨母家吃。虽然是搭伙，可是一口锅里搅马勺，杜桂子和金砖也就像一家人。

杜桂子的姨母，人品不端，作风不正，黑夜睡觉半掩门儿，落了个外号叫腌黄瓜坛子。说起来也不能全怪她不守妇道，她的丈夫油炸鬼，是花街上有名的吃人饭不拉人屎，有一泡人屎还拉在白菜心上的地赖。油炸鬼的娘是运河上花船的老鸨子，跟一个买良逼娼的人贩子生下了他；爹多娘少，自幼游手好闲，长大了更是偷鸡摸狗，耍钱闹鬼，坑蒙拐骗，帮虎吃食儿。他又染上一身嗜好，荷包里有钱腰里硬抽大烟，大烟不过瘾抽白面，荷包一瘪只得扎吗啡；灯草胳臂麻秸腿，细脖儿大脑壳，吗啡针扎得大窟窿小眼，青一块，紫一块，活像地蛆咬过的癞瓜。他身上还有一分钱，也不想回家过夜，等到分文不名，就回家在腌黄瓜坛子身上榨油水；腌黄瓜坛子又怎能守身如玉，立贞节牌坊？

杜桂子的爹娘，都是安分守己、只会土里刨食的人，却又胆小怕事，刮风天不敢从树下过，怕飘下来的树叶砸破了头；又是一对没嘴的闷葫芦，只知道低头死受。两口子租种地主家几亩地，租子比别的佃户多一成，可是杜桂子八岁那年，春旱夏涝，颗粒无收，地主家却并不念他们多年多交千斗百石的租子，少收一升半合，斤儿八两。狗腿子一日三上门，两口子走投无路，油炸鬼牵线，腌黄瓜坛子撮合，两口子自卖自身，一个到京西煤窑下井，一个到煤窑大把头家当老妈子。两口子三年之内不挣分文，柜上只管吃、喝、穿、住。油炸鬼和腌黄瓜坛子假充善人，收留了杜桂子，却是心怀鬼胎，另有打算；他们断定杜桂子的娘一去回不了头，杜桂子一年小二年大，几年之后开花吐蕊，长不成摇钱树，也能从中取利，大有赚头。果然，吃阳间饭，干阴间活，杜桂子的爹下井头一天，就碰上了窑顶崩塌丧了命；杜桂子的娘到大把头家当老妈子，大把头逼她上炕，身遭凌辱，一条麻绳悬梁上了吊。一个女人一辈子，怕的是少时丧父，半路丧夫，老年丧子；八岁的杜桂子不但父丧，而且母亡，就像倒栽葱掉进黄连树下的苦水井里。她一天到晚手不敢闲，脚不敢站，不敢打个盹儿，不敢喘口气，忙得团团转，还免不了要挨油炸鬼的拳头、腌黄瓜坛子的巴掌。在人屋檐下，不敢不低头，她只有跟金砖到河滩上打青柴，才能坐在河边哭几声、老杜梨树下笑一笑。

穷家生娇子，粗手大脚的金大贵，却有一副女人柔肠，生怕儿子金砖这棵独根草立不住，烧香拜佛当记名和尚，家常却是小丫头打扮。一张娃娃脸的金砖，喜眉笑眼，头上梳个扎红绒绳的朝天小辫子，左耳朵扎个窟窿眼儿，戴一挂耳环子，身上穿一条花花草草的红兜肚，遮掩住雀儿孵蛋。金大贵一心叫儿子识文断字，送儿子念私塾，金砖却像鸟儿不入笼，一个月逃二十九天学，只想到河滩上跟杜桂子做伴，追在杜桂子身后，姐姐长，姐姐短，高一声，低一声，叫个不住。杜桂子嫌他叫得人心乱，回过头啐他，他却一边蹦蹦跳跳，一边唱唱咧咧："桃花红，李花白，谁管梨花叫姐姐？姐姐疼，姐姐爱，姐姐急了拿脚踹！"杜桂子辛酸地一笑，眼里噙满泪花，说："你想叫我一辈子疼你，爱你，踹你，那就快叫你爹把我接到你家去吧！"小子家比女孩儿家开窍晚，金砖听不懂杜桂子的话中有话，见她眼泪围着眼圈转，吓得慌了神儿，忙说："我跟你打牙逗嘴儿，没想惹你伤心，你到河哭大伯大娘去吧！我替你打青柴。"杜桂子到河边喊天叫地地哭了个够，捧起河水洗了脸，金砖打得的青柴晒满了白沙冈，两人就坐在老杜梨树的浓荫下抓子儿玩。抓子儿也得赌个输赢，赢家要挠输家的胳肢窝儿；金砖虽是个小子家，却胳臂长手又巧，玩十锅赢八回。杜桂子想赖账，金砖就扑到她身上胡抓乱挠；笑得杜桂子满地打滚儿，直到忍无可忍变了脸，金砖才罢手。

十五岁的杜桂子像三春桃花开，十三岁的金砖还是擀面杖吹火，一窍不通。

这一天歇晌时分，金砖和杜桂子又双双来到河滩上，杜桂子到河边哭爹娘，金砖挥汗如雨砍青柴。忽然，一声哀叫传来："金砖……救我！"声音凄厉，像被恶鹰抓走的黄鹂啼叫声。他直起腰一看，只见油炸鬼带着两个狗头狗脑的家伙，正捆绑杜桂子的手脚，架上停泊岸边的鸡笼小船，大喝一声："放开她！"挥舞手中的镰刀冲上前去。鸡笼小船起了锚，贼溜溜顺流而下，金砖沿着河边的纤道，哭喊着追赶贼船。"姐姐，姐姐！"哭喊声回荡在大河上，贼船拐过一道河湾不见影了。

杜桂子被油炸鬼卖给人贩子，人贩子又转手相卖，解放前七年被转卖了七处，落花流水到关东。她二十二岁跳出火坑翻了身，到一家工厂学徒，后来嫁给一个比她大十几岁的技工做填房，却没有生儿育女；半路丧夫，老技工已经死去十几年了。她虽然沦落风尘，却还是满脑瓜女子饿死事小、失节事大的旧思想，只觉得没脸再见故乡人，这么多年从没想过回到花街看一看。她今年已经五十五岁，到了退休年龄，厂子里的工会干部带领他们这些退休老工人，乘坐两辆大轿子车，千里迢迢到北京游览名胜古迹；一饱眼福之后，三两天仍要出关，告别工厂车间，每月领取退休金，闲散度日了。

车走京津公路，路过北运河西岸，杜桂子忽然心中一阵痉挛，想起了生身之地，酸、甜、苦、辣涌上五脏六腑，两眼不住泪如雨下。她喊叫司机停车，向领导告假，要过河看一眼故土，再转乘长途汽车到北京跟大家会合。四十年前的北运河风光，还依稀保存在她的记忆里，她下河就找渡口，想搭摆渡过河，谁知旧渡口早已不剩一点残迹。望见了老杜梨树，她恨不得一步跨到对岸，但是河上不见帆影船踪，心急如火。三里外，一桥飞架东西岸，要想过河，只得舍近求远，走公路大桥。

正当她进退两难的时候，忽听河风送来一阵呱呱呱的鸭群欢叫声；放眼一看，白云飘落碧水上，满河肥鸭子。鸭群后面，一只大笸箩像一叶漂萍；大笸箩上站立一个小男孩，奶声奶气地呼喝喊叫，顺风顺水来到她眼前。

2

这个小男孩，八九十来岁，虎头虎脑，一双乌溜溜的圆眼睛，留娃娃头，上身穿翻领玫瑰红的短袖运动衫，下身穿墨绿涤卡的运动裤衩，身背一顶雪白的荷叶帽，脖子上还挂着一副儿童望远镜，手里却挥舞着一条一丈多长的红皮水柳枝子。

杜桂子眼花了。这个小男孩，娃娃头梳成朝天小辫子，脱下短袖运动衫，换上花草红兜肚，摘下荷叶帽和望远镜，背上一只插满野花的柳圈儿，活脱脱就是当年的金砖呀！

"小朋友，劳驾！"杜桂子连连招手，"你能把我送过河吗？"

小男孩架起望远镜看了看，又沉吟半晌，面带难色地说："我怕……您不会坐这个管箩船，打个闪失……扣了底。"

"放心吧！"杜桂子咯咯笑道，"我小时候，还骑过水牛哩。"

过河骑水牛，这可是运河上老年间的风景了。那时候，农村男女都穿整腰肥裆裤子；把裤子浸透了河水，折两枝柔软的柳条儿系住裤腿，抡圆了风车般打转，兜满了清风，再拴紧了裤腰，这条整腰肥裆裤子，便变成了一头大肚子水牛，趴在这头水牛上，就像乘坐牛皮筏子橡皮艇，往来河上如走平地。

"听您的口气，门里出身呀！"小男孩大笑起来，"眼下人人改穿制服裤子，只有我老爷子的裤子整腰肥裆，能当水牛骑。"

"您的老爷子贵姓高名呀？"杜桂子忙问道。

小男孩打了个长长的呼哨，一片白云似的鸭群便都收住了掌，到水边柳荫下觅食。

"我的老爷子叫金大贵。"小男孩的筐篓船向杜桂子面前划来，"没人敢叫他的大号，都管他叫老人家。"

"那么你爷爷……"杜桂子的心怦怦跳，"是不是金砖？"

"人人都尊他金厂长！"听到爷爷的名字，小男孩的脸上放光，眼睛也亮起来。

杜桂子一惊，问道："他是哪个工厂的厂长？"

"花街大队综合厂的厂长！"小男孩神气十足，"一年能赚十几万块钱。"

"原来你是金砖兄弟的孙子，你叫什么名字？"杜桂子的目光，充满柔情和疼爱。

"我叫满箱儿！"小男孩眨了眨长长的睫毛，转了转黑白分明的眼珠儿，"您是……您是我家的亲戚吧？"

"也算是……"杜桂子点点头，眼圈儿一红，背过脸去。

筐篓船划到她的脚下，满箱儿摘下望远镜和荷叶帽，脱下短袖运动衫，放在筐篓里，跳上岸，说："您上船吧！我推船过河。"

原来，这一只大筐篓，绑在一架梯子上。

"你会浮水吗？"杜桂子提心吊胆地问道。

"您忘了我也是门里出身呀！"满箱儿嬉笑道，"只是比不上我爷爷跟老爷子，他们爷俩会走水。"

杜桂子挽起裤腿，脱掉皮鞋，扯下尼龙袜儿，半蹲下身子，望长天水色，神思恍惚地说："民国二十八年涨大水，我跟你爷爷搭伴到大水里掰玉米，你爷爷推船，我坐船……"

"当年您坐船，今天您怎么蹲船呢？"满箱儿歪着脑瓜，"怕湿裤子，您坐在我的荷叶帽上；不坐稳当，船可翻个儿。"

杜桂子脸一红，赶忙坐下来。满箱儿前腿弓，后腿绷，两手抓住筐箩，叫劲一推，筐箩船也像鸭子下了水，一溜烟直奔河面。满箱儿扑通跳下河，甩水浮了几步，赶上筐箩船，推动梯子。

人过五十发了福，杜桂子白白胖胖一百二三十斤，满箱儿推起来却像不费吹灰之力，她更喜爱这个乡亲隔辈人了。

"满箱儿，你光放鸭子，不上学了吗？"杜桂子轻声问道。

"今天是星期日，学校放假。"满箱儿一边拨正筐箩船的方向，一边答道，"我老爷子退休不出工，在家里养了几十只鸭子，今天我替他老人家放一天。"

"原来如此。"杜桂子吁了一口气，"我听说农村的工分值一高，不少小孩儿都不想上学了，我看你倒挺喜欢念书的。"

满箱儿不好意思地一笑，说："我也眼馋过一工能挣两块钱，可是我爷爷骂我只看三寸远。我们金家四辈人，老爷子没念过一天书，爷爷只上过几天私塾，我爹念到高中，正赶上'文化大革命'，回家种地了；我爷爷横下一条心，一定要栽培我上大学。"

"你爷爷真是站得高，看得远呀！"杜桂子忽然又问道，"你奶奶也盼望你上大学吗？"

"奶奶……"满箱儿摇了摇头，"我没见过……奶奶。"

"你奶奶呢？"杜桂子追问一句。

满箱儿垂下眼皮，说："我爹十二岁那年，正赶上家家吃不饱肚子的年头儿，我奶奶自个儿挨饿，只顾我爹那一张嘴；后来……奶奶得了浮肿病，一直肿到心口窝儿，就死了。"

"啊！"杜桂子心一紧，沉默了一会儿，忍不住又问道，"你爷爷没给你爹娶个后奶奶吗？"

"爷爷怕我爹受委屈，说媒拉纤的油炸鬼，磨破了嘴皮子，爷爷也不上他的当。"满箱儿呸呸啐了几口，"老不死的油炸鬼串通了我老爷子，我爹跟我娘也你一言我一语帮腔，又想叫我受委屈。"

"油炸鬼还活着！"杜桂子失声叫出来，头皮发炸，肉皮子发麻。

"他活得像茅坑的石头，又臭又硬。"

"油炸鬼是怎么想叫你受委屈？"

"他死说活劝我爷爷，给我娶个后奶奶，我爷爷不同意！"

"你爷爷的意思呢？"杜桂子屏住气息问道。

"我们爷俩一个心眼儿！"满箱儿哧地笑了，却又赶忙皱起眉心，"那个寡妇今年三十九，比我爹才大六岁；她还带着三个孩子，大的比我大一岁，二的比我小两岁，顶小的还在怀里吃奶，过了门我得管他们叫叔叔，怎么张得开口呀？"

杜桂子失神地眼发直，说："你爷爷得有个人做伴。"

"老爷子和我，跟爷爷住两间大屋，一点也不闷得慌。"

"谁来服侍他呢？"

"我娘一天三顿给爷爷做顺口的饭菜，爷爷一天三遍酒。"

"衣裳鞋袜，谁给他缝缝连连，洗洗涮涮呢？"

"我爷爷老来少，头上脚下的穿戴都是城里人打扮，百货商场买现成的；我们家有一台燕牌缝纫机，还有一台白兰牌洗衣机，再加上牡丹牌收音机，昆仑牌电视机，早实行四化了。"

"三九天炕凉被子冷，谁给他烧炕焐被子呢？"

"一入冬屋子里就安上大火炉，我灌满了两只汤婆子，把老爷子跟爷爷的被窝儿焐得火笼似的。"

"满箱儿，你还小，你爷爷的苦处，你还不懂。"杜桂子沉重地叹了口气，"应该给你娶个后奶奶。"

"难道您跟油炸鬼一个鼻孔出气？"满箱儿沉了脸。

"我比你还恼恨那个老不死的。"

"那您为什么也想叫我受委屈？"

"你老爷子和你爹娘，也是想叫你受委屈吗？"

"他们……他们……"

"我跟他们一个心眼儿。"

"那也是叫油炸鬼迷了心窍！"满箱儿猛推筐箩船几下，船靠了岸，"您快下船吧！"

杜桂子上岸以后，微笑着问道："我想到你家去，不知你家是住在村东，村西，村南，还是村北？走哪条道抄近，走哪条道绕远？"

"我也不知道！"满箱儿车转身子，瓮声瓮气。

"你不欢迎我到你家去呀？"

"我不想多一个人帮腔！"

满箱儿跳上船去，又打了个长长呼哨，一呼百应，鸭群欢叫着离开柳荫下的水边；满箱儿挥舞手中那一丈多长的红皮水柳枝子，把这一片白云赶向远处的河湾。

3

杜桂子只得自己上路，找四十年前的脚印，到花街去。

可是，河边的风景已经跟四十年前大不一样了。当年的河柳，只剩下寥若晨星的几棵，虽然没有焦了梢，却早已猫了腰，满树皱皮，老态龙钟了。过去那一片长满牛蒡、乍蓬、香蒿和三棱草的河滩，眼下开出一块块方格子稻田。河滩上那一条留下杜桂子四十年前不知多少脚印的羊肠小路，更不见一痕残迹，想到白沙冈的老杜梨树下，只有走稻田的田埂子。

杜桂子走进稻田，一跑就到白沙冈，清风徐来，她忽然听见白沙冈的那一坡，一台录音机正播放一支欢快动听的歌：

> 走在乡间的小路上，
> 牧童的歌声在荡漾，
> 哇呜哇呜他们在唱，
> 还有一支短笛在吹响……

这支歌，更勾起杜桂子那千丝万缕的乡情，催动她的脚步快走，一口气跑到白沙冈上。她这才发现，白沙冈那一坡的青草丛中，一群群野蝴蝶像一团团柳絮杨花，忽上忽下，忽前忽后，忽左忽右，给一匹大肚子骒马伴驾；大肚子骒马在歌声中摇动尾巴，喷着鼻子，香香甜甜地吃草。被老杜梨树浓荫遮住阳光的半坡上，放马的老人仰面朝天，身边的录音机荡漾着哇呜哇呜的歌声；老人半闭着眼睛，架起二郎腿，似睡非睡，沉醉歌声中，快活似神仙。

"老大爷！"杜桂子喊道，"请问您，到金砖家走哪条路？"

老人一个鲤鱼打挺站起来，只见他像一棵深秋时节的蒲公英，不但白了头，而且两道寿眉，银髯如雪；上身夏布汗褡儿，下身整腰肥裆裤子，却喜欢光脚，脚掌上的老茧踩得碎满地蒺藜狗儿。

"同志，你是县里来的，还是市里来的？"老人耳不聋，眼不花，高声响亮地问道。

"您……您是……"杜桂子睁大眼睛，"您不是……金家大贵大伯？"

金大贵老头反倒目瞪口呆了。

眼前，这位五十岁上下的女同志，头发还很乌黑，只有鬓角洒上几星霜花，面如满月，眼角只有几道浅浅的鱼尾纹；她身穿银灰色的西装外套和咖啡色的长裤，手拎一只旅行提包，端端正正像一名因公出差的女干部。

"同志，我上了几岁年纪，有眼无珠了。"金大贵老头牵动嘴角笑了笑，"你……贵姓？"

"大伯，我是桂子，杜家的……桂子呀！"杜桂子奔上前去。

"你……你是桂子？"金大贵老头抢上三步，又后退两步，眯起眼睛，"我要头上脚下看一看，看一看。"

"难道您还怕我是借尸还魂吗？"杜桂子眼泪扑簌地问道。

金大贵老头蹲下瞧，站起看，忽然大叫："桂子，你还活着！"

"怎见得我不是冒名顶替呢？"杜桂子惨笑了一下。

金大贵老头伸手一指她咽喉的伤疤，说："这是你十三岁那年，腌黄瓜坛子从窗口里扔出一把剪子，把你扎伤的。"

"大伯，那块伤疤留在后背上……"杜桂子的眼泪扑簌簌淌下来，"这块伤疤是我自个儿扎的。"

"你怎么自个儿下黑手？"金大贵老头眨着眼睛。

"人贩子把我卖到天津卫，我宁死也不肯腌臜了清白女儿身……"杜桂子呜咽着哭道，"谁想死去活来，还是落进了他们的火坑，受了七年罪。"

"腌黄瓜坛子却是死在自己手里。"金大贵老头愣愣怔怔，"油炸鬼赌钱红了眼，把腌黄瓜坛子当一注押上去，翻牌又落了空，老婆赔给了人家。腌黄瓜坛子被卖到东海子下处，不到一年就得了脏症；河边上吊，坠断了柳枝子，尸首漂回了花街。"

"恶有恶报！"杜桂子咬牙切齿。

"她也还算个苦人儿呀！"金大贵老头伤感地长叹一声，"是我把她捞上岸，刨坑埋在一棵孤树下。"

杜桂子忽然想起，她那年十三岁，金砖娘已经死去几年了，金大贵跟腌黄瓜坛子相好过一阵子。一个月夜，她忽然从梦中惊醒，听见窗外有响动，趴到窗口一看，原来是金大贵从墙头上跳下来，站在葫芦架阴影里的腌黄瓜坛子扑上去，投到他怀里。

"你带我走吧！"腌黄瓜坛子娇声贱气，"靠山吃山，靠水吃水，哪一方的黄土不埋人？"

"我生死不离寸地！"金大贵瓮声瓮气，"死在本乡本土，臭块地还能肥一架好葡萄。"

"那你就攒一笔钱，从油炸鬼手里买了我。"腌黄瓜坛子热辣辣又甜腻腻，"露水姻缘怎比得长久夫妻，我一心想嫁给你。"

"我才不想娶你这个母夜叉，害得金砖也像桂子一样受你的虐待。"

"三更半夜，你跳墙过来，不怕我这个母夜叉吃了你？"

说着，腌黄瓜坛子便哼哼唧唧，动手动脚，月光下像一条白花蛇，缠绕在金大贵身上。杜桂子的心快要跳出了嘴，赶忙闭上眼睛，只觉得一阵阵肉麻。

第二天歇晌时候，她跟金砖到河滩上打青柴，两人都累出一身大汗；金砖下河浮水，杜桂子只站在半人高的水草丛中洗身子。

"金砖，我有几句悄悄话，你想不想听？"杜桂子向绕着水草丛浮来浮去的金砖问道。

"说吧！"金砖停下来踩水。

杜桂子的眼睛溜了溜四外，才小声说："我那个母夜叉姨妈，想当你的后娘。"

金砖不懂利害，嬉笑道："我家正缺少个烧火做饭的人。"

"你是丝瓜瓢子，没心没肺！"杜桂子吓唬他，"母夜叉一进你家的门，活剥了你的皮，把你生吞下去。"

金砖吐了吐舌头，说："那可不要她！"

他们背柴回家，路上正遇见腌黄瓜坛子挎一只柳篮，从一块瓜田找便宜回来。

"金砖，给你个大的吃！"腌黄瓜坛子从柳篮里挑出一个金葫芦似的香瓜。

金砖抢过来，递给杜桂子，说："桂子姐，你吃。"

杜桂子掉过脸儿，不敢伸手接。

"她不配！"腌黄瓜坛子插到金砖和杜桂子中间，"你是我身上的肉，她是我皮上的癣，贵贱不一般。"

金砖把香瓜扔回腌黄瓜坛子的柳篮里，嚷叫道："你就是把一块瓜田全给了我，也别想当我的后娘！"

腌黄瓜坛子变了脸，眼露凶光，尖着嗓子问道："小没良心的，是谁挑唆你跟老娘恶言恶语？"

金砖发了慌，偷瞟了杜桂子一眼，想从杜桂子的脸色上找个主意，却被腌黄瓜坛子捉住了他的目光。腌黄瓜坛子放下柳篮，恶虎扑食，抓住杜桂子的辫子，挽在手里，骂道："贱丫头片子，我剁下你的长舌头！"

一见杜桂子要挨打，金砖扔下身上的草捆，像一头金钱豹子，狠狠咬了腌黄瓜坛子的手腕一口；腌黄瓜坛子疼痛难忍撒了手，杜桂子一溜烟逃跑，腌黄瓜坛子一双三寸金莲的小脚，追也追不上。

半夜，杜桂子正睡得香，腌黄瓜坛子堵住屋门，又拧，又掐；杜桂子跳出窗户逃命，腌黄瓜坛子投出一把剪刀，正扎在她的肩膀上，她浑身是血，跑出柴门，正撞在收工回来的金大贵身上。

"腌黄瓜坛子，不许你再动桂子一指头！"金大贵嚷叫着闯进门去。

"她吃我的饭，我想打就打，想骂就骂！"腌黄瓜坛子站在窗台上，双手叉着腰。

金大贵走到窗根下，说："把她给我当儿媳妇，我管她的饭。"

"我怕你扒灰！"腌黄瓜坛子满嘴喷粪。

金大贵气得全身起了火，跳窗而入，把腌黄瓜坛子打得半个月下不了炕；从这天起，两人一刀两断。想不到几十年过去，老人却旧情难忘，宽恕了那个可恨的女人。

"大伯，您今年七十八了吧？"杜桂子眼泪汪汪，"身子骨儿还硬朗得像一条脊檩，真想不到。"

"判官翻开生死簿，打算给我销户口，没想到刚点我的名字，笔头儿掉了！"金大贵老头哈哈大笑，"七十三，八十四，阎王不叫自己去；他把我忘了，我也懒得见他。"

杜桂子也被逗笑了，说："怪不得您返老还童，放马还带录音机。"

"那是你侄儿的鬼点子！"金大贵老头哼道，"我的口味，还是梆子、蹦蹦儿入耳。"

"我的侄儿……"杜桂子一时懵怔了。

"你金砖兄弟的儿子水桥呀！"金大贵老头满面得意神色。"奶牛听音乐下奶多，骡马听音乐吃草香，他说这是科学实验；人家是大队长，一村之主，我这个每月白拿二十块退休金的老家伙，怎敢不兵听将令草听风？给家里放一群鸭子，外搭队上一匹骡马，老家伙更加活儿。"

"我想马上见一见这位金水桥大侄子。"杜桂子笑道，"更想见到金砖兄弟。"

"你见不着他。"

"他到哪儿去了？"

"跑啦！"

"跑啦？"

"偷跑三天了，下落不明。"

"为什么？"

"坐轿子号丧，不识抬举！"金大贵老头怒气冲冲，"我这个当爹的，水桥那个当儿子的，都想给他找个做伴的；他狗咬吕洞宾，还张嘴像烟囱，差一点把我呛死，我想打他两巴掌，儿大不由爹，他一跺脚跑了。"

"多么不巧！"杜桂子的脸色，流露出扑了个空的失望神情，"我还要赶到北京会合，看来不能跟他见一面了。"

"后会有期！"金大贵老头笑眯眯地说，"等到春节，你带我那侄女婿，还有你们的儿女，回来多住几天，这也算千里有缘来相会。"

"我……我是孤身一人呀！"杜桂子又满眼眶子泪水了。

"啊！"金大贵老头又目瞪口呆起来。

这时，村口走出一个年轻媳妇，向老杜梨树浓荫下喊道："爷爷，晌午吃什么饭呀？"

金大贵老头惊醒，大声吆喝道："四盘八碗，抻喜面！"

年轻媳妇咯咯笑成一串，问道："是我爹心回意转，今天会亲吗？"

"你倒会乱点鸳鸯谱！"金大贵老头咋咋呼呼，"我这是招待你杜家桂子姑。"

年轻媳妇也踮起脚尖，手搭凉棚，扑出身子向老杜梨树下张望起来。

4

迎着年轻媳妇那水灵灵的目光，杜桂子离开老杜梨树，走下白沙岗。

"桂子姑，我早就知道您！"年轻媳妇一溜小跑迎上来，花汗衫被风吹得像一朵彩云。

她们在半路的一口鱼塘岸上，面对面站住了。

杜桂子望着年轻媳妇那一双荷叶露珠似的眼睛，半信半疑地说："我一走四十年，你只不过三十岁上下，怎么会知道我这个人？"

年轻媳妇那石榴红的嘴唇，甜甜一笑，说："六八年我到花街插队，爷爷是贫下中农代表，给我们忆苦思甜，说过您的故事。"

"原来你是一位知青！"杜桂子这才发觉，年轻媳妇的口音，京字京韵，"你叫什么名字？"

"林莺。"

"怎么不回城？"

"花街的饭菜香，水好喝，舍不得走了。"

"只怕是我那个侄儿金水桥捆住了你的手，扯住了你的腿吧？"

"嘻嘻！"

林莺的笑声，清脆悦耳，真像林中莺啼。

"城里的娘家，还有什么人？"杜桂子很喜欢这个银铃嗓子的侄媳妇，挽着她的胳膊回村，一边走一边又问道。

天上没有乌云，林莺那明朗秀丽的瓜子脸上，却飘过一抹阴影，哑声说："家破人亡了。"

杜桂子忍不住更紧紧地挽住她，含着眼泪说："咱们娘儿俩都是苦人儿……"

林莺点点头，说："您被姨父卖给人贩子，我也差一点被叔叔送入虎口；多亏我爷爷、公爹和水桥，把我从虎口里抢救出来……"一阵心酸，她强咽下一大口泪水。

林莺的爹本是北京一家医院的副院长，她的娘是这家医院的主治大夫，被造反团专政，罪名是到过外国留学，有严重特嫌问题，六八年不明不白死在牛棚里。孤女林莺，只得投奔叔叔家栖身；她的叔叔却是个势利小人，正给那个逼死兄嫂的造反团头子拍马屁，捧臭脚，怎么肯沾上一身晦气，捏着鼻子把林莺收留下来？林莺被叔叔推出门外，到花街插队落户，可教育好的子女身份矮三辈儿，知青里的几条鲨鱼欺侮她；金大贵菩萨心肠儿，金砖更是侠肝义胆，一个骂，一个打，镇住那几个坏小子，她才直起腰，抬起头。插队落户两年多，她的叔叔没有下乡看过她一趟，忽然一天坐着一辆上海牌小卧车来了，花言巧语把她骗进汽车里。她上了车才知道，那个造反团头子的黄脸婆死了，扔下大小五个孩子；这个家伙原是牵一条狼狗守夜的门卫，一步登天当上医院革委会主任，想娶个才貌双全的年轻姑娘做填房。林莺的叔叔是个看主子眼色行事的家伙，急如星火到花街，拐走亲侄女儿，要把林莺押送到那个双手沾满血污的歹徒睡榻上。林莺大喊："救命呀！"车过金家柴门外，金大贵、金砖和金水桥手持铁锹、大镐、禾叉，横拦路上，劫车救人，林莺才虎口逃生。

"当年，金砖要是个大小伙子，下河劫船，我也就免受七年罪了！"杜桂子悲叹一声，"侄媳妇，你到底比我的命甜。"

"全家吃了我多少挂累呀！"林莺眼睫毛上挂着泪珠儿，"水桥参不了军，入不了党，招工不要他，选拔工农兵学员更没他的分儿，一匹千里马卧了槽。"

"他不后悔娶你吗？"

"您的侄儿站得高，看得远，心胸宽。"

"好孩子！"

"是我爷爷和公爹管教得好。"

"刚才我过河遇见你的满箱儿，哪吒转世似的惹人喜爱，想必也是满箱儿的爹管教得好吧？"

"嘻嘻！……"林莺又笑了，睫毛上的泪珠儿纷纷落下来。

"一直没有给你分配工作吗？"

"七九年医院党委给我爹娘平了反，我被分配到公社卫生院当司药员，这几天工休。"

四十年前的花街，柳棵子地中三座沙冈，龙头、熊腰、凤尾三条街。眼前，看不见沙冈也看不见房屋，只见里三层外三层，千层篱笆似的都是绿树。林莺跑在前面，穿过绿树浓荫中的小路，进入凤尾之后的一条新街。杜桂子看见，一座座青砖红瓦的宅院，门楼各有特色，家家互不相连，两户之间隔断五尺，栽种了桃、李、杏、梨、核桃、海棠、苹果树，又绿又香。

杜桂子问道："这一家家，怎么谁跟谁都不挨肩呀？"

林莺笑着答道："过去盖排子房，几十家连山，东头有人打喷嚏，西头就有人得感冒；小孩出疹子，更是一传十，十传百；一家闹鸡瘟，百家鸡死光。您侄儿当上大队长，打定主意改革排子房的格局：两家之间留空地，栽花种树，调换空气，春天看风景，秋天有收成。"

"水桥真想得周到。"杜桂子啧啧赞叹，"花草树木能治病；我那间八平米的小屋，窗台上也养着几盆吊兰、月季、珊瑚豆。"

金家的宅院坐落在凤尾后街东口，颇有几分城市风味。高高的院墙，不是柴门，不是农村常见的花门楼对扇门，而是仿造城里宾馆的绿漆铁栅栏门；院墙四外，香白杏摘过了，水蜜桃红了嘴儿，核桃、海棠、苹果已经结出了一串串、一挂挂、一嘟噜一嘟噜的嫩果子；斑驳树影中还有一簇簇小小的野花，红的、黄的、蓝的、紫的，一闪一闪。

林莺指指点点，说："这些花花草草，都是您侄儿找来花籽草籽儿，满天星撒下去，一场春雨长起来。"

"他一定是个清秀的人！"杜桂子笑着说。

门前一棵柳，喜鹊喳喳叫，她们走进院里。正面六间青砖红瓦大房，爬满碧绿藤萝，两间小厢房的窗前两片花畦，几只蝴蝶飞来飞去；一座大棚葡萄架遮荫，没有多大用处的葫芦架不见了。

"桂子姑，您看不见猪圈、羊栏、鸡窝、鸭棚吧？"林莺笑问道。

"是呀！"杜桂子东张西望。

"也是您侄儿的点子，放在后院，另走角门。"林莺隐藏不住得意神色，"他说前院就像人的脸面，要眉清目秀，干干净净。"

"现代化！"杜桂子赞不绝口，"年轻人的脑瓜子现代化了。"

这六间大房，东头两间住的是小两口儿，正中间住的是金大贵、金砖和满箱儿三辈人；西头两间，窗外两棵丁香树，拉着窗帘，静悄悄。

"桂子姑，您进屋歇息吧！"林莺打开这两间的外屋门。

杜桂子进屋去，只见外间满堂新家具，酒柜、沙发、电扇、大立柜；里间一张铺着花床单的双人床、折叠桌、靠山镜、床头柜，也都是公社木器厂的最新产品，散发着新漆的芬芳气息。

"哎呀！这是谁的新房？"杜桂子眼花缭乱地问道，"只差贴红喜字儿了。"

林莺掩嘴哧哧笑个不住，说："这是您侄儿给我公爹准备的洞房，我公爹还一直蒙在鼓里。"

"那我可不能住！"杜桂子想退出去，"我不是全福人，住新房不吉利。"

"原来您还迷信呀？"林莺抢过杜桂子的手提包，放进大立柜，"您住这间房，是赏我公爹的光。"

杜桂子坐在沙发上，两眼发起呆来，自言自语地说："在城里，我一辈子也住不上这么敞亮的好房。"

林莺送来洗脸水，放在盆架上，说："桂子姑，您给我看家，我去买熟食，割一块肉。"

杜桂子却跳起来，扯住了林莺的胳臂，红着脸说："我两手空空回花街，没有带回一块糖孝敬大贵大伯，这顿饭我出钱吧！"她掏出钱包，硬塞在林莺手里。

林莺就像被炭火烫了手，吓得直叫："我接您的钱，爷爷要骂我财狠食黑，丢金家的脸！"

杜桂子脸一沉，说："你不收我的钱，是丢我的脸。"

进退两难的林莺，只得硬着头皮接过钱包，说："您躺一躺，我一眨眼就回来。"她匆匆走了，先奔白沙岗老杜梨树下，把杜桂子的钱包交给爷爷。

杜桂子不敢躺那张双人床，走出这两间只差贴红喜字儿的新房，看这座宅院的风光景色。院子一亩大，城市里谁能有一座一亩大的院落？一阵阵风吹来，满院弥漫着花香水汽，没有城市里刺鼻的煤烟气味，更没有下水道污水井的恶臭。六间大房坐北朝南，上下玻璃窗，满屋子亮堂堂的阳光；她那间八平方米的背静角落小阁楼，一年三百六十五天没有一线阳光照进来，白天也要开电灯，仍然昏昏暗暗。冬天冷得像冰窖，夏天热得像蒸笼，窗台上花盆里的吊兰、月季、珊瑚豆，得不到充分的阳光和新鲜的空气，长得都很黄瘦，就像一窝先天不足、后天失调的病孩子；她下班回家，不忙做饭，先忙着给这三盆黄瘦病弱的小花浇水施肥，就像慈母心疼可怜的儿女。

她从火坑里跳出来，到工厂学徒，三年零一节出师以后，却仍旧觉得人前矮一头，嫁给了一个比她大十几岁的老技工。这个人虽然是个闷葫芦，却知道疼她，懂得爱她。早晨她还没有睡醒，丈夫已经给她做得可口的早点，她刚起床，丈夫早给她端来洗脸水和漱口水；大冬天下夜班，风雪交加，零下四十度，丈夫抱着皮袄、毡鞋、狗皮帽子，到工厂门口接她。她多么想生儿育女，八平方米的背阴角落小阁楼里一片欢欢笑笑；但是，几年过去，却没有一点喜信。她找过多少偏方，吃过多少剂药，还是铁树不开花；含羞走进医院妇科，才知道自己已经失去生育能力。两口子闷得慌，就养花解闷儿；丈夫死了，给她留下这几盆花，陪伴她打发那冷清寂寞的日子。

可是，童年的伙伴金砖，却是四世同堂一大家子人；院子里的花开得茂盛，叶子也长得肥大。假如她当年从人贩子的鸡笼小船被救下来，她便是儿孙绕膝的金家女主人……

"林莺！"墙外，有人兴冲冲喊道，"听说喜临门，晌午饭要吃四盘八碗吧？"

杜桂子从梦中惊醒，脸红心跳，慌里慌张躲到葡萄架下，扯过几条藤蔓半遮脸。

一个大步流星的年轻小伙子，走进绿漆铁栅栏门。

5

小伙子剑眉入鬓，鼻直口方，两颗星子眼明亮而深沉，身穿白特利灵短袖汗衫和咖啡色制服短裤，衣兜里插一副太阳镜，左肩背一只百宝囊似的帆布套子；那风度，不像农科院的研究生，也像农学院的大学生。但是，他却留个光头，不过不是热水快刀子剃出的青皮光葫芦，而是机割麦茬似的短寸头，两条腿沾满泥水草叶子，脚下的泡沫塑料凉鞋已经旧得热补了好几块，右手拿一把镰刀，又是农家子弟本色。

"您来啦！"小伙子满面春风，向葡萄架下的杜桂子微笑，"怎么没带孩子来？"

"孩子？……"杜桂子摸不住头脑，"我没有孩子呀！"

小伙子意味深长地笑了笑，说："油炸鬼大爷早已介绍您的情况，您有三个儿子。"

"哎呀！"杜桂子叫起来，"你把我当了谁？"

"您……您不是？……"

"我是你杜家桂子姑！"

"张冠李戴，不问青红皂白！"小伙子哈哈大笑，"我正在稻田里除草，有人从村里跑出来，大嚷大叫：'水桥，你爸爸的对象来啦！赶快欢迎贵宾。'我跳上畦埂，一阵旋风似的跑回来。"

"嘴上没毛，办事不牢！"杜桂子哭笑不得，"儿子给老子找对象，也算得天下奇闻。"

"这也是我的一片孝心呀！"金水桥的笑脸一下子消失了，"我娘死那一年，我爹刚三十三，已经是五级工，城里不少人给他介绍对象；他怕我受委屈，不肯给我娶后娘，还自动申请下放回乡，二十年的心血花在我身上，把我拉扯大。如今我娶妻生子了，怎么能眼看他老人家孤单单一个人？"

"我看，你们只管扇风，别管点火。"杜桂子咯咯笑道，"你爹是个一年能赚十几万块钱的厂长，活活是个财神爷；财神爷门前插上招军旗，还怕没有吃粮人？"

"言之有理！"金水桥响脆地拍了个巴掌，"我爹一年分红加奖金，两千块的收入，平均每月一百六七十，给个县长都不换，不愁没有财神奶奶下凡来。"

"好个财大气粗！"杜桂子找到一只柳篮子，"水桥，你忙去吧！我摘点青菜，想吃家乡风味。"

"我这就算收工了。"金水桥坐在葡萄架下的石桌上，从百宝囊里摸出一支香烟，过滤嘴的。

"你抽这么贵的烟呀！"杜桂子目瞪口呆，只觉得农村处处都显得富起来。

"待客的。"金水桥吸了一口，"眼下跟人家打交道，一支烟就是一座过河的桥。"

"队里花钱买的吗？"

"自个儿掏腰包。"

"一年到头你要赔多少钱呀？"

"我这个大队长，三千六百五十分，公社每月补助几块钱，比我爹少少挣八九百块。"

"你当干部，老爷子跟你爹都愿意吗？"

"二位老人家，鞭打棍槌逼我拉这辆车，绷紧了套。"

"你媳妇呢？"

"只要我不抽烟喝酒，别的她不管。"

"你是不是心甘情愿？"

"我才没有当官儿的瘾哩！"金水桥把过滤嘴香烟抛到地上，"我投考了三回大学，三回只差半步就到分数线；正牌大学生当不上，八〇年考上农学院的函授生。又跟县农科所挂了钩，种水稻、小麦、西瓜、果树实验田，多少懂得了一点科学；给我几个人，承包三十亩大田十亩瓜园，一年的收入敢跟我爹的综合厂比个高低。"

"那你为什么要当大队长呢？"

"民主选举，只有我一个人投了反对票，乡亲们赏脸我不敢不要脸呀！"金水桥站起身走进屋里，拿出几张报纸和一本杂志，又回到葡萄架下，坐在石桌上翻看。

"你自个儿还订报呀？"杜桂子在墙边摘着豆角问道。

"人不能光填肚子，还得喂脑壳呀！"金水桥笑着说，"少抽一盒过滤嘴香烟，能订一个月的报，少喝一瓶大曲酒，能订一年的杂志。"

"我也爱看个书呀报的！"杜桂子也笑道，"我从厂子里扫盲班毕业，还上过二年业余中学；下了班回家，最喜欢关门看小说。”

“我们大队有个图书室，花了一万块钱买书；您多住些日子，一年到头天天都有新小说看。”

“有没有俱乐部？”

“今年冬天盖起来，一座能装八百人的礼堂，还有几间游艺室。”

“幼儿园呢？”

“十间房的大院，滑梯、压板、秋千、木马，玩具齐全。”

“学校呢？”

“原来有一所，眼下合并到大村的中心学校去了。”

“孩子们念书用心不用心？”

“工值一年比一年高，退学的一年比一年多，都想回家挣分。”金水桥像被触痛了一桩心事，跳起来挥着拳头，“明年我设立奖学金！小学考上前三名，每年六十元，初中考上前三名，每年一百元，高中考上前三名，每年一百五十元；考上中专的每年给二百，考上大学的每年给三百。”

“好大的口气！你们有多少钱？”

“存款五十万，每年坐拿三万块的利息，这笔奖学金不过是大腿上拔下一根汗毛。”

杜桂子摘完豆角又摘黄瓜，说：“你是个万能的当家人，乡亲们年年选你当大队长。”

“反对终身制！”金水桥嬉笑道，“咱们也按宪法办事，连选只能连任一次。”

杜桂子看了他一眼，问道：“只怕是你嫌纱帽小，心比天高，另有打算吧？"

"这里窝住一口气！"金水桥拍了拍胸口，"别看我没考上大学，我偏要拿到大学毕业证书。"

"大学毕业证书能花钱买到手吗？"杜桂子摘满一篮子瓜豆，回到葡萄架下择起来。

金水桥也帮把手，说："北京刚成立青年农民科技协会，我是骨干会员；念完函授大学，争取考上助理农艺师的职称；参加自修大学考试，门门及格，也能挣到一张大学毕业文凭。"

"你还应该把你爹的手艺接过来。"

"萝卜白菜，各有一爱，我爹的手艺还是传授别人吧！一心不二用，我就喜欢五谷杂粮的学问。"

杜桂子想起金砖一走三天，下落不明，着急地说："儿行千里母担忧，母行千里儿不愁，你怎么不想把你爹找回来呀？"

金水桥却微笑着摆了摆手，说："您放心，多则三日，少则一天，他老人家自个儿就会回来。"

"怎见得？"

"他老人家有两个放心不下，牵肠挂肚。"

"哪两个放心不下？"

"一个是大队综合厂，他老人家怕出次品，不亲自把关不放心。"

"另一个放心不下呢？"

"他老人家最怕满箱儿不用心念书，每天晚上满箱儿做功课，都要亲自督阵。"

"你倒真会任凭风浪起，稳坐钓鱼船！"杜桂子哼了一声，"哪怕是装模作样，你也该四下找一找，坐在钓鱼船上纹丝不动，人家要骂你不孝。"

"我不找他老人家，才是真孝心。"

"这话怎讲？"

"我爹一年四季守住这个厂子，舍不得歇两天；这一出去，一定是去看望他老人家的师兄弟，那些老哥儿们多年不见，必定把他老人家扣留几天，颐和园、十三陵、八达岭……到处逛一逛，玩一玩，也算放个假。"金水桥胸有成竹，一副未出茅庐先知三分天下的神气。

杜桂子笑了，说："我明天到北京逛公园，也许碰见他。"

正在这时，院外一阵奔跑声，林莺喊叫着："桂子姑，我爹回来啦！"

"你爹回来啦！"杜桂子推开面前的菜篮，站了起来，"水桥，快把他接回家。"

"不忙，忙中有失。"金水桥故作镇定，又点起一支烟，"还不知道他老人家是笑脸儿而归，还是整脸子而回；愣头愣脑去接驾，也许迎头挨一顿骂。"

林莺双手提着一条子肉，几条鱼，几瓶酒，走进门看见金水桥，忙说："快接回咱爹来！哎呀，你敢抽烟？"

金水桥急忙捻灭手中的烟头，笑问道："你在哪儿看见他老人家？"

林莺红扑涨脸，气喘吁吁地说："我从小卖部出来，正看见咱爹喜气洋洋站在综合厂大门外；我走过去问好，老人家沉下脸问道：'你买这些酒肉干什么？'我说：'杜家桂子姑回来了，招待贵客。'老人家一听，痴呆呆僵住了，淌下了两串老泪，过了好半天才眉开眼笑，连说：'快替我问你桂子姑好，我到车间转个圈儿，马上回去。'"

"老人家自动回家，我又何必磨鞋底儿呢？"金水桥忽然咬住嘴唇，院墙外的柳荫路上，脚步声自远渐近，"听，我爸正急行军！"他吐了吐舌头，慌忙躲进自己屋子里。

杜桂子压住心慌，抬起手抹了抹鬓角，垂下手扯了扯衣襟儿，迎向门口。

6

一见之下，杜桂子和金砖都像木雕泥塑似的愣住了。

五十三岁的金砖，虽然面如重枣，目光灼灼，但是霜染了两鬓，眉梢挂雪，花白了头，哪里还有四十年前的一点点顽童稚气？高大魁梧，硬朗得像花梨紫檀的身子，穿一件元宝领的漂白短袖衫，下身却大热天穿一条劳动布工裤；脚下圆口布鞋，麻绳纳底儿，青斜纹呢鞋面。神态、打扮、站立、走相儿，都是一副自幼坐科学徒，不差板眼，不离尺寸的老工匠姿势。

"你……你真是桂子姐？"金砖狠狠揉了揉眼睛，"四十年不见，大街上走碰头，撞个大仰八脚儿，也不敢想是你。"

杜桂子含泪笑道："我在老摆渡口，遇见你的孙子，就把他爷爷当年的影子找回来了，又像回到四十年前。"

"桂子姐，你高抬了我！"金砖大笑道，"当年的我不过是个昏天黑地的小嘎子，怎敢比满箱儿这个小文曲星？"

"你的儿子水桥，比起你来，是高一头，还是低一等？"杜桂子故意问道。

金砖面带得意神色，笑眯眯地说："把那小子放在公平秤上，高他老子一头，低他儿子一等。"

"桂子姑，我爹那杆秤偏心眼儿！"金水桥嬉皮笑脸从屋里跳出来，"我出马上阵刚几年，怎敢比我爹这员老战将？我走过的桥比满箱儿走过的路还长几尺，怎能服气那个黄口小家雀儿？"

金砖马上虎起了脸，鼻孔里哼了一声，说："不看在你桂子姑面上，我饶得了你！"

"水桥犯下你的哪一条金科玉律？"杜桂子又明知故问。

"儿子逼娘改嫁，大逆不道；逼爹再娶，也是忤逆不孝！"金砖火冒三丈，大叫起来。

"清官难断家务事，桂子姑初来乍到，您别给人家出难题儿。"金水桥嘻嘻哈哈，以柔克刚，"贵客临门，您陪桂子姑说话；我惹您生气，罚到灶上当苦力。"

杜桂子忙说："你劳累半天了，还是我给侄媳妇打下手。"

"桂子姑，您千万别心疼他！"厨房里，林莺高声插嘴，"他是野鸟满天飞，不摆饭桌子不回家，今天也该叫他尝一尝烟熏火烤的滋味儿。"

"改一改他那饭来张口的毛病，也好。"杜桂子向金砖微微一笑，"我想看一看你们那老少三辈的男宿舍。"

金砖打开房门，也是一明一暗的里外两间。外间最引人注目的是靠墙的酒柜上，有一台彩色电视机；里屋最引人注目的是满墙奖状，就像是一间老少三辈先进事迹展览室。

"我爹是个电视迷。"金砖把杜桂子让到沙发上坐下来，又打开落地电扇吹风，"老人家一见女跑男追的镜头，就大喊大叫骂那个男演员：'小两口闹个狗龇牙儿，你怎么追到街上打呀！'老少口味不同，水桥又想听电视台的大学老师讲课，等年底分了红，还得买一台。"

杜桂子忙说："我一走四十年回来，连一块绿豆糕也没有孝敬大贵大伯；这些年我省吃俭用，积攒了三五千块钱，让我给老人家买一台彩电吧！"

金砖摇了摇头，说："千里鹅毛胜千金，老人家看见你落花流水回故土，心就醉了。"

"我早该回来看望大伯，看望你……"杜桂子鼻子一酸，眼圈红了，"跳出火坑，只觉得一条腌臜身子，没脸再见故乡人；就是今天回来，也是攒起胆子，厚着脸皮，提心吊胆过了河，生怕你们嫌弃我。"

"唉！只怪我当年拦不住人贩子的鸡笼船，怎怪你一块白布掉进染缸里？"金砖长叹一声，"就是你被拐卖的那一年，我到北京一家小铁工厂学徒，四八年已经出师三年了。小铁工厂隔壁，有个荐头店，开荐头店的恶婆子，要把一个乡下姑娘卖到下处；看见她想起你，我跟掌柜的借了一笔印子钱，买下她送回花街，她便是水桥的娘。"

"你有水桥娘的相片吗？"杜桂子心情激动地问道。

金砖一指墙上，说："看，这就是她。"

杜桂子抬起头，墙上挂着一个一尺二寸的镜框，镜框里一张放大照片。画面上，朦朦胧胧一团云雾，迷迷茫茫一片暮霭，站立着一位穿花褂子的农村小媳妇儿。

"这张照片，是阴雨天气，黄昏时分照下来的吧？"杜桂子远瞧近看，又摘下镜框捧在眼前。

"年深日久，眉眼模糊了。"金砖的脸上呈现出痛苦神色，"当年的年轻人脸皮儿薄，我跟她照个合影都害臊，五四年我带领一支青年突击队，四面八方打硬仗，哪一仗都抢头阵，一连三年没回家，水桥娘照了一张二寸的相片寄给我。今年春天从旧箱子里翻出来，跑了几家照相馆，说了六车的好话，才给放大。"

"看得出，弟妹是个脾气温柔的人。"杜桂子目不转睛，凝望着水桥娘的照片。

"孝敬公爹，疼爱孩子，一心扑在我身上，我还没见过一个比得上她的女人……"金砖眼里噙满热泪，"六一年她死了，我在她坟前赌了咒，一辈子不拈花惹草；谁想土埋半截五十三岁了，上有老，下有小，两面夹攻，逼我走瞎道儿。"

"我替你劝得大贵大伯打退堂鼓，水桥也就不敢多管闲事。"

杜桂子又把水桥娘的照片挂在墙上："你也别再一言不发，甩袖子就走，闹得阖家不安。"

"你当我是跟一家老小赌气呀？"金砖又大笑起来，"我早有打算，到北京找我的师兄弟，转几个厂子，揽下他们的下脚料，再办个本小利大的车间；这一趟真算是出门大吉，抬头见喜，这才得胜还朝。"

"不知道我能不能助你一臂之力？"杜桂子热心地问道，"我是六级钳工。"

"吉人自有天相，我正为缺少一位高手钳工愁断了肠子！"金砖狂喜地跳了起来，"就从此时此刻算起，每天给你两块五毛钱的补助，一日三餐四菜一汤。"

"你这是啐我的脸！"杜桂子的脸涨得通红，"我退休以后，每月拿国家给的养老金，难道还要一头钻进钱眼里，在乡亲们身上敲竹杠？"

"好个高风格的桂子姐！"金砖乐得给杜桂子连连打躬作揖，"万事俱备，只欠东风；我在北京找到了一个退休的五级钳工，他开口一要价儿，吓得我这个有名的金大胆，三魂出了窍。"

正在厨房门外剥葱捣蒜的金水桥，走过来问道："这位五级工的胃口有多大？"

金砖扳着指头，愤愤地说："每月工资二百五，三顿饭两荤两素，半斤茅台酒，年终红利还要十里抽一。"

"这个家伙是想到花街找棺材本儿吧？"金水桥骂道，"他还配当工人阶级一分子吗？我看应该开除他的工会会籍！"

金砖的火气却消散得一干二净，笑道："办起这个车间，一年净赚四万块，你桂子姑分文不取，就给她盖三间房，算是她的别墅。"

"我一间也不要！"杜桂子急赤白脸地摆手。

"爹，咱家不是有两间闲房吗？"金水桥忍住笑，"杜子姑正好安营扎寨。"

"对！"金砖点着头，"这两间房做你桂子姑的落脚之地，更像一家人了。"

"我不住！"杜桂子像被蜜蜂儿蜇了一钩子。

"你不肯赏我们的光？"金砖沉了脸，老大不高兴。

"我怎么敢住这两间房？……"

"难道这两间房安放着定时炸弹？"

"那……那是你的新房呀！"

"胡说！"金砖骂字出口，又慌忙声明，"我骂的是水桥。"

"你骂的是我！"一个苍老的声音搭了腔，原来是金大贵收了工，回家吃团圆饭。

金砖皱了皱眉头噘起嘴，说："爹，我管教儿子，您别乱插一腿。"

"你有儿子要管教，我也有儿子要调理！"金大贵吹胡子瞪眼，"我七老八十，有今日没明天的人，看着你孤零零没个做伴的，怎能闭得上眼？"

"您后半辈子一个人，不是也过得快活赛神仙吗？"金砖顶撞老爹一句。

"睡不着觉烙烧饼，谁难受谁知道！"金大贵扯下脸皮喊道，"我今年要是五十三，早跑到女儿国，自由找对象去！"

"着呀！"金砖抓住了老爹的把柄，"您都想自由恋爱，为什么替我包办婚姻？"

"你……不自由……我……就要包办！"金大贵强词夺理，"我听说油炸鬼手里有三个女人找主儿，就打发水桥给你挂了号。"

"水桥！"金砖一声断喝，"是不是你给爷爷出馊主意？"

"爹！"金水桥低声下气，"我是顺水推船。"

"你……你助长歪风邪气！"金砖七窍生烟，飞出一顶帽子，扣在水桥头上，"油炸鬼七十大几，孤魂野鬼一口人；你身为大队长，不管起他的生养死葬，却还要给他找说媒拉纤的买卖，不怕丢尽花街一村百户的脸？"

金水桥装出低头认罪的神气，说："只等您老人家这桩喜事有了结果，我就给他'五保'。"

"我不用油炸鬼那一张臭嘴坑人害己！"金砖吼道，"电视上登广告，天南地北给你找后娘。"

"我不同意！"后院鸭子呱呱叫，满箱儿尖着嗓子砸后门。

金水桥开门放他进屋，跟儿子要笑，说："你不够十八周岁，没有公民权，过个八九十来年再发言。"

"我不要……那三个小家伙……当叔叔。"满箱儿的泪珠儿，像早晨草叶上的露水，滴滴答答洒下来。

林莺听见儿子啼哭，忙从厨房里跑出来，笑道："满箱儿，你爷爷不要那一窝四口，要给你找个不带小叔叔的好奶奶。"

"谁？"

"爷爷最听你的话，你帮爷爷找一找。"

满箱儿像一只花鼓风车打了个转，杜桂子映入他的晶莹泪光中。

杜桂子一阵神色紧张，强笑道："你们四世同堂开家庭会吧，我给大伯做个可口的酒菜。"

"四喜丸子，全家福！"金大贵好像脱口而出，却是画龙点睛。

7

一桌花街风味的酒席，摆在绿荫遮天匝地的葡萄架下，金大贵、杜桂子、金砖、金水桥、林莺和满箱儿分长幼坐定，刚要拿起筷子，端起酒杯，忽听从前街有人呼喝喊叫着像一只老鸹飞来。

"卸磨杀驴，过河拆桥，念完经打和尚！"一条筛子眼的漏风嗓子，噪音刺耳，"我一口酒没喝着，一分钱没到手，伤风的鼻涕就把我甩了！我是一贴狗皮膏药，粘在你的身上就别想揭下来。"

"响晴白日鬼叫门！"金砖把筷子一扔，"油炸鬼滚车道沟子来了。"

杜桂子脸色陡变，说："我正要跟他算账！"

"你们两旁闪开，我出马！"金大贵不慌不忙站起身。

"杀鸡还用宰牛刀，看我大战油炸鬼！"金水桥挺身而出。

"动口别动手！"林莺追在金水桥身后叮咛道，"你捅他一指头，他躺在门口挺尸，一年半载吃上了你。"

金水桥拐过墙角，正跟油炸鬼打了个照面。此人七八十岁，手挂一根拐杖，却两脚生风，行走如飞；两眼眨巴眨巴像半瞎，却眼尖得能分出蚊子公母；耳朵装聋，却贼得能听见八丈外的悄悄话儿。

"鬼爷，您四六步，慢慢走！"金水桥站在路边树荫下，伸张胳臂，把油炸鬼拦在火烤的大路上，"毒热的天急如星火，您口吐白沫去找谁呀？"

"找……找你！"油炸鬼气急败坏。

"是不是公社派出所给您下了传票？"

"我一不偷，二不抢，三不路劫明火，派出所在我身上找不着缝儿下蛆。"

"我可耳闻公社妇联告了您的状呀！"金水桥扮出严重神色，"司法助理员打算抓您当典型，派出所正择个好日子找您谈话。"

"我宁叫你们打死，也不叫你们吓死！"油炸鬼被晒得满头滚淌蚕豆粒大汗珠子，想要挪到路边树荫里凉爽一下，却又被金水桥那铁栅栏似的胳臂阻挡得一动不能动，"你跟你爷爷求我给你爹找个二茬子娘儿们，我跟那个寡妇凿定了身价，一千块钱彩礼，媒人吃二成回扣；你们插圈拴套，哄骗那个寡妇进了门，想把我闪到一边，还搬出妇联、派出所、司法助理员吓唬我。孩儿呀！小家雀儿戏弄老家贼，你的毛儿还嫩哩！"

金水桥拍手笑道："鬼爷，您真是财迷心窍，大白天做梦撒吃挣。"

"要想人不知，除非己莫为！"油炸鬼趁机跳到树荫下，拐杖敲打着地面，"全村都轰动了，你媳妇又打酒，又买肉，大办酒席，招待贵宾，这个人是谁？"

"一位六级钳工。"

"是不是个妇道人家？"

"是。"

"是不是个寡妇？"

"是。"

"别跟我转影壁了！正是我手里的那张牌。"

"不是她。"

"我要亲眼看个究竟。"

"您还是不见的为好。"

"二成回扣二百块，我得跟她讨回这笔债！"

这时，金家的铁栅栏门哐啷一响，杜桂子破门而出。

"油炸鬼！"杜桂子脸色惨白，浑身发颤，"你……你还有脸跟我讨债？"

油炸鬼本来眼尖耳贼，可是刚才晒了半晌，头昏脑胀，眼花耳鸣，竟没看出杜桂子跟那个寡妇的相貌不同，冷笑道："买卖成了交，你吃了肉，我也得喝口汤呀！"

"油炸鬼，睁开你的狗眼！"杜桂子直逼到油炸鬼面前，"看看姑奶奶我是谁？"

油炸鬼紧挤眼慢眨眼，大张着掉光了牙的瘪嘴，说："你是哪座山上下来的母老虎，开口骂人，还要当我的姑奶奶？折你的寿！"

"我就是那个……"杜桂子一口气堵住了胸口，"从小……在你家的苦井里受虐待，长大……又被你推下火坑的……杜桂子。"

油炸鬼转圈儿把杜桂子看了一遍，忽然放起刁来说："你不像我拉扯大的那个杜桂子，别想借尸还魂讹诈我。"

"你……你把十五岁的模样儿……还给我！"杜桂子哭着，掏出工作证，"剜出你的狗眼珠子看呀！我是不是杜桂子？"

油炸鬼见势不妙，赶快变换一张嘴脸，咧嘴假笑道："桂子，冤家宜解不宜结，四十年前的干屎橛子，嚼起来还有什么滋味儿？不是我把你送出了花街，你哪有今天的这一番气象？"

"你贩卖人口还有理呀？"杜桂子不依不饶，当胸抓住他那油渍麻花的汗褐儿，"跟我到法院去！"

油炸鬼杀猪一般叫起来："大贵，救命呀！"

"桂子，放手！"金大贵迈着四方步走出来，"水桥，把油炸鬼搀进家去；他不过是想白喝几杯酒，管得起他。"

油炸鬼看出这几杯酒难以下咽，打着千斤坠儿说："我戒酒了，戒酒了。"

金水桥年轻力壮，像挟一捆干柴，把油炸鬼挟进院里；金大贵牵着杜桂子的手，回到葡萄架下。

"满箱儿娘，添一双筷子！"金大贵下令，"水桥，把你鬼爷请到我的身边落座。"

林莺拿来一副碗筷和一只酒杯，搬出一把椅子，金水桥把油炸鬼轻轻放在椅子上。

"大贵，你这是……这是叫我屁股坐在葛针堆上呀！"油炸鬼哭丧着脸，坐立不安。

"我请你喝的是喜酒，不是断头酒。"金大贵亲自把盏，给油炸鬼满上一杯，"老哥儿们，别委屈你的海量，喝！"

油炸鬼灌下一大口，舔唇咂嘴儿，说："好酒！醉死也值得。"

"老哥儿们，我这辈子只占六个字：行得端，做得正，才落得四世同堂，阖家欢乐。"金大贵满面骄色，"你看你，吃、喝、嫖、赌、抽、坑、蒙、拐、骗、偷，只剩下一人一口一张皮，下葬谁给你抓把土？"

"大队负责火葬！"金水桥笑嘻嘻地插嘴。

"饶了我！"油炸鬼慌了神儿，"火烧火燎的，我怕疼。"

满眼泪水的杜桂子和脸色阴沉的金砖，都忍不住扑哧笑了。

"再看看人家桂子！"金大贵夹起一个四喜丸子，送到嘴边，"被你推下火坑，历尽三灾八难，到底苦尽甜来，挣得六级钳工的身份退了休；花街的女人，老的，少的，有几个六级？"

"我爹才不过五级！"金水桥快嘴快舌，像是给爷爷捧哏。

金砖瞪了他一眼。

"人比人得死，货比货得扔！"油炸鬼那半瞎似的眼睛，淌下两颗混浊的眼泪，"我死了喂狗，脚脖子上不拴个咸菜疙瘩，狗吃下都恶心。"

"你要想将功折罪呀，那就赶快把你的臭皮囊送到医院解剖！"杜桂子恨恨地说，"一刀子下去，翻出满肚子狼心狗肺。"

"外甥女儿，嘴上留德吧！"油炸鬼哀告，"咱们是姨表亲，砸断骨头连着筋。"

"谁是你的外甥女儿！"杜桂子一拍桌子，"我跟你是冤家路窄，分外眼红，明天法院见面。"

油炸鬼懂得光棍不吃眼前亏，慌忙离座，打躬作揖，呜呜咽咽地说："桂子姑奶奶，您高抬贵手，把我放生吧！我转世投胎变个大王八，在您的坟前驮石碑。"

"油嘴滑舌，我不上当！"杜桂子喝道，"你贼性不改，串通那个寡妇，打算敲诈金砖兄弟一笔彩礼，罪加一等。"

"我有罪，我该死！"油炸鬼轻轻打了自己两个嘴巴，"大贵哥叫我给金砖大侄子找个二荐子媳妇，我想金家是一块肥肉，不吃一口馋得慌，就劝那个水性杨花的寡妇拴马收棚，嫁到金家，纠缠金砖大侄子，给她那三个儿子盖三座宅院，再一哭二闹三上吊，搅得鸡犬不宁分了家；金砖大侄子是个财神爷，吃香的喝辣的，当个快快活活的财神奶奶。"

"原来你想给我拆家呀！"金大贵勃然大怒，把酒杯摔在地上，"水桥，夺下他的筷子，把这条老狗赶出去！"

"大贵，坦白从宽，你怎么不落实政策呀？"油炸鬼倒打一耙。

"鬼爷，从今以后，大队给你'五保'，禁止你说媒拉纤！"金水桥也铁青了脸，"狗改不了吃屎，我替桂子姑递状子告你。"

"得令！"油炸鬼涎着脸儿，手不停箸，嘴不停吃。

杜桂子不愿看他那一副丑态，挥着手说："给他另放一张桌子，打发他到一边吃去。"

林莺忙从厨房里拿出一只大海碗，每盘夹两箸，又搭上半瓶酒，说："鬼爷，回家吃吧！"

"沾光了！"油炸鬼手捧大海碗，垂涎三尺，"我爱吃坛子肉，你赏给我一块儿。"

"整块都给你！"金大贵见他可怜巴巴，心又软了，"队里给你'五保'，你也别游手好闲，养几只羊，换几个零花钱；咱俩搭伴到河滩上，你放羊我放马。"

林莺送油炸鬼到门口，油炸鬼忽然站住脚，鬼鬼祟祟地低声说："莺姑娘，我看杜桂子正放长线，想钓你公爹这条大鱼，你可要多留几个心眼儿，别把拜年的黄鼠狼当好人。"

"您张嘴就下臭雾，脏了我的耳朵！"林莺推搡着油炸鬼出了门，"桂子姑肯当我的婆婆，是我的福气。"

"儿媳妇怎么能当公爹的媒人呀？"油炸鬼的舌头像一条泥鳅，马上拐了弯儿，"还是我这个老手穿针引线，给他俩撮合撮合。"

"鬼老爷子，留下您的针线，缝您的嘴吧！"吃饱了饭正在门口玩耍的满箱儿，冷起小脸蛋子，"我桂子姑奶奶，今晚上就住在我爷爷的新房里。"

8

嘟，嘟，嘟……现在时间，零点整。

杜桂子和金砖从大队综合厂走出来，街上铺满月光，路边两行花树。柔软的夜风拽起一缕花树的清香，拌入皎洁的月光中，缠在他们的身影上。

"合格吗？"杜桂子轻声问道。

金砖双挑大拇指，说："六级亏了你，我看够八级！"

"我早看出你的心思……"杜桂子抿嘴儿一乐，"你哪里是叫我帮个忙，明明是考工。"

"你多心了！"金砖满脸赔笑，"农村工业得十八般武艺都会一点儿；罗家枪，秦家锏，我想跟你讨教几手高招儿。"

原来，他们这顿饭一直吃到太阳落山，月亮升起来；金砖告了一声对不住，要到综合厂转一转，看一看。杜桂子也站起身，说："我也想参观参观。"

金砖眼珠一转，说："我们正有一台机器要修理，不知桂子姐肯不肯搭把手？"

"真是雁过拔毛！"金大贵哼道，"你桂子姐到家还没有好好喘一口气，怎么忍心抓她的官差？"

杜桂子却挽起了袖口，说："大伯，我几天不干活，手痒了。"

综合厂坐落在一条小河汉子的岸坡上，四外圈起铁栅栏砖墙，墙里墙外白杨绿柳，野花上树；几座高大的厂房，灯火通明，一片机器隆隆声。

"哎呀！"杜桂子一声惊叹，"你们的工厂，比我们那个厂子强得多。"

"你们的工厂很小？"

"憋闷在市内一条小胡同里，人多地窄，转不开磨，哪有栽花种草的空地。"

"我们要把工厂打扮得像花园。"

"你称得起是个文明厂长。"

"这都是水桥的规划。"

"看来，你很服从儿子的领导。"

"工作上他的辙道多，不能不听他的；回到家，我又领导他了。"

走进厂房，杜桂子换上一套工装，一口气干三四个小时，这台出了毛病，停产半个多月的机器又运转起来，这才踏着月色回家。

走到半路上，杜桂子忽然站住脚，说："金砖，我把户口转回来，还能在你的综合厂干上十年八年。"

"只是城市户口进北京，我给你办不到呀！"金砖明白杜桂子的心意，却又发了愁。

"我改成农村户口。"

"这可不是儿戏。"

"从城市迁到农村，照拿退休金，劳保待遇也不减少，我并不吃亏。"

"回家我报告水桥，听他的决定。"

家里，老少四口只有满箱儿睡了，睡在爷爷的新房双人床上。金水桥和林莺的屋里亮着灯，一个做函授学院的作业，一个看小说。电视节目早已播放完了，金大贵躺在葡萄架下打开的折叠床上，闭着眼睛听评戏《杨三姐告状》，一边摇着芭蕉扇；听到高兴处，芭蕉扇拍大腿，就像敲打鼓板。

窗里，小两口儿轻声细语。

"水桥，我看桂子姑想留下来。"

"综合厂又多了一位财神。"

"我说的是在咱们家。"

"咱家多了一位财神奶奶。"

"你跟爷爷也得烧把火呀！咱爹有点像不冒烟的湿柴。"

"谁知道你桂子姑心里怎么想呢？"葡萄架下，金大贵关上半导体收音机，"她是城里人，不见老，工资高；'文化大革命'那十年，不少老干部死了老伴，也许她想嫁个当官儿的……"墙外脚步声，他赶忙咬住舌头。

金砖抢上一步，推开栅栏门，杜桂子走进来，笑问道："大伯，您还没睡呀？"

"怎么舍得睡呢？"金大贵直腰坐起来，折叠床咯吱吱响，"明天你就走了，咱们爷儿俩还不知道哪年哪月才能再见面呢。"

"是呀，四十年才见一面，咱们爷儿俩都再没有一个四十年了！"杜桂子坐在折叠床沿上，连声慨叹。

金水桥走出屋子，笑着说；"桂子姑，您别走，住下吧！"

"我想逛逛故宫、天坛、景山、天安门、长城、十三陵、香山、颐和园，开一开眼界，享一享眼福。"

"过几天，我驾驶三叉戟，带着您转够了北京城。"

"你们还有飞机？"

"我们有一辆三轮摩托车，跑起来车轱辘不沾地，落了个三叉戟的美名。"

杜桂子咯咯笑了一阵，说："我明天不到北京会合，同伴们不放心。"

金大贵察言观色地问道："桂子，是不是你……有了对象？"

杜桂子冷笑道："我早死了这条心。"

金大贵咕咚一声，又在折叠床上倒下来。

"桂子姑，咱们谈公事，讲官话。"金水桥堆着笑脸，"我打算向大队管委会提名，聘请您当我们综合厂的副厂长……"

"我天生当不了官儿！"杜桂子摇着头，"前年当过一回生产小组长，叫那些徒工少爷和徒工小姐气得我一天哭三顿，上台不到半个月就下了野。"

"当个技术指导，答应不答应？"

"你爹三心二意，我巴结不上呀！"

"爹，您真糊涂！"金水桥顺嘴溜出这一句，吓得缩回了舌头，"我怎么敢骂您老人家，该打四十大板。"

"你这是替我骂他，骂得对！"金大贵鲤鱼打挺，又从折叠床上一跃而起。

儿子变成了老子的代言人，金砖不敢发火，耐着性子说："我只不过是要问一问水桥，他是我的顶头上司呀！"

"我才是一家之主！"金大贵吼声如雷。

"爷爷，压一压您老人家的麦秸火。"林莺从屋里跑出来，给公爹解围，"天色不早，桂子姑人困马乏，也该休息了；等天光大亮，我爹和桂子姑拿定了主意，您老人家再锦上添花，这叫三全其美。"

金大贵虽然是灶王爷脾气，可是听林莺这一片话入情入理，也就眉开眼笑了，说："套用一句戏文，那就各自安歇去吧！"

满箱儿洗得像出水的藕，只穿一条小裤衩，四脚八叉，高枕无忧，酣睡在新房那铺上雪白凉席的双人床上。这个娇哥儿的起居饮食，都是爷爷照管，金砖要把他抱走。

"给我留下吧！"杜桂子弯下腰去，在满箱儿的脸蛋上亲了一下，"越看他越像你小时候的模样儿。"

"我跟四十年前大不同了！"金砖沉重地坐在了椅子上，"这颗心，有时候硬得像石头，有时候软得像豆腐。"

"难道我还是十五岁的我吗？"杜桂子眼泪汪汪，"你想知道我是怎么熬过这四十年吗？"

"一个字儿也不要说！"金砖惊慌地连连摆手，"我怕听苦戏。"

杜桂子哭了，说："你怕听苦戏，难道我愿意一辈子唱苦戏吗？"

"我想……"金砖掂量着字眼儿，"你不要一句话说死，也不要转户口，住下来看一些日子，留个退身步。"

"你还是怕我累赘你！"

金砖苦笑了一下说："我是怕你没罪找枷杠，日久天长委屈了你；明天你还是到北京去……"

"轰我走呀！"

"听听老伙伴们的意见。"

"好吧！"杜桂子抹下一把泪水，"三天之后我回来，住到哪儿呢？"

　　"这两间房给你。"

　　"这是你的新房呀！"

　　"你愿意，你就住我的新房吧！"金砖觉得脸发烧，更怕杜桂子那火辣辣的目光，急忙抽身，回他们的男宿舍。

　　杜桂子洗净身子，熄了灯躺在床上，看见绿纱窗外，缺边的月亮挂在天上；她掐指一算，今天是十二，三天之后是十五。

　　十五，月亮就圆了。

一九八二年六月二十四日写于儒林村

八月十四日改成于青岛海滨公寓

原载一九八三年第一期《昆仑》

年年柳色

1

今年七月，一个周末的夜晚，半个月亮像一只葫芦瓢小船，从天边不声不响爬上来；可是，爬到河畔的柳梢上，却像一条缆绳拴了桩，一动不动了。这时候，柳荫夹道的运河长堤，一辆北京牌吉普车的四个轱辘正转个不停，赶过一棵又一棵河柳，半个月亮却仍然像在前边那棵河柳枝头挂起的一盏天灯。北京牌吉普车里，坐着四十九岁的县长柳岸；他要回绿水桥家里，和妻儿团聚，休息一天。

从县城到绿水桥，走京津公路六十里，吉普车快跑只要半个小时。但是，这位县长比交通民警还古板，宁停三分，不抢一秒，他不许司机开快车。而且，从早到晚，京津公路上的来往车辆多如过江之鲫；于是，柳岸又黄花鱼溜边儿，不走公路走河堤。

吉普车沿堤南下，不快不慢，柳岸打开两边的车窗。田野上的夜风从左窗口吹进来，他深深吸了一口，把稻花的清香和瓜园的甜香吸进了肺腑，心醉得笑了；明天天亮，要到沿河的稻田转一转。走得双腿劳乏，找个高手把式的瓜园，买个斗大的早花西瓜，蹲在路边柳荫下，招呼几个过往行人留步，一边帮吃，一边谈天说地，了解民情。这时，又一股充满蒲苇、野麻和鱼腥味的河风，吹进右窗口；水汽湿漉漉的，看来要闹天儿，又是一场好雨。这个季节，下一场雨就像下一场金豆子，也就拿到了秋收的几成年景，当县长的可以长吁一口气，不再每日如坐针毡了。

过去，柳岸每个星期六晚上回绿水桥，都是骑他那辆咯吱咯吱响的旧自行车；一路上慢慢悠悠，走走停停，沿途视察万亩田。谁想，有一天，他骑在自行车上走得四平八稳，突然，两辆手扶拖拉机一前一后，摇头摆尾而来。别看手扶拖拉机算不了老几，却有许多令人闻名丧胆的外号儿：拦路虎、脱缰马、吵塌天、鬼见愁……跟谁都敢玩命。手扶拖拉机在北运河两岸的大道小路上，横冲直撞，无人敢惹，只差没有撞过飞机和潜水艇。两辆手扶拖拉机前后夹攻，柳岸上天无路，入地无门，躲闪不及，只有跳车逃走。他栽下河堤，折断一条胳臂；两辆手扶拖拉机也像二虎相争撞了头，机毁人伤。于是，县委书记和县长联合办公会上做出决定，柳岸回家休假，汽车接送。

北京牌吉普车眼看要到运河大桥了，柳岸下令停车，打开车门跳出来，挥手打发汽车返回县城，自己踏着月色，步行两里回家。

即便天下瓢泼大雨，他也坚持撑伞步行，不肯坐车进绿水桥村。

他的家坐落在绿水桥村后街，进村拐弯就到家门口。黄泥墙头搭满桃枝枣杈子，三间土房爬满南瓜秧的青藤绿蔓儿，蒲柳人家风光。这两年绿水桥富气冲天，左邻右舍都是红瓦青砖的高大新房；隔一条街，还有一家盖起两层楼。相形之下，他这座小院显得十分寒酸、破陋、委委屈屈。但是，柳岸却感到非常心满意足，不想大兴土木了。

二十二年崎岖坎坷，家破人亡，无枝可依；眼下能有个遮风蔽雨的栖身之处，一家四口过上团圆日子，他已经觉得一步登天，应该知足常乐。

这一家四口，一个是他本人，四十九岁了；一个是他的填房妻子关青梅，绿水桥大队的大队长，四十一岁；一个是他的前妻所生的儿子齐柳生，十九岁的北京大学三年级学生；一个是关青梅抱养的儿子叫金果，已经会咿咿呀呀，跑跑跳跳，村里的姑姑姨姨和婶子大娘都管他叫金蝈蝈儿。

柳岸原是儿童团团长出身，十八岁当区委书记，二十岁当县委农村工作部副部长；一九五四年考上大学，一九五七年被划了右。从大学发配回来，五行八作干了个遍，最后被流放到县东南边界的运河河口，当一名河道巡水员，住在陡岸上一座鸟窠似的窝棚里。县城中学女教员齐眉，同情他的遭遇，怜惜他的才干，不嫌他是个不可接触的"贱民"，义无反顾嫁给了他，给他生了个儿子。一九六六年天下大乱，齐眉死在造反小将的皮鞭下，他把齐眉平地深葬在运河河口，栽种了两棵红皮水柳，又把两棵红皮水柳的树顶交颈连接在一起，就像神话中的相思树。他给三岁的儿子柳齐生更名改姓叫齐柳生，送回家乡的老爹膝下抚养。一九七九年春，改正了他在一九五七年被错划问题。夏季高考，十六岁的齐柳生跳了一级，考取他当年上过的那所大学。他又到大学进修一年，一九八〇年回县里等候工作，想不到半路杀出一个关青梅，点名道姓，要跟他这个受难二十二年的人，算一笔二十五年前的欠账。

二十五年前，一九五五年的合作化高潮中，大学正放暑假。上了一年大学的柳岸，春风得意，年轻气盛，从北京回到运河滩，看望接替他担任区委书记的好朋友应天长。绿水桥大队党支部书记关忠义不同意一哄而起，跟运动顶牛，应天长亲临绿水桥督阵，柳岸急忙赶来助他一臂之力，扳倒这只拦路虎。宁折不弯的关忠义，不但被开除出党，而且被抓进公安局拘留。关忠义那十四岁的女儿，初中一年级学生关青梅，替父鸣冤叫屈，跟柳岸大吵大闹，又抓又咬，也被开除团籍，留校察看。关忠义被关押了半年，放出来以后一病不起，挣扎了几个月就死了。关青梅在一九五九年考上农业专科学校，念到三年级，她常找一位右字号儿的老师问功课；见这位老师孤身一人，不会安排生活，就帮他做一点针线。谁想，针尖的一点小事，竟惹下了塌天大祸：那位老师被判刑，关青梅被勒令退学。关青梅枉担了虚名，就横下一条心，等那人一辈子。一九七九年云开日出，那个人却早已死在劳改农场，关青梅大哭一场，抱了个儿子，姓那个死去的人的姓。已经三十九岁的关青梅，到县城找应天长和柳岸，给她和她的老爹平反。

柳岸和应天长双双来到绿水桥，恢复了已经冤死二十五年的关忠义的党籍，也为关青梅恢复了清白的名誉。柳岸在绿水桥留下来蹲点，一冬一春，梳理了绿水桥这一团乱麻，关青梅被选为大队长。关青梅不但原谅了他和应天长，而且把他们当作她在世上最亲的人。

暮春时节，柳岸当选县长，从绿水桥返回县城上任。

县委书记应天长很想把这两个同命相怜的人撮合在一起，柳岸却忘不了齐眉，怕伤儿子的心，不想再娶。无独有偶，关青梅也心如铁石，守身如玉，一生不嫁了。

运河河口，齐眉的葬身之地，两棵交颈连接一起的红皮水柳，已经长成浓荫如云的大树；关青梅在树下平整一方土埂的花畦，花畦里盛开运河滩那野生土长的殷红殷红的死不了小花。她又向河道管理处承包了这一片荒坡，从京西妙峰山涧沟大队引来中外驰名的玫瑰花苗，办起一块花场。

一九八一年六月的一天，关青梅正在巡看玫瑰花田，忽然看见一个身背草绿书包的大孩子，沿着青藤遍地的河边土路奔跑；三步一绊，五步一跌，像是跪拜匍匐而行。大孩子跑到红皮河柳下，扑抱住树身，叫了一声："娘！……"便泣不成声。关青梅从玫瑰花田急忙奔过去，把哭得恍惚失神的大孩子紧搂在怀里，也泪如雨下。

这个大孩子，便是齐柳生。齐柳生和他的同学们游览清东陵归来，大轿子校车走京津公路，路过运河滩；他下了车，到运河河口祭母来了。

齐柳生哭乏了身子，手脚软绵绵的，关青梅把他背回家去。

有情人终成眷属，儿子是穿针引线的人。

2

那是第二天的中午，柳岸骑着他那辆破旧自行车，满头大汗来到绿水桥关青梅家。

一进柴门，只见齐柳生坐在葡萄架下，瘦削的脸儿像一张白菜叶子，正怀抱着两岁的金蝈蝈儿，嘬着嘴唇学鸟叫，逗得小家伙咯咯笑。

柳岸心中一酸，忙问道："生儿，好一点吗？"

齐柳生抬起头，眼圈一红，忙站起身，哽咽着叫了一声："爸爸！"

"爸爸！"金蝈蝈咿咿呀呀地像鹦鹉学舌。

"岂敢！"柳岸笑逐颜开伸出双手，从齐柳生的怀里把小家伙抱过来。

正在这时，关青梅回来了。这位女大队长的风采，新中有旧，旧中出新，新时代的打扮又不失农家妇女的特色，没有一点赶时髦的俗气。乌黑油亮的长发披在肩上，齐眉的刘海飘洒前额，一张清水瓜子脸儿，一双明亮映人的豆荚眼，高鼻梁薄嘴唇儿，星星点点的雀斑分外俏丽。她穿一件斜大襟而又短袖的碎花柳条格褂子，解开了脖领扣儿，浅灰隐条尼龙绸的裤子挽到膝头，腿肚子上还残留着没有洗净的泥点子，光着脚穿一双半高跟的塑料凉鞋，这是刚从河边稻田收工回来。

"哟！"关青梅挑了挑斜插入鬓的秀眉，故意惊惊咋咋，"原来柳县长的心也是肉长的，多多少少还知道牵挂自己的儿子。"

柳岸听得出她的话中有刺儿，面带愧色地笑了笑，说："人非草木，谁能无情？"

关青梅却拉长了脸，冷冷地问道："柳县长大驾光临，我拿什么饭菜招待贵客呀？"

"不要给你添麻烦了，我还要马上赶回去……"柳岸忽然惊跳起来，"哎呀，小家伙尿了！"金蝈蝈儿的这一泡尿，就像打翻了观音大士的圣水瓶儿，尿湿了柳岸的汗衫和裤子。

关青梅拍手大笑，喊道："好儿子！你把柳县长尿得不敢见人，看他如何打道回衙？"

柳岸叹了口气，说："有其母必有其子，我寡不敌众，束手被擒了。"

"这才是敬酒不吃吃罚酒！"关青梅满脸得意神气，"芝麻酱拌面，四盘下酒菜，规格不算低吧？"

"官身不由己，我不能久留，你快动手吧！"柳岸把金蝈蝈儿递给齐柳生，"你抱孩子，我洗衣裳。"

"您就多抱他一会儿吧！"齐柳生沉着脸，噘起嘴，"我记不得您抱过我。"

一句话，刺痛了柳岸的心，把金蝈蝈儿紧搂在胸窝，说："我抱他，还你的债。"

齐柳生却又更进一步，说："他已经叫您一声爸爸，您就收下他当儿子吧！"

柳岸打了个冷怔，哈哈一笑，说："我心有余而胆不足呀！眼下实行一胎化，你已经抢占了名额，没有指标了。"

齐柳生找来一只大铝盆和一块搓板，气哼哼地说："爸爸，您跟我到村外河边去，我给您洗衣裳。"

柳岸摸不着头脑，说："你关姨这里有自来水管子，何必舍近求远？"

"难道父子之间就无话可说吗？"齐柳生硬邦邦地怼了他爹一句。

看柳岸皱起眉头，关青梅挥了挥手，笑着说："响应市委号召，我家要带头节水，你们爷儿俩还是到河边洗衣裳吧！"

柳岸抹了一把脸，又眉开眼笑起来，说："好吧！村外小河边，听儿子说悄悄话，多么诗情画意，何乐而不为？"

他把金蝈蝈儿腿叉起来，骑在他的脖子上。齐柳生抱着铝盆和搓板，爷儿俩走出关青梅家的柴门。

一条葡萄藤似的曲曲弯弯的小路，穿过一片白沙桑棵子地，桑棵子地里一朵朵散碎的小野花，满天星似的眨眼，一挂挂紫红的桑葚儿散发着甜酸的气味，金蝈蝈儿顺手摘下一颗颗，扔进了嘴里。快到桑棵子地出口，一阵凉风吹进来，听见了潺潺的水声，苇喳子的吵闹和红脖儿水鸡的欢叫。走出桑棵子地，走下青草坡，一条清亮亮的小河汊子，躺在两岸河柳的绿荫中。

柳岸放下金蝈蝈儿，脱下短袖汗衫和长裤，不放心地问齐柳生道："你会洗吗？还是我来吧！"

齐柳生翻了爸爸一眼，冷嘲地哼道："在您的不知不觉中，我学会了独立生活。"

"生儿！"柳岸对于儿子的顶撞态度，压不住火了。

齐柳生舀起一盆河水，一边搅拌肥皂粉，一边不抬头地问道："爸爸，您看过意大利影片《父子情深》吗？"

"巧了！看过。"柳岸脸色阴沉，"你想把我比作那个不关心儿子的男主人公吗？我没有搞女人，也还算关心你的成长。"

"爸爸应该有个生活伴侣！"齐柳生猛地抬起头来，眼里噙满泪花，嘴唇哆嗦着，"我也需要母爱。"

"这样两全其美的人，踏破铁鞋无觅处。"

"我找到了！她跟我的亲娘一模一样。"

"谁？"

"关姨。"

柳岸一惊，沉住了气，才问道："这两天她待你很好，是吗？"

"我相信她一辈子都疼爱我。"

"你还是个孩子，看不透她这个人。"

"我已经是大学二年级学生！"

"等你考取博士学位，也许多少有点眼力。"

"您另有打算！"齐柳生气愤地抖开洗净的短袖汗衫，晾在河柳枝上，"您虽然年近半百，可是并不见老，又有地位，有文化，想娶个年轻貌美的时髦女郎，我反对！"

"住口！"柳岸喝道，"念了两年大学，变得满身骄娇二气，你叫我失望。"

齐柳生不吭声了，埋头搓洗裤子，淘洗了几遍，又挂在河柳枝头。金蝈蝈儿在河边玩了一会儿，发困起来，柳岸把他揽在胳臂上，抽一只手拍哄着入睡，也不开口说话，怕惊醒了他。

"喂！"桑棵子地里，关青梅喊道，"你们爷儿俩回家吃饭。"

"来啦！妈妈。"齐柳生高声答应，跑上青草坡。

柳岸听见，躲在桑棵子地里的关青梅，惊慌地低声说："生儿，你怎么乱叫……"

"我爸爸不想娶您……"齐柳生悲悲切切，"我却要……认您当妈妈。"

风吹桑棵子沙沙响，柳岸只听得一阵蚕吃桑叶似的喊喊喳喳，脚步声在葡萄藤小路上远去了。吹干的短袖白汗衫像一片流云，从河柳枝上飘下来，半湿不干的长裤也在河柳枝头荡秋千，柳岸抱着金蝈蝈儿在两棵树下打转转。

"放下孩子，穿上衣裳，你也回家吧！"桑棵子地里，又响起关青梅的声音。

柳岸慌忙把金蝈蝈儿放在柳荫下，穿上汗衫，又穿上长裤；这时，脸色苍白的关青梅从桑棵子地里走出来，站在青草坡上。

"我们怎么办？"柳岸仰起脸，眼巴巴地问道。

关青梅的豆荚眼，泛起的不知是春光还是泪影，木呆呆地说："你问我，我问谁？"

"生儿放暑假，咱俩结婚！"柳岸握起拳头，很像砂锅捣蒜，一锤子买卖。

关青梅本想开一句玩笑："我这个小小的队长，敢不服从县长大人的命令？"刚要开口，一团泪水噎住了喉咙，抱住身边一棵杜梨树，哭起来。

三天之后，悄悄扯了两张结婚证，他们合二而一了；除了县委书记应天长和儿子齐柳生到场，没有一位客人。

一年时光，十二个蜜月，柳岸每个星期六晚上回家，关青梅都身背着金蝈蝈儿，等候在运河桥头。但是，柳岸今晚归来，心里却是七上八下，只怕桥头不见关青梅的身影，就像兜头被浇一瓢凉水。

前几天，他们在县城吵了架。

3

那天，关青梅因公出差，把金蝈蝈儿交给邻居大嫂，到县城去。拜完城隍拜土地，每座庙门都烧了香，已经太阳落山，晚七点了。大街路灯下，她推着凤凰牌自行车，在马路边的松墙内外徘徊不定，要不要到县政府看一看柳岸，能不能住一夜，明天清早回去。

"柳大嫂！"忽然，背后有人喊道。

这个喊声她听见了，但是没有引起她的注意；一年来，还没有人这么称呼她，她也从没有以柳大嫂自居。

"沙"的一声，一辆上海牌小卧车在她身边停下来，吓了她一跳。

从车门里钻出一个四十二三岁的男同志，黄白净脸，尖下颏薄嘴唇儿，目光瞬息多变；上身穿一件咖啡色短袖衬衫，下身穿一条米黄色西装短裤，黑皮凉鞋，雪白的丝袜儿，手拿一把竹骨黑折扇，风度潇洒，一望而知是个精明人。

"柳大嫂，哪一阵香风把你吹进城来？"此人满脸嬉笑，口气十分亲昵。

关青梅最讨厌男人耍笑她，清水脸儿挂下来，问道："你是谁？"

"你的小叔子，冯芸生！"此人从鼻梁上把太阳镜摘下来，露出两只聪明伶俐的眼睛，"你不认识我，我却认识你，工作还算深入吧？"

"呵，原来是冯副书记！"关青梅的脸色也不得不柔和下来。

她听柳岸说过，半年前调来一位县委副书记，名叫冯芸生，原在市里一个重要部门坐头把交椅，自愿下放到这个县当三把手。

"上车吧！"冯芸生微微弯了弯腰，招了招手，颇有绅士风度，"我陪你去看老柳。"

"我骑着自行车哩！"关青梅反倒忸怩起来，"他嘱咐过我，没有十万火急的大事，不许到机关找他。"

冯芸生连连摆手，笑眯眯地说："有我这个关老二保驾，柳大哥的金科玉律就成了一纸空文。"

于是，关青梅骑上凤凰牌自行车，冯芸生又钻进上海牌小卧车，并驾齐驱到县人民政府去。

党政分工以后，县政府自立门户，从县委大院搬出来，迁到中心大街的一座新楼里。县长柳岸带头种树栽花，大楼被掩映在绿树丛中，百花深处。工作人员早就下班了，只有二楼的一个窗口漏出几块灯光，那是柳岸的办公室兼宿舍。

柳岸在县城的干部楼里，没有自己的单元，单身宿舍里也没有自己的床位；他就住在办公室，睡在一张折叠床上。

县政府上上下下，没有人不佩服他有学问，有能力，有魄力，而且有魅力。他精力充沛，干劲十足，平易近人，不摆官架子，扫除了衙门习气。但是，对于他的不坐车子，不要房子，公私分明，恪守准则，却有人说他傻，也有人说他假。路遥知马力，日久见人心，他一声不响。

灯光闪烁在窗外的马缨树顶上，他正坐在窗口吃饭：两个馒头，一杯浓茶，一盘八宝酱菜。离下班半个小时，经委副主任任元直哭丧着脸找他来，一直谈到七点。之后，他端着盘碗到食堂去，炒菜早卖光了；包子、馅饼、米饭也一售而空。他不允许食堂给他留饭，只得干吃干咽，囫囵哄饱肚子。

六十年代工科大学生出身的任元直，原是房管局工程师，两年前被提拔为房管局局长，几个月前又升任经委副主任；他腹有实学，是位专家，很得柳岸的信赖和器重。但是，他没有口才，不擅辞令，舌辩之争，有口难分。任元直为人严正刚直，一言一行不失分寸，一动一静不差板眼，大事小情都非常较真儿；所以常常四面碰壁，就像夜行遇见鬼打墙。每逢磨扇压手，一团乱麻缠身，他就找柳岸求救。

也是一年前，四十岁的任元直才结婚；他的妻子梦兰，是青年综合服务公司经理，县城街道青年的一位领袖人物。过去，任元直不修边幅，邋邋遢遢，颇像穷愁潦倒的旧文人；自从跟梦兰结婚以后，梦兰下功夫打扮他，不再衣冠不整，蓬头乱发。然而，他生来不是衣裳架子，特利灵汗衫和凡尔丁裤子穿在他身上，二十四小时之内便皱皱巴巴。

他敲响县长办公室的房门，紧急而沉重。

"元直，请进！"柳岸从敲门声就能听出是任元直到来。

一见柳岸的面，任元直就像有了主心骨，愁眉锁眼一扫而光，难为情地一笑，说："柳岸，我又来把矛盾上缴了。"

柳岸到县政府上任，立下一条规矩，严禁任何人称呼他的官衔。因此，县政府上上下下的工作人员，年龄跟他不相上下的都直呼其名；比他年轻的同志，就连十几岁的公务员，都管他叫老柳。

"坐！"柳岸打开一张折叠椅子，忙着给任元直泡茶。

柳岸的办公室不摆沙发茶几，只有一张写字台，一只藤椅，四张折椅；两只高大的书橱和一只文件柜，挤满了房间。

任元直接过茶杯，递过一张纸，说："这是房管局呈报经委的局长级以上干部的分房方案，请你过目。"

柳岸看也不看，笑道："你把硌牙的砂子挑了出来，我替你嚼。"

"何必要我说出口呢？"任元直低着头啜了一口茶，"我打上记号了。"

柳岸只得扫一眼，真像眼里跳进一粒砂子，他看见了自己的名字，惊问道："怎么给我分了房，我没有申请呀！"

"你是特批。"

"谁批的？"

"应书记。"

"这位多管闲事的老兄！"柳岸从桌上拿起粗杆红蓝铅笔，把自己的名字勾掉了。

"你不能不给应书记留面子呀！"

"此话怎讲？"

"应书记指示，青梅大姐早晚要到县城来住，她还带着一个小蝈蝈儿；大侄子齐柳生一年之后就要大学毕业，如果回县工作，也得预备结婚用房，所以应该分配给一个三室一厅的大单元。"

"老大哥变成了老大嫂，婆婆妈妈！"柳岸哈哈大笑，"我的儿子还要生儿子，儿子的儿子也要娶媳妇，还是给我盖一座摩天大楼吧！"

"那么，你下定决心不要了？"任元直眼里闪露出欣喜的目光。

"我压根儿不想要半砖片瓦！"柳岸斩钉截铁，"年老离休，回绿水桥看娘娘庙去。"

"可是，应书记……"

"你放心吧！老应这颗铁蚕豆，我嚼得动。"

"他也要了房。"

柳岸拿起名单看了看，沉吟了一会儿，说："老应六十多岁了，已经申请离休。他在北京的房子早被子女瓜分，想把老伴接来定居。且不说老应一生劳苦功高，单讲他离休之后住在县城，替咱们站脚助威，出个主意，也应该给房。"

"理所应当。"任元直站起身，指点着方案，"两口人，三室一厅，过量了。"

"这个数目，是老应自己要的吗？"

"冯副书记特批。"

柳岸咬着下嘴唇，沉思半晌，说："我问一问老冯，商量一下，给老应换个两室一厅，可以吧？"

"这一来，冯副书记一个人要个大单元，就更显得不合理了。"

柳岸早就看见冯芸生的名字，也看到在他的名下是三室一厅；可是冯芸生初来乍到，不便仓促表态。但是，任元直点破了，只得问道："这又是谁的特准？"

"他自己要的。"

"为什么要这么多？"

"他要在县城建立新家庭。"

柳岸明白了。冯芸生跟他的妻子感情破裂，正闹离婚，法院尚未判决，此中隐情，了解不透。他拍了拍任元直的肩膀，说："我跟老应让了房，减了房，你的压力不大了；老冯的房子问题，他也会妥善处理。"

送走任元直，买来饭菜，柳岸刚吃下一个馒头，想不到冯芸生乘车而来，在楼下大呼小叫："柳岸，贵客到，喜盈门！"

柳岸从窗口探出身子，不见一个人影，只听楼梯脚步声。

4

房门半开，冯芸生就把关青梅推搡进去，正好投入柳岸的怀抱。

"我不想碍手碍脚，打扰你们的良辰美景。"冯芸生走进办公室，一屁股坐在藤椅上，"柳岸，我今天上午到医院看望老应头儿，他叫咱俩研究决定，把杜伴萍抽调回来，给他安排一张适当的椅子。"

杜伴萍是县文化馆的创作员，过去是县革委会的一名摇笔杆子的小干事。这几年，发表了一大堆小说，又会拉关系拜门子，名声大噪；有人抬轿子，有人吹喇叭，整个县城都装不下他了。可叹一县之主的应天长，是个大老粗，六十多岁没看过一本文学作品，根本不懂得杜伴萍有多少价值，更不知道杜伴萍的小说卖多少钱一斤，对这位新星毫无兴趣。又来了个柳岸，当上一县之长，虽然念过大学，文学作品读过不少，却对杜伴萍的大作极不欣赏，横挑鼻子竖挑眼，鸡蛋里找骨头，把杜伴萍的小说贬得一钱不值。大老粗一窍不通，大学生嫉贤妒能，两个人胡同捉驴，把杜伴萍下放农村蹲点，打三年生活基本功；不许他三日一赴宴，五日一座谈，十天半个月陪洋人喝威士忌。

柳岸摇摇头，说："杜伴萍刚下去一年，水上的浮萍菜汤里的油，还没有深入扎根；按原计划，再锻炼两年吧！"

"杜伴萍这一年表现得不错呀！"冯芸生手指轻敲桌面，"前些日子他发表的那篇报告文学，给咱们县增了光，老应头儿看过很高兴。"

"那是涂脂抹粉！"柳岸很不以为然，"咱们县的工作虽然稍有起色，但是不能言过其实；对于我和老应的描写，更是阿谀奉承的恶劣文风。"

"文学嘛，就得添枝加叶，添油加醋。"冯芸生笑嘻嘻点起一支香烟，"不像新闻报道，丁是丁，卯是卯。"

"你打算怎么提拔他？"

"我和老应的意见，给他个文化局副局长，应付一下外界的压力。"

"文化局已经人浮于事，局长过剩，何必再增加一位员外郎？"

"县委宣传部有个空缺，难道叫他当副部长？那可是正局长级了。"

"你了解杜伴萍在'文化大革命'中的表现吗？"

"金无足赤，人无完人；他一不是打砸抢分子，二不是扯旗造反的派头儿，不必求全责备。"

"他是抱过粗腿，一心想向上爬的！"

"这个问题，且等下回分解吧！"冯芸生站起身来，嘻嘻哈哈，"柳大嫂大驾光临，我来给你们安排个住处。"

关青梅急忙拦道："别麻烦你了，就在办公室住一夜吧！"

"办公室怎么允许私人留宿？"柳岸沉着脸，"一张折叠床，二尺半宽，有我没你。"

"有房子，有房子！"冯芸生的两只手，像唱歌打慢板拍子，"干部新楼，有你们的一个单元；桌、椅、床、柜，俱已齐备。"

"我并没有张口，也没有伸手呀！"

"正因为你一不张口二不伸手，才首先给你。"

"这是谁的决定？"柳岸明知故问。

冯芸生哧哧一笑，说："我的安排，老应的批示。"

"你们俩都不要房子，怎么把我推到阵前挨骂？"柳岸又装出愁眉苦脸的神气。

冯芸生压低声音："你、我、他，每人各一套。"

"哎呀，咱们三个人都要落下骂名！"柳岸仍然是一副忧心忡忡的样子，"青梅是农村户口，不能享受职工待遇。两个孩子，一个在北京，一个在绿水桥，也不跟我住在一起。名不正，言不顺，我不敢要这套房子。"

冯芸生笑道："我亲自抓分房委员会的评议工作，你不闻不问就是了。"

"芸生，三思而行，三思而行呀！"柳岸婉言相劝。

"人人有份，你为什么不要？"关青梅生了气，"我不常进城，绿水桥人来人往，有个落脚之地，要省下多少住店的钱？"

柳岸瞪了关青梅一眼，说："绿水桥富气冲天，为什么还想占公家的便宜？县委和县政府的许多同志，一家三辈儿住十几平方米，要替他们想一想。"

冯芸生连忙打圆场，说："内事问妻子，外事问丈夫，房子问题属于内事，我听柳大嫂一言为定。"

关青梅想看一看柳岸的眼色，柳岸却转身面向窗外了。

"老冯同志，我跟柳岸不分内外。"关青梅垂下眼睛，"等我们商量一下，给你回音。"

"我相信柳大嫂攻无不克！"冯芸生迈着轻快的脚步，走出办公室，关门之前又向关青梅打了个手势，"我到新楼走一趟，一个小时之内派车前来接驾。"

听冯芸生的脚步声下楼梯了，关青梅走到柳岸的背后，扳着他的肩膀，问道："我的清官大老爷，你当真不要那套房子？"

"衣裳要自己穿破，人要被人家从脊梁骨后面指破！"柳岸瓮声瓮气。

"老应和老冯的好心好意，咱们不能不领情呀！"

柳岸沉默不语。

冯芸生来到这个县，已经半年了，他们过去并无一面之识；但是从报到的那一天，冯芸生就跟柳岸亲热得像童年的伙伴，同窗的学友，一九五七年的难兄难弟。柳岸从应天长那里，粗略了解一点冯芸生的身世。冯芸生只念过初中，文化水平不高，全凭脑瓜子灵活，步步高升。一九五八年他在一个公社当文化员，从全国各地的报刊上搜集了几百首大跃进民歌，一夜之间改头换面，然后挑选两个村庄，每家每户送一首，于是每家每户都出了个诗人。演习多日，天衣无缝，他把这两个村庄的几百名诗人集中在两村之间的一片空场上，搭起高高的诗擂台，邀请村村社社来人观光。当时正在那个县当副县长的应天长，也从县城兴冲冲赶来。中秋之夜云遮月，一声锣响，鼓声咚咚，这个村和那个村的诗人在灯笼火把中展开对口赛；歌如海，诗如潮，此伏彼起，闹了个通宵，尽欢而散。烂杏一筐不如鲜桃一口，冯芸生明明白白走了运，调到县文化馆当馆长。一九六六年应天长调任另一个县的县委书记，也把冯芸生带去；冯芸生先在县委政策研究室挂个名，便下乡蹲点，应天长打算在一年之后提拔他当县委宣传部长。谁想，应天长上任不到三个月，还没有站住脚就被拉下马。冯芸生先保皇，后造反；保的是应天长，反的是别的人。三结合冯芸生当上县革委会副主任，虽然不敢从牛棚里把应天长放出来，却使应天长免受皮肉之苦。不久，一位支左代表又看中了冯芸生，将他连升三级，当上市里某个重要部门的二把手；应天长这时也得到了解放，被他安排在下属的一个局当副局长。两个人的身份地位发生了倒转，他在老上司的面前并没有神气十足，处处给应天长留面子。支左代表撤回原单位，他又转了正，吉星高照，官运亨通；但是，一九七九年以来，日子不好过了，头把交椅烫屁股，走为上策。他一连打了十二个报告，今年才被批准下放到应天长当书记的这个县。应天长多情重义，一保之恩不可忘，把冯芸生引为知己，冯芸生也就成为应天长的亲信。冯芸生有一张讨人喜欢的面孔，又有一张悦耳动听的嘴巴，半年光景，广结善缘儿；只有柳岸难以亲近，所以他很下功夫。

"你马上回绿水桥！"柳岸猛地车转身子，向关青梅下令，"不能叫老冯把咱们绑架到新楼去。"

关青梅撒娇地一扭身子，说："天大黑了。"

"就是下起鸡蛋大的雹子，也得走！"柳岸铁着脸。

"你……你真狠心！"关青梅两眼冒火，怒气冲冲而去。

柳岸拉开抽屉，拿出一只画着熊猫翠竹的塑料口袋，追上去说："这是我到北京开会，从王府井儿童用品商店给小蝈蝈儿买的衣裳，带回家给他穿上。"

关青梅反手一巴掌，把熊猫翠竹塑料口袋打落在地，头也不回地走了。

5

柳岸忐忑不安地走上大桥，迎面关青梅正气喘吁吁地从河岸上跑来。

一块石头落了地，柳岸便拿起架子，站立桥头不动；河风吹满关青梅那短袖碎花柳条格褂子，水光月影中像飘来一枝翠荷，带着刚梳过头洗过脸的菱花香皂气味，扑到柳岸身上，两只拳头一连气擂鼓。

柳岸情愿被她捶打，笑道："我还以为你怒气未消，不来接我了。"

"麻秆儿打狼，两头害怕！"关青梅笑得直打嗝儿，"我更提心吊胆，怕你怀恨在心，不回来了。"

柳岸等她的捶打停止了，才问道："怎么不把我的小蝈蝈儿带来？"

关青梅抬起腕子上的手表，说："你看看，几点了？"

夜明表闪闪放光，晚十点整。

"下了班，我找老应到一亩泉公园，一边散步一边吵嘴，三个小时。"

"老应是一位好大哥，你不要为一套房子伤了他的心。"

"他从医院出来，没有等我开口，马上声明不要房子；只等他离休之后，给他在乡下弄个小院，盖个三间房。"

"那你们为什么吵了三个小时？"

"在老冯离婚的问题上，发生了分歧。"

"老应同意老冯离婚？"

"他反对。"

"原来是你棒打鸳鸯呀！"关青梅急了，"宁拆一座庙，不毁一门亲；一夜夫妻百日恩，清官难断家务事，你还是别落个两边不讨好，里外不是人吧！"

"他们不是一对鸳鸯，而是一对冤家。"柳岸迈开脚步，向绿水桥走去，"这两口子，早已各有相好，不能破镜重圆了；长久下去，影响很坏。"

"怪不得老冯想要一套房子！"关青梅恍然大悟，"离了婚，他还得安个家。"

　　柳岸哼了一声，说："他刚搬进那套单元，就有不少女人串门子。"

　　"哎呀，你可永远不许要房子！"关青梅叫起来，"免得你也招蜂引蝶。"

　　"胡思乱想！"柳岸皱着眉头笑道，"我一天到晚忙得脚丫子朝天，哪有这份闲心？"

　　"那你为什么支持冯芸生离婚？"

　　"为了他们男婚女嫁，结束这种反常状态，免得出丑。"

　　关青梅掐指一算时间，说："你跟老应吵了三个钟头，也不该回来得这么晚呀？"

　　柳岸挽着她的手走在河岸上，说："还跟梦兰谈了一个小时的转干问题。"

　　"你想提拔她？"关青梅一声尖叫，差一点失足落水，被柳岸抱住了。

　　一听梦兰的名字，关青梅便神色紧张，因为梦兰跟柳岸有过一段瓜葛。原来，梦兰是个从黑龙江病退归来的老知青，一直在房管局当临时工。一九八〇年柳岸回县等待分配工作，他的表哥和表嫂当媒人，打算把梦兰给他做填房，他断然谢绝了。到绿水桥蹲点之前，他曾帮助梦兰和一群待业青年成立青年综合服务公司，比柳岸小十四岁的梦兰狂热地爱上了他。柳岸一点也不动心，梦兰的高烧便冷却下来，跟任元直相爱结婚了。

柳岸在一亩泉公园跟应天长吵了三个小时，返回县政府，想到司机班叫一辆车，赶快回家，却见梦兰站在县政府门外的路灯下，眼泪汪汪等候他。

"柳岸，我来叩见你这位青天大人！"梦兰满脸严霜，寒气逼人。

两年前，梦兰热恋柳岸的时节，布衣荆钗，恨不得一夜老十年，跟柳岸相貌相当；可是，自从跟任元直结婚以后，却非常喜欢打扮了。虽然她已经三十五岁，生过了孩子，打扮得俏而不艳，雅而不俗，像个只有二十六岁的人，酷似一位得到百花奖的女电影明星。

"我不过是个七品芝麻官儿。"柳岸笑道，"到我的办公室去。"

梦兰却后退一步，冷着脸子说："难道县长只能高高在上，不肯俯察民情？"

柳岸明白，梦兰是有意避免跟自己接近，便又笑问道："你堵门喊冤，状告何人？"

"应书记！"梦兰又气恼又委屈，"他听冯副书记的馊主意，叫我填表转干，还封我当服务局副局长；我不想端这个铁饭碗，他大发脾气，滚木礌石把我砸个半死。"

"怯阵？"

"我不是当官的材料儿。"

"身为经理，也算是官儿。"

"你不了解下情，我们实行了招聘制！"梦兰噘起嘴，"我这个经理，两年到期，管理委员会不下聘书，还是个职工；不像你，乌纱帽戴一辈子。"

柳岸劝道："干部要四化，年轻人应该走上领导岗位；老应要你转干，正是重视你这个人才。"

梦兰的眼睛冷冷地盯住柳岸，说："你不过是想给应书记圆场，心里却赞成我的行动。"

柳岸躲开她的目光，玩笑道："子非鱼，安知鱼之乐？"

"子非我，安知我不知鱼之乐？"梦兰博览群书，也会套用庄子的片言只语。

"两瓶山西陈醋，太酸了！"柳岸挥了一下手，"我替你找老应，慷慨陈词。"

梦兰扑哧一笑，说："那就求你多多美言了。"

"元直意见如何？"柳岸不放心地问道。

梦兰瞟了他一眼，说："你比我更是他的知己。"

柳岸发出一声慨叹，说："我和他，都希望干部制度早日实现现代化。"

他们好久不见，不知不觉谈了一个小时。

"哼！"关青梅冷笑一声，"梦兰那丫头，嘴上唱得好听，肚子里另有一个鬼心眼儿。"

"怎见得？"

"她当那个经理，一个月拿七八十块；刚转了干，当个副局长也只挣四十挂零儿。"

"你看低了人家。"

"别看我一年分红一千多，只要工作需要，我就转干。"

"想当服务局副局长？"

"公社生产主任。"

"野心不算大。"

嘻嘻哈哈，说说笑笑，他们到了家。关青梅刚要推开柴门，却又半转身子，说："进家之后，不许再谈工作。"

"谈什么呢？"

"甜言蜜语呀！"

"不会。"

"我教一句，你说一句。"

柴门大开，小院里一阵清风裹着花香扑面吹来，柳岸深深呼吸了一口，说："鸟要有个窝儿，人得有个家呀！"

"家有家规，我是户主。"关青梅指了指铺在院子里的一张苇席，苇席上安放一只凉枕，"你脱下衣裳，躺一躺，歇一会儿，我给你切西瓜吃。"

"我先得看看咱们的儿子。"

"他刚睡着。"

"只看一眼。"

他们走进屋里，一张双人大床上，支起一架双人的浅绿蚊帐；蚊帐里的凉席上，虎抱头躺着个一丝不挂的小男孩儿，洗得白白净净，还扑上了痱子粉，石榴小嘴儿嗞嗞哑哑。

柳岸忍不住亲了他一下，小家伙动了动。

"你别把他闹醒了。"关青梅压低声音，扯了一下柳岸的衣襟儿。

柳岸还想亲一口，小家伙忽然呼扇着鼻翅儿，撇了撇嘴抽泣两声，忙问道："他在梦里怎么哭了，你白天打过他吧？"

关青梅掩住嘴，哧哧笑了一阵，才说："天一黑，他就吵嚷：'我爸爸怎么还不回来呀？'我正生你的气，顺口说了一句：'你爸爸不要咱们娘儿俩了。'他就哇的一声哭起来，带着眼泪睡着了。"

"你不该吓唬孩子。"

"你不许他姓柳，谁敢保你不变卦？"

"为了永远纪念你那位冤死的老师。"

"改名柳金果，两全其美。"

"依你！"柳岸只得同意。

金蝈蝈儿锦上添花，睡梦中咯咯笑起来，关青梅低低叫道："你看，他多高兴！"

"我的儿子！"柳岸又俯下身去想亲他，却不料小家伙打开了两腿之间的水龙头，下了一阵及时雨，柳岸洗了个淋浴。

6

吃过早饭，关青梅送小蝈蝈儿到幼儿园去。柳岸搬个板凳坐在葡萄架下，看关青梅的工作日记。关青梅有个每天写日记的习惯，柳岸休假回来，都要捧读一遍，然后村里串个门，村外走一走，绿水桥的大事小情便了如指掌了。

"喂，蝈蝈儿爹！"关青梅身背金蝈蝈儿，一脚门里，一脚门外，"想吃什么，下个命令，我到供销社给你买来。"

柳岸抬起头，笑了笑，说："炒个甲菜，给我解一解馋。"

"一个甲菜三毛五分钱，亏你开一回金口！"关青梅讥诮地哼了一声，"我早就嘱咐过你，一天三顿吃甲菜，保养身子；你偏要两个馒头一碟八宝菜，干吃干咽。"

"我下班比别人晚几步，等我到食堂，甲菜早就卖光了。"

"你不会提前几分钟？"

"我带这个头，整个县政府就放了羊。"

"叫食堂大师傅给你另炒一个。"

"那叫特权，不敢享受。"

"上街下馆子。"

"我岂不成了酒肉县长？"

"唉！以后我每天给你送饭。"

"往返一百多里，不敢有劳娘子。"柳岸拱了拱手，"只求每个星期日，过个开斋节。"

"看你这副可怜相儿，没个老婆怎么行？"关青梅啐道，"当初你还端架子，不想娶我。"

"我怕高攀不上，张口碰钉子。"

"花言巧语！"

关青梅满心欢喜，一阵风走了。

柳岸看完关青梅的工作日记，回屋装进抽屉里，想到河边转一转。他带上两盒香烟，又拉开一只抽屉找火柴，却发现一张关青梅填写的转干登记表。他一惊一恼，拧起眉头，把登记表折叠起来，藏在自己的衣兜里，走了出去。

一出门，关青梅正风风火火跑回来。

"出了什么事儿？"柳岸不动声色地问道。

"公社党委找我谈工作，你别乱插手！"关青梅慌里慌张跑进屋去。

柳岸却不肯走，站在柴门外的篱笆根下，只听关青梅在屋里叮叮当当拉抽屉，嘴里嘟嘟囔囔。于是，他又走进院里，从衣兜里掏出那份表格，隔着玻璃窗晃了一下，问道："你是不是找这个东西？"

"给我！"关青梅红着脸喊道。

柳岸却紧握在手里，沉着脸问道："谁给你的这份转干登记表？"

关青梅抱住外屋的门框，垂着眼皮，说："老冯给公社党委打电话，拨给我一个转干指标。"

"你不该伸手接过来。"

"公社党委早就想调我当生产主任。"

"他们跟我打过招呼，都被我拦住了。"

"绿水桥人均分配四百元，工值三块多，两年富起来，我要让全公社村村赶上绿水桥。"

"一个和尚挑水吃，两个和尚抬水吃，三个和尚没水吃。公社干部越调越多，已经超过五十年代初期的县政府工作人员，你又何必挤进这个人堆里？"

"那为什么又要把借调干部转正？"

"市委决定，把借调多年，表现好，能力强的同志转为国家干部；每个公社只有几个名额，同时要精减几十个闲人。"

"把公社那些借调干部排个队，我跟他们哪一个都敢比个高低上下。"

"骄傲自大！"

"你能管一个县，我就能管一个公社，别隔着门缝看人。"

"给你转干，不符合规定，借调多年的同志要怎么想呀？"

"我半夜三更开大门，叫他手拿三把刀子两把攘子找我来！"

"青梅，你给我留个脸面吧！"柳岸急躁地嚷道。

关青梅猛地抬起头，眼里迸发着火花，说："我不是你的顺民。"

一瞬间，柳岸仿佛又看见二十几年前那个十四岁的小姑娘，像一头豹子，又要扑上来，心里打了个寒噤，堆起笑脸，说："你是我的贤内助。"

"惹恼了我，我就推倒你这座压在我头上的大山！"关青梅在门槛上坐下来，两眼直勾勾发呆，"只恨我眼窝子浅，鬼迷心窍，嫁给你自讨苦吃。"

"悔之晚矣！"柳岸想冲淡紧张的气氛，打破僵局，轻声柔气开玩笑。

"你不过是把我当你的瓶子里的花，笼子里的鸟儿。"

"这是诬陷不实之词。"

"把登记表给我！"关青梅霍地站起身。

柳岸的脸色又严峻起来，把登记表递过去，说："还给公社党委，声明作废。"

关青梅抢过来，三把两把扯得粉碎，扬手撒入一阵南风中，扔下柳岸走了。

她中午也没有回家照面，柳岸不但没有吃上甲菜，而且连干吃干咽的馒头和八宝菜也没有进口；一气之下，饿着肚子，搭乘长途汽车，回县城了。

7

又是一个星期六的晚上。

柳岸下车上桥，心头一冷；桥上冷冷清清，不见关青梅的踪影。看来，关青梅真是恼恨他，不想和解了。

他在桥上走来走去，回家还是回县，进退两难，拿不定主意。他在桥那边的一棵大柳树下坐下来，点起一支烟；他想，这一支烟吸完了，关青梅还不来鹊桥相会，那就不如回去，免得见面又接唱二本，冰冻三尺。

心中烦闷，三口两口吸完了一支烟，看不见人影儿，听不见脚步声，只听风吹红皮水柳沙沙响，芦苇丛中水鸭子嘎嘎叫。他一拍膝头，站起身来，走吧！拦个过路汽车，搭车进城；拦不到车子，步行也要回县。

柳岸刚要抬腿迈步，大柳树后面有人喊道："站住！"回头一看，原来是关青梅从树后闪出来。

"呵，你刚来？"柳岸又惊又喜，又有几分恼气。

"早到了！"关青梅双手叉腰，摇晃着身子。

"怎么不露面？"

"想看你桥上转磨。"

柳岸把关青梅拨马回头，沿着河岸向绿水桥走去，问道："一连六天七窍出烟，也该烟消雾散了吧？"

"夫妻没有隔夜之仇。"

"我知道你是通情达理的人，灯芯一拨就亮，木鱼一敲就响。"

"别跟我重提这桩旧事！"关青梅又拉长了脸子，"搅淖水缸，我又要起火。"

"哎呀，死灰复燃！一座活火山。"柳岸笑道，"我斗胆问一句，火从何来？"

"那几个转干的人，有一半不够分量！"关青梅满头冒火星子，"不是拍马屁，就是抱粗腿，门子货。"

柳岸沉默许久，才叹了口气，说："只有改革干部制度，才能改革人事工作，又不能操之过急。"

有关县里工作问题，柳岸在妻子面前一向守口如瓶；此中内幕，不便公开。

听丈夫的脚步声沉重起来，关青梅赶忙换个话题，嬉笑着问道："这几天，你省下多少饭钱？"

"这话从何问起呀？"柳岸奇怪。

"我把你气饱啦！"关青梅扪了一下胸口。

柳岸哈哈大笑，说："我争取按时下班，六天里有三天买到甲菜，怎么能省得下钱来？"

"报账！"

"这个月的工资，交了十块钱的党费，买了二十五块钱的饭票，二十五块钱的书，二十五块钱的烟，给生儿寄去三十五块钱……"

"你怎么又给生儿寄钱呀！"关青梅忽然又像吵架似的喊起来，"上个月我就说了一遍又一遍，生儿上学，每年花那四五百块钱，我还掏得起；你的工资，都花在保养身子上，喝牛奶，吃麦乳精……"

柳岸抢过来，说："早晨三颗延年益寿丸，晚上二两人参养荣酒，我就变成了饭桶和药罐子。"

"穷命！"

关青梅骂了一声，却一声不吭了。拐弯走在稻田的小路上，惊起一片蛙鸣，眼前闪烁村口人家的灯火。

柳岸忍不住，问道："你怎么忽然像小米干饭，焖起来了？"

"昨天半夜我做了个好梦，想起来还心惊肉跳。"

"耸人听闻，很像杜伴萍的小说。"

关青梅狡黠地眨了眨眼，说："我梦见自己生孩子了。"

"儿子，还是女儿？"柳岸只当笑话，很感兴趣。

"你猜。"

"女儿。"

"为什么？"

"咱们有两个儿子，缺少一个女儿。"

"你猜中了！"

"有一天我看见任元直和梦兰的小女儿，也做了这个好梦。"

"你眼馋了？"

"女儿越大越懂得心疼爸爸，儿子越大越跟老子顶牛。"

"我生下的那个女儿，就像阳春三月的一朵花骨朵儿。"关青梅像唱一支小曲，偷眼看柳岸的脸色，"我正给女儿喂奶，你推门走进来……"

"眉开眼笑，满面春风。"柳岸敲着边鼓帮腔，痴人说梦。

"脸色铁青，火冒三丈，劈手从我的怀里夺过女儿……"关青梅突然急转直下，却又拴了个扣子。

柳岸吓了一跳，问道："怎么回事儿？"

"把孩子扔进了井里。"

"你这是看凶杀影片，神经错乱了。"

柳岸虽然口出戏言，心里却警觉起来，他感到关青梅的梦话并不是信口开河；只是其中的弦外之音，一时还琢磨不透。

回到家门口，门外柳下蹲着一个小老头儿；这个小老头儿孤身一人，给大队部看房，也给各家送信。

"大侄女儿，财神爷进贡！"小老头儿站起身，递给关青梅一张汇票，"邮递员交给我，我给你送来，你不在家；各家各户转到了，又来蹲你的门。"

"但愿您老人家天天给我送一张来！"关青梅笑着接到手里，夜色中看不见汇票上的文字，"明天晌午，您老人家过来喝酒。"

小老头儿走了，她和柳岸进屋，灯下一看，是齐柳生寄来的，正是她前几天寄去的那笔钱。汇票的边白上写着两行小字："爸爸寄给我的钱够用了，妈妈不要再寄钱来。"

关青梅的脸儿，呱嗒挂了下来。

柳岸见她脸色不悦，忙笑道："读书就是要吃十年寒窗苦，生儿上学应该苦读书，你何必又给他寄钱？"

"难道他不算我的孩子吗？"

"他和小蝈蝈儿一样，都是咱俩的儿子。"

"为什么他不退回你的汇款呢？"

关青梅双手捂住脸，呜呜咽咽哭起来。

8

半夜了，柳岸和关青梅都没有入睡。

月牙儿像一把稻镰，挂在屋檐上，向屋里偷看。浅绿蚊帐里，关青梅没有枕着柳岸的胳臂唔唔絮语，直挺挺地仰躺着一动不动，眼角挂着露水珠儿，不声不响。柳岸磨破嘴皮子，说过了六车好话，可是关青梅仍然闷闷不乐，也不敢闭一闭眼睛。

"从下月起，我不给生儿寄钱了。"柳岸软言柔语，想把关青梅扳到怀里。

关青梅像一尊倾倒的望夫石，纹丝不动。

"我要生个女儿！"石人开了口。

"欢迎！"千金难买一笑，柳岸先顺水推舟，再拨转船头。

"当真？"关青梅翻过身来。

"今生没有这个福气了。"柳岸马上改口，"我们已经超额。"

"我还没有生过一胎呀！"

"户口本上写着，你的长子齐柳生，次子柳金果。"

"公社给了我一个指标。"

"我不相信。"

"今年县里给全公社的指标是千分之九，计划生育办公室调查了一下，最多只用千分之八；剩下那千分之一，可以照顾特殊情况。"

"什么叫特殊情况？"

"凡是只有一个孩子，这个孩子先天是个残废，或是后天成了残废，都可以再生一个。"

"这要严格审查。"

"第二次结婚的人，也可以生一个。"

"得有个先决条件，双方原来都没有孩子。"

"原来有孩子，也可以。"

"自立王法，土政策。"

"卡得这么死，女人谁还愿意做填房，男人谁还愿意娶二婚？"

"咱俩就是样板。"

"我已经把指标拿到手了。"

"退回去。"

"县官不如现管！"

"是谁擅作主张？"

"不告诉你。"

"我写个二指宽的条子，就能把这个指标收回来。"

"这件事你点个头，往后事事我都百依百顺，可怜可怜我吧！"

"关青梅不是死乞白赖的人。"

"你给我走！"关青梅忍无可忍，哭喊起来，"我不要你这个丈夫，枉担个虚名。"

"别吵得四邻不安！"

关青梅跳下床，抓起柳岸的衣裳和鞋袜，扯破纱窗，扔了出去，喝道："出去！"

"你疯啦？"

"你把我逼疯了！"关青梅又动手把柳岸扯下床来，推搡出门，插上门闩。

柳岸走到窗下，拾起衣裳鞋袜穿起来，敲了敲窗棂，说："那么，我走了。"

"你别想回来了，等着法院给你送离婚通知书吧！"关青梅发狠地说。

柳岸知道，关青梅正在火头上，良言相劝，听不入耳。而且，只要他冷得像冰窖，关青梅便会热得像炕头；只要他一语不发，闷葫芦扎上嘴儿，关青梅便会心软嘴也软起来。于是，他一跺脚，走了出去。

他穿过白沙桑棵子地，在小河汊子岸边的青草坡上坐下来，掏出烟盒，划着火柴吸烟。火光一亮，惊起夜宿水边芦苇丛中的一双鸟儿，叽喳乱叫各奔东西，打了个旋转，一只落在河这边的河柳上，一只落在河那边的杜梨树上。沉寂了一会儿，河那边杜梨树上的鸟儿怯生生发出一声呼唤，河这边河柳上的鸟儿惊喜地啼叫一声，扑棱棱飞过河去，杜梨树上的鸟儿迎下树来，又双双投入河那边的芦苇丛中。柳岸一笑，就像稳坐钓鱼台，只等关青梅慌了神儿，一阵风来找他。

他和关青梅是一对不打不成交的夫妻，也是一对同命相怜的夫妻。柳岸当县长，立下军令状，三年要把全县抓出个模样儿，四十万农村人口，年均三百元，家庭副业收入人均一百元以上；三年不能兑现，虽不必回家卖红薯，也要交印摘纱帽。关青梅比他更像拼命三郎的脾气，绿水桥一年过四百，真是助他一臂之力。可是，就像十根手指伸出来有长短，全县四五百个村庄差距很大；这一年时光，过四百的不到五分之一，过三百的不到三分之一，他的头一脚踢得不高，一心想在后两年抓上去，没有一点闲情逸致。回到家来，跟关青梅坐在一张桌子上，枕在一条枕头上，只问产量高低，收入多少。绿水桥过四百之后，关青梅虽然没有松一口气，却难免感到夫妻之间欢爱太少，而柳岸毫无知觉，这就暗暗产生了矛盾。对于关青梅一而再、再而三的杂念，柳岸只知晓之以理，不知动之以情，关青梅不想顺从了。

连吸三支烟，柳岸的嘴唇都麻木了，仍然不见关青梅到来，不禁起了火，离开青草坡，走上了河堤。

一步一回头，只盼关青梅把他追回去。

这些日子，他很苦恼，心情烦闷。自从冯芸生到任，他和心连心的老朋友应天长之间，像被扯起一层薄雾，不知不觉隔膜起来。冯芸生四面八方讨好，上下左右伸手，虽然并不显山露水，却瞒不过柳岸的眼睛。但是，应天长偏偏喜欢冯芸生的手疾眼快，脑瓜子灵活，怀疑他和冯芸生是瑜亮之争。昨天傍晚在一亩泉公园交换意见，应天长一直替冯芸生开脱，说："柳岸，冯芸生非常佩服你，尊重你，关心你，你也要多看他的长处。"柳岸生气地说："他助长关青梅的私心，给我造成后顾之忧！"谈来谈去，话不投机，应天长含着眼泪说道："柳岸，我的申请离休报告，很快就批下来了。接替我的工作的人，我推荐的是你。冯芸生只当二把手。"柳岸更火了，这才吵起来，最后不欢而散。

忍着一肚子气恼回家，关青梅却又一波方平一波又起，柳岸便动了肝火。

走到桥头，柳岸忽然想起，下个星期，他要到两百里外的一个湖畔疗养院去，参加一个县局以上干部读书班，读一个月的书，也避一个月的暑；没有来得及跟关青梅说一声，便倚靠桥栏站住了。

等了又等，关青梅并没有追来，柳岸心一横，也不肯回去；在村村鸡啼声中，打道回衙了。

他哪里知道，只要他一个向后转，就会在半路上遇见伫立河堤上的关青梅；三言两语，关青梅便会破涕而笑，全依了他。

关青梅白等了一场，回家哭到天亮，浸湿的枕巾能拧出水来。

9

一个月以后，柳岸从两百里外湖畔疗养院的读书班归来，正是周末。他很想念小蝈蝈儿，也很挂念关青梅，本想回家看一看；可是，一见案头积压了一大堆工作，又恐怕关青梅还要跟他吵闹，儿女情长便冷了下来，留在了县里。

星期日早晨，他起床晚了一点儿，食堂又是开两顿饭，感到肚子饿了，就走出县政府大门，打算找个小饭铺，一瓶啤酒四个小菜，享受一下。

出门转个弯儿，眼前是一处乱哄哄的菜市场。他正要从人巷穿行走过去，忽听有人喊一声："柳岸！"站住脚四下张望，只见梦兰身穿一件花绸旗袍，长发烫着花边，一手提着两条活鱼，一手提着一只菜篮，笑吟吟向他走来。

"梦兰，今天家里有客人呀？"柳岸也迎上前去。

"哟！没有客人就不许小民吃两条鱼呀？"梦兰把欢蹦乱跳的活鱼提起来，在柳岸面前荡来荡去，"你怎么没有回家？"

"离开一个月，桌子上堆满了文件和报告，明天正式上班之前都要看一看。”

“那就到寒舍吃鱼吧！老任明天出差，正好向你当面请示。”

柳岸想了想，说：“我再加几样熟菜，买一瓶好酒。”

“我请客，不用你掏腰包。”

“只能入伙，不吃请。”

梦兰脸上掠过一抹苦涩的阴影，说：“你真是诸葛一生唯谨慎，可也难免智者千虑必有一失呀！”

柳岸并没有注意她的神色和口气，玩笑道：“众目睽睽，不敢不多加小心。”

言者无心，听者有意，梦兰只当柳岸这两句话是心照不宣，便问道：“那件事，你已经知道了？”

“哪件事？”柳岸莫名其妙。

一见柳岸直瞪瞪，梦兰看出他还蒙在鼓里，赶忙岔开去，说：“我们公司分房子，我怕产生私弊，不肯参加分房委员会，谁想却分给我一个三居室，于是有人散布流言蜚语，说我是欲擒故纵。你看看，不管想得多么周到，还是有缝下蛆。”

“后来呢？”

“我退了回去，只要一楼的两居室。”

“谣言不攻自破了。”

“又说我是被迫吐了出来。”

“真是没有好人走的路了！”柳岸打着哈哈，挤进菜市场的人群中去。

一会儿，他一手提一条活鱼六只螃蟹，一手托两只荷叶包的熟肉，裤兜里插一只酒瓶，又从人群里挤出来。不过，他这瓶酒是本县出产，质量差而价钱高；但是，肥水不入他人田，他却不肯买物美价廉的外地好酒，情愿把本县的苦酒喝下去。

梦兰在路边等他，不好意思地说："你买了这么多东西，我岂不是捉你的大头，敲你的竹杠？"

"你还得学一点经济学！"柳岸笑道，"我买的东西越多，剥削你的劳动力越多。"

梦兰腾出一只手，掂了掂柳岸那条活鱼的分量，问道："这条鱼有几斤，多少钱？"

"我不知道多少钱，那位经理跟我要了一块二毛三分钱。"

"六只螃蟹呢？"

"一块三毛二分。"

"特大喜讯！物价降低了百分之五十。"

"难道他少算钱了？"

"原来你不知道菜市场优待你们这些头脑儿？"

"我补上欠款。"

柳岸又跑回菜市场，扔给经理两元五角，转身就走。

"卸下包袱啦！"梦兰讥笑地耸了耸鼻子，"我不许老任上街买东西，就是怕他傻傻乎乎占这个便宜；也不敢打发他到自由市场，又怕他大大咧咧吃了亏。"

走不多远，就到了梦兰家。

梦兰从二楼的三居室，换到一楼的两居室，而且正在楼门进口，人来人往，上上下下，不到深更半夜，难得清静。梦兰拧开门，一条窄窄的过道，一侧是两个壁橱，一侧是厨房和卫生间；迎面一间是书房，里间是他们的卧室。

"哎呀，老柳！"任元直从书桌的椅子上站起来，"你肯到下级家里吃饭，这可是破题儿第一遭。"

"是我拦路抢劫，把他绑架来的。"梦兰又轻声问道，"丫丫儿睡着了吗？"

"我的女儿，深明大义。"任元直满脸得意神气，"她知道妈妈要做饭，爸爸要看书，就静静地睡了。"

书房里两只书橱，一只书橱里是科技书籍，一只书橱里是文艺书籍。墙壁上，几幅水彩画，都是梦兰的手笔，其中一幅人物像，画的是任元直，把任元直那内秀、憨厚和迂执的书呆子气，画得惟妙惟肖，淋漓尽致。

书桌上，一册杂志，半篇文章。

"元直，你在写什么？"柳岸走过去想看。

任元直急忙将他的文章收进抽屉里，红着脸说："写完之后，再请你指教。"

"那是一本什么杂志？"柳岸又要伸手。

"一本文艺月刊，吃过饭再看。"任元直又手忙脚乱地把杂志塞进抽屉。

厨房里，梦兰厉声喝道："为了早吃饭，都来给我打下手，不劳动者不得食！"

于是，柳岸和任元直，一个洗菜，一个淘米，各司其职。

饭菜上桌，梦兰亲自把盏，一连跟柳岸干了三杯。柳岸看守县界河口的坎坷岁月，常以饮酒自娱，但是三杯酒入肚，已经面红耳赤，梦兰却面不更色。

"在北大荒，我是个女酒徒！"梦兰推开椅子，一只脚蹬在桌掌上，"啤酒喝过两公升，白干喝过一斤半。大雪天零下三十度，脱下皮袄棉裤大头鞋，只剩下三角裤衩和一副乳罩，光着脚丫子在风雪中狂呼乱跳了十分钟，一下子就镇住了那些男流氓，闯出了牌子。"

"喝多了！"柳岸摇头，"嘴上没有了站岗的。"

"我就是要凶相毕露！"梦兰一拍桌子，"人善千人欺，马善万人骑；对那些骂我受招安，向上爬，只因升官不发财才不肯转干的家伙，我要以眼还眼，以牙还牙。"

柳岸笑着劝道："人嘴两扇皮，舌头不是东西，没有这类下臭雾的人，也就不成其为大千世界了。"

"他们骂我，我可以一忍再忍，退避三舍。"梦兰从桌掌上撤回腿来，反腕握住筷子，像手执一把匕首，"但是，他们含沙射影，栽赃诬陷，必欲将你置之死地而后快，我要拔刀相助！"

柳岸连连摆手，说："梦兰，打开电扇吹吹风，降一降温吧！"

"我有满腔热血，不是冷血动物！"梦兰哗啦打开抽屉，抓出那本文艺杂志，揉到柳岸面前，"你看一看吧！是可忍孰不可忍！"

这本文艺杂志的头题，发表的是杜伴萍的一篇小说，写的是一个自称杨青天的公社主任，通过封官许愿的手段，玩弄一位被生活所迫而出卖肉体的女知青蓝萌。下乡蹲点，他又勾搭上了寡妇烂酸杏；烂酸杏的丈夫是个反革命分子，死在劳改农场。这个农村泼妇放长线钓大鱼，杨青天吞下了钩子，被烂酸杏抓到手中，只得忍痛将蓝萌转嫁给他的得力干将袁志仁。公社一名年轻干部只因不满杨青天的腐化堕落行为，就被杨青天视为眼中钉，肉中刺，一声令下降了职。不仅如此，杨青天还强占房子，逼迫计划生育办公室允许他的老婆生三胎。但是，杨青天的这些卑鄙活动，都被新来的马书记制止，未能得逞，落得个丑态百出，为人唾骂。

柳岸读完杜伴萍的这篇小说，强忍住一阵阵作呕，长长吐出一口浊气，说："杜伴萍的阴暗心理，怎么又恶性发作起来？"

"这是阴谋文艺的翻版！"梦兰气愤得咬牙切齿，"公社主任杨青天，影射的是你这位县长柳岸，蓝萌影射的是我，烂酸杏影射的是青梅大姐，袁志仁影射的是任元直；被降了职的年轻干部正是杜伴萍的自我表现；新来的马书记……"

"不要对号入座了。"柳岸不愿从字里行间索隐，"你们从哪里得到这本杂志？"

"是杜伴萍给任元直寄来的，多么猖狂！"梦兰又怒气冲天了，"我跟任元直要合写一篇文章，寄给那家文艺杂志，揭穿杜伴萍的丑行和劣迹。"

"杜伴萍仰面唾天，唾沫掉在他自己的眼里！"任元直引用了鲁迅先生痛斥诽谤者的一句名言。

柳岸酒足饭饱，做了个深呼吸，笑呵呵地说："我劝你俩镇静下来，要相信公道自在人心。"

他感到困倦，告别任元直和梦兰两口子，回县政府睡一会儿。

10

柳岸走后，任元直收拾了碗筷，沏上两杯浓茶，坐在藤椅上喝得通身大汗，却又一边扇着芭蕉叶扇子；三九和三伏，他都有饭后喝热茶的习惯。梦兰脱下旗袍，洗了脸，擦了身，电扇下吹风，身上凉爽起来，酒也醒了。

"嗒，嗒嗒！"有人敲门。

梦兰慌忙躲进卧室，任元直开门迎客。

"呵，应书记！"任元直大感意外。

应天长这一年住过几回医院，就像树老梢焦了：花白的寸头稀疏起来，消瘦的面孔上一块块寿斑。他只穿一件元宝领的短袖背心，一条洗得褪色的军裤，光脚丫子穿一双半旧的布鞋。

"柳岸在你家吗？"应天长也不客套，心急地问道。

"吃过饭，回县政府了。"任元直见应天长是一张整脸子，心里有点发慌。

这时，梦兰又穿上旗袍，扣着纽襻儿从卧室里走出来，一眼就看见了应天长身后的关青梅和齐柳生，欢笑着喊道："大姐，哪一阵香风把你们娘儿俩吹来？快进屋坐。"

关青梅显得疲惫而憔悴，又穿一身旧衣裳，大大减少了她那独具一格的风采。十九岁的齐柳生，个子长高了一头，又戴上一副眼镜，颇有大学生模样儿了。梦兰没有看见，关青梅的背上，还背着个酣睡正甜的小蝈蝈儿。

"改日再打扰你们的茶饭吧!"应天长想挥手告别,"我们得赶快找到柳岸。"

"慢!"梦兰突然沉下脸,一把扯住应天长,"我有一篇奇文,要供您欣赏;奇文中有许多疑难之处,要跟您共同分析。"

"这不是逼着李逵绣花吗?"应天长急不是,恼不是,"你想写小说,当作家,找杜伴萍讨唤窍门儿。"

"我正是要请您欣赏杜伴萍的大作!"梦兰把应天长扯进门来,"元直,陪应书记到书房去。"

任元直有妻子壮胆,也动手把齐柳生牵进门来,说:"杜伴萍的大作不可多得,也值得你一看。"

梦兰颇有威力,应天长硬着头皮,齐柳生碍于情面,都跟着任元直走进书房。

梦兰这才看见关青梅背上的金蝈蝈儿。

"哟,我的女婿也来啦!"梦兰忙从关青梅的背上把金蝈蝈儿抱过来,"大姐,你们娘儿仨进城,是想跟柳岸照一张全家福吧?"

梦兰生下丫丫儿,关青梅带着鸡蛋、红糖、小米、糕点和水果,到医院看望她。她俩一见面就逗笑,关青梅亲吻丫丫儿的小脸蛋儿,说:"梦兰,多谢你!你给我生了个儿媳妇。"梦兰拍手叫好,满口答应。

三个男人在书房,两个女人到卧室。梦兰把金蝈蝈儿轻轻放下来,跟丫丫儿头并头睡在一张凉席上。

"大姐,兴师动众,你们有什么事儿?"梦兰坐在关青梅身边,小声问道。

关青梅眼圈儿一红,低下头,咬住嘴唇,吞下两口泪水,才说:

"我跟柳岸闹翻了，柳生带我到老应的北京家里告状，老应又带着我们娘儿仨找柳岸评理。"

原来，柳岸在湖畔疗养院读书，给儿子齐柳生写了一封信；信上训子，不该退回关青梅寄给他的钱，并且通知他，今后他的生活费，全部由关青梅按月寄去。齐柳生心里十分不安，感到对不起继母的一片恩情；这个星期六忙里偷闲，坐上长途汽车，到绿水桥赔礼。

天黑才到运河大桥，想不到一下车就看见身背金蝈蝈儿的关青梅，伫立在桥头大柳树下。

"娘，您怎么猜到我回家来？"齐柳生笑嘻嘻地跑到关青梅面前。

关青梅哭了，说："我是来接你爸爸的。"

"我爸爸在湖畔疗养院读书班呀！"齐柳生惊讶地问道，"难道您不知道？"

"他……一个月……"关青梅哽哽咽咽，"没回家了。"

回到家里，齐柳生盘根问底，才知道爸爸和继母之间，出现了裂痕。

"娘，我说几句公道话，您不生气吧？"齐柳生给坐在葡萄架下的关青梅舀来洗脸水，又拿来毛巾和香皂。

"说吧！"关青梅木木呆呆，"把他气走之后，我就后悔了。"

"您为什么想生个小妹妹呢？"齐柳生眼眶潮湿地问道，"难道信不过我和小蝈蝈儿吗？"

"信得过，信得过。"关青梅怕看齐柳生那委屈的神情，闭上了眼睛，"有一天，我到公社去，正遇见下乡检查工作的冯副书记，是他下令计划生育办公室，给我一个指标。我……把这个指标退回去了。"

"您也不应该要房子……"

"我早想通了。"

"可是，您应该转干！"齐柳生激昂起来，"内举不避亲，外举不避仇，任人唯贤嘛！我爸爸为了表现自己大公无私，宁可眼看那些酒囊饭袋转为国家干部，对您是自私，对工作是失职。"

"生儿！"关青梅睁开眼睛喝道，"不许在背后抱怨你爸爸，他有他的难处……"说着，眼泪又扑簌簌淌下来。

第二天早起，齐柳生带着关青梅和小蝈蝈儿，到北京找应天长去；一把钥匙开一把锁，只有应天长能断他家的家务事。

应天长家住北京劲松大街的一座大楼里，两个单元都被四个儿女瓜分，他和老伴反倒没有栖身之处，只得在客厅里搭地铺。

齐柳生是应家的常客。应天长的小女儿，比齐柳生大一岁，刚上大学，念的是轻工业学院一年级，是个俊俏、温柔、娇气、天真活泼的姑娘。应天长一心想把这颗掌上明珠许配给齐柳生，把齐柳生纳为东床佳婿。但是，他又不愿这两个年轻人早恋，便每个星期日都把齐柳生找到家来，一同吃团圆饭，而且格外优待，悄悄在这个孩子的腿上拴一条红线，攥在自己手里。

一见齐柳生，应天长便笑逐颜开；他跟关青梅更是熟人，从关青梅的老爹关忠义身上论辈分，占关青梅的便宜，管关青梅叫大侄女儿。

"你不想活啦？"听完齐柳生的申诉，应天长板起面孔，恶狠狠地瞪了关青梅一眼，"四十挂零的人了，生孩子就像过鬼门关，找死！"

"您不能官官相护！"齐柳生急了，红扑涨脸。

"好！我严守中立，不结盟。"

“我爸爸跟妈妈要离婚，您不能袖手旁观！”

“一面之词，夸大案情。”应天长笑着，慢悠悠地摇头，“我比你们了解柳岸这个人，从他嘴里，说不出‘离婚’二字。”

关青梅羞愧地抽泣着说：“是我……溜了嘴。”

“噘嘴骡子卖个驴价儿，不值钱就在这张嘴上！”应天长抓起电话，“金簪掉在井里，你的还是你的，我把柳岸给你拘来！”

湖畔疗养院回音，读书班昨天结束了，柳岸已经回县。于是，应天长又打电话给县委汽车班的值班员，派车把他和关青梅、齐柳生、小蝈蝈儿接回县里。到县政府一问传达室的同志，知道柳岸上了街；在街上遇见下班回家吃饭的那位菜市场经理，才找到柳岸的下落，又赶奔梦兰家来。

“小人！”书房里，应天长一声怒吼，吓得梦兰和关青梅从卧室里跑出来，站在书房门外，“前几个月写一篇肉麻吹捧柳岸的报告文学，现在又写一篇恶毒攻击柳岸的小说，多么下流的人品和文品。”

“杜伴萍的这篇小说，和冯副书记在我妈妈身上演出的三部曲，十分相似！”齐柳生气愤得声音发颤，“是不是他们早有预谋？”

“如果柳岸也把这三部曲接受下来，那就是一篇真人真事的报告文学了。”任元直有一副善于思考的头脑，更进一步分析。

“不要上勾下联！”应天长撞出门，跑出楼，坐汽车到县政府去。

汽车七拐八弯，从一簇新楼的林荫甬路上穿过，应天长猛然喊了一声：“停！”打发司机上楼把冯芸生找来。

一会儿，司机回来了，说：“冯副书记正在吃饭。我先把您送到县政府，然后再回来接他。”

"这么晚刚吃晚饭？"应天长眼珠一转，"他的屋里还有谁？"

"杜伴萍和两个女的。"

"哼！"

一眨眼，车到县政府，应天长下了车，三步两步跑上二楼。他看见，县长办公室门窗大开，支起了折叠床，过堂风像潺潺的流水，窗外马缨树上阵阵蝉鸣催眠，柳岸安静地沉睡着。

脚正不怕鞋歪，身正不怕影儿斜；问心无愧，何惧半夜三更鬼叫门。

应天长一阵心酸，老泪夺眶而出……

一九八二年九月初稿，十月至十一月改定

原载一九八三年第二期《钟山》

青藤巷插曲

1

我家在青藤巷定居，二十五年了。

我们是一家一户一座小院，院里五棵老枣树，院外四棵老槐树，都是大清国留下来的前朝遗老，一二百年的岁数；五棵枣树下五间旧房，不过四五十年的历史，却已经六易其主。

这座小院，原是前院的后花园。我所耳闻的当年的那位房主，是个宗室遗少；祖上遗留十几处宅院，他就稳坐青藤巷本宅吃瓦片子，一妻二妾，花天酒地。为了招待客人方便，他在后花园因地制宜，迁就枣树的方位，盖上三间南房，两间东房，打麻将，抽大烟，唱京戏，摆酒席。解放以后，这位遗少已经是风烛残年，积习难改，黑市上买烟土犯了案；没等判处徒刑，那条酒色蛀空的身子一进大牢就挺了尸。一妻二妾十三个儿女，瓜分遗产，大打出手，棺材前面闹丧，停灵三七出不了殡。最后，法院出面，十几处宅院大拍卖，按人头份儿分钱，公平合理。后花园这五间房，打起一堵墙，跟前院隔断开来，也算一座独门独院，能多赚二两金子。买来卖去，到我手里，已经是五代残唐的局面，下汤锅的噘嘴骡子不值个毛驴的价了。

人家是乔迁志喜，我是从搬进这座小院那一天就交上华盖运。一家老小，提心吊胆，屏声静息，插上门过日子。我头戴荆冠刺配通州，二十五年中的二十年，孤身一人住在北运河边的荒村茅舍；每月回家几天，也是天黑进门，足不出户。这几年，改变了身份，我在城里住的日子多了，却又一天到晚不是看书写字，就是接待访客，很少出门上街。所以，我在青藤巷，没有几张熟脸儿，就连一墙之隔的邻居，男女老少都面生；不像我在运河边上的村庄里，家家户户是亲人，一听咯嗒咯嗒就知道谁家的母鸡下了蛋。

七月的一个上午，我要出席一个座谈会，刚走出门口，看见老槐树的浓荫下，坐着一位老者。这位老者听见街门吱呱一响，回头看我走出来，忙从马扎上站起来，满脸堆笑哈了哈腰，问道："您上街？"

这位老者七十岁上下，瘦骨嶙峋小个子，白头没有秃顶，两道寿眉，一双笑眼，皱皱巴巴的脸上一团和气。他上身穿一件夏布对襟小褂儿，下身穿一条黑绸灯笼裤，手拿一把一尺多长的折扇。他个子虽小嘴却大，嗓子沙哑，可又是老虎音，底气充足。

我想不起何时何地跟他打过照面，只当是一位爱说话的老人，也就礼尚往来，说了声："您在这儿凉快哪！"已经快到开会时间，便客气地点了点头，匆匆离去。

十二点归来，老者仍然坐在槐荫下，远远一见我的影子，又站了起来。

"您回来啦！"沙哑的老虎音带着韵味。

"您还在这儿凉快哪！"我笑了笑，不能不站一站脚，搭讪几句，

“请问，您贵姓？”说着又递上一支烟。

“谢谢！我烟酒不动。”老者垂下两手，“免贵姓汪，汪杰魁。”

我看见他手上的老茧感到亲切起来，问道：“您是从乡下来吧？”

老者也不很拘束了，笑道：“我跟刘先生是只隔一条河的同乡，运河边上绿杨堤的人。”

“您原来认得我？”我一听他指名道姓，便越说越近了。

“从电视上见过您。”老者笑眯着眼，“也从收音机里，听过您的小说《蒲柳人家》。”

我忙说：“请您多多指教。”

“不敢当。”老者神态庄重起来，“我斗胆问一问，您在小说里写到的女艺人云遮月，不知您是耳闻，还是目睹？”

“小时候，我见过她。”老者这一问，我仿佛又看见那个泼辣大胆而又花容月貌的风尘女子，“后来，听说她为了宣传抗日，被日伪特务悬赏严拿，死在通州大牢，我不忍心往下写了。”

“多谢您把她写进书里，我这位师妹也算青史留名了！”老者眼泪汪汪，“要是她还活着，今年六十九，属虎。”

“您也是唱京东大鼓的艺人？”

“吃过三十年开口饭，说书。”

“久站哪一方？”

“朝阳门内南小街，玉泉茶馆。”

“四八年我来北京上学，星期日常到玉泉茶馆听书。”

“那时候，我正说全本《包公案》。”

“说《包公案》的是小柳敬亭呀！”

"小柳敬亭正是我的艺名！"老者哈哈大笑，"您……您就是那位……'十斤豆腐'小学士吧？"

这个尘封已久的外号，唤起了我的久已封存的记忆；三十四年前的往事，细枝末节都想起来。

2

那时候，我十二岁。

我从乡下到北京城里上学，考取的是官费生。可是，官费月月拖欠，从没有准时发放下来；不是寅支卯粮，而是卯支寅粮。我只得跟一个有钱人家子弟的同学借五块金圆券做押金，课外当个报童。当时，北京城里大报小报一二十家，五花八门，乌烟瘴气。办一张报，主要依靠几个大把头包揽发行；每个大把头手下又有一帮报贩子，一人分摊多少份。每个报贩子手下，又有一帮子报童；大帮几十人，小帮十几人。凌晨三点，我就得起床，从学校跑到灯市口，在建国东堂影剧院门外排队领报。等来等去，只听排子车嘎吱吱响，报贩子蹬着车，车上十几大捆报纸，从昏黄幽暗的路灯下迤逦歪斜而来。排子车停在影剧院前。报贩子挨个儿分报，站在前头的便可以随意挑选畅销的报纸，但是不能超过押金的金额。我刚入这一行，五块钱押金只能领到一百二十份报；后来，赚了几个钱，押金增加到十五块，就能领到三百五十份了。领报之后，用一只胳臂抱着，扭头就跑，扯开嗓子吆喝："看报呀看报！《世界日报》《华北日报》《北平日报》《平明日报》《新生报》《新民报》《纪事报》《民强报》……看看东安市场白日大抢案，前门车站箱尸案的消息！"一气呵成，尾声是一个拔高的拖腔，很像京剧《四郎探母》里杨延辉唱的嘎调："叫小番！……"每个报童各走一条路，我走的是干面胡同；跑的是朝阳门内的大街小巷，也是各吃一方。那时候，看报的抢早，卖报的抢快，一个钟头一个行市。一张报四分钱，四点钟能卖两毛，五点钟一毛五，六点钟一毛，七点钟不赔不赚够本，一过七点半，只能白送给人家生炉子。星期日，我卖完三百五十份报，还要卖五十本《新闻天地》和《新闻内幕》杂志，收入翻一番。

我在农村出生长大，五六岁就到野地里追兔子，十二岁跑起来一溜烟，三百五十份报不到六点半就卖个精光。回校途中，跑过南小街，小饭铺下板开门，我不是吃一碗牛骨头汤杂面，就是喝一碗面茶加两个馃子。然后，肚子溜圆，满头大汗，回学校上早自习。

这家小饭铺，只有三十七八岁的女掌柜，徐娘半老，满脸横肉，却喜欢穿红挂绿，搽胭脂抹粉儿。她的姘头，就是我那个顶头上司——报贩子。报贩子名叫张德寿，二十三四岁，满脸粉刺，嘴里镶着两颗金牙；这个家伙的抬手投足，模仿筱翠花做戏，媚里媚气，扭扭捏捏，此人的名字，我一听就耳熟；评书《三侠剑》里有个著名采花淫贼，跟他的姓名一字不差。

小饭铺的吃主儿，十有七八是蹬三轮的，拉水车的，挑筐卖菜的，挎篮卖花生、瓜子、烟卷儿的，还有跑房纤的，算命测字的，打着小旗卖耗子药的……此外，便是打牙祭的穷学生，赶脚进城的农民。女掌柜忙不过来，张德寿也搭把手，端菜送饭像跑圆场，嘴上算账报数儿，像阎婆惜在乌龙院跟张三郎耍牙梆子。

学校的伙食，一天三顿窝头菜汤，几个月见不着一点荤腥；我熬得难以忍受，狠了狠心，到小饭铺开一开斋。

我虽然常在这里吃杂面，喝面茶，那只不过是站在门口，三分钟风卷残云，扔下碗筷就走；从没有跨进门去，坐在长条板凳上，大模大样地点菜吃饭。

这一天下小雨，小饭铺没有一个吃主儿；女掌柜和张德寿面对面坐在一张饭桌上，吃的是肉丝炒饼，喝的是木樨汤。

"你快吃吧！"张德寿已经吃饱，拿一根火柴棍儿剔牙，不耐烦地催促女掌柜，"柳老板要了个什锦豆腐，我得赶紧送过去。"

正在这时，我走了进来。

"小学士，吃点什么呀？"女掌柜嘴里一边嚼着炒饼，一边问道。

"十斤豆腐！"我听见张德寿刚才的话音，便装出内行老手的神气点菜。

"十斤豆腐，你吃得了吗？"女掌柜惊讶得瞪圆了一双绿豆眼儿，直着脖子，炒饼也停住不咽了。

我板起面孔，粗声大气地说："姓柳的吃得了，我就吃得了！"

噗的一声，女掌柜满嘴的饭渣子，全喷在了张德寿的脸上，她笑得揉搓肚肠子叫着："妈哟，我的妈哟！十斤……豆腐……整整一屉，撑破了你那小小的……白肚皮儿。"

张德寿抹了两把脸，恼怒地冲我龇牙咧嘴，哼着鼻子冷笑道："亏你还是个上中学的小学士，张嘴就念白字儿，什锦豆腐不是十斤豆腐，记住！"

"十斤豆腐小学士，十斤豆腐小学士！"女掌柜拍手打脚，前仰后合。

我闹了个红脸大烧盘儿，落荒而逃；可是"十斤豆腐"这顶帽子，直到离开此地才摘下来。

小饭铺的斜对过儿，便是玉泉茶馆。

玉泉茶馆两间门面，直筒子房间，二十张八仙桌，能卖一百几十个茶座。茶馆掌柜，旧官府门子大爷出身，粗通文墨，喜好看报；我每天卖报回来，留一份白送给他，他就允许我星期日到茶馆里卖杂志。茶馆门口，两根明柱上，高挂两块招牌，日夜两场评书。日场是重金礼聘评书泰斗小柳敬亭，演出全本《包公案》；夜场是各界恭请评书大王赵英颇，演出《聊斋》一百零八篇。赵英颇说的《聊斋》，跟天津的陈士和风格不同；听书的老内行评定，《聊斋》俗名鬼狐传，陈士和擅长说狐，赵英颇擅长讲鬼。夜晚听赵英颇说书，阴森恐怖，毛骨悚然，又灌了一肚子茶水，却吓得不敢上厕所，常有尿裤子的；散场之后，不搭伴不敢回家，走进小胡同，有个风吹草动，便吓得心惊胆颤，鬼叫连天。然而，尿裤子的听客就像被鬼迷心窍，赵英颇每演必听，也就场场满座。

我四五岁听书，六岁就上了瘾；星期日卖完杂志，上下午的时光便都消磨在玉泉茶馆里。

一张书案，书案上一块醒木，一把扇子；墙上的老挂钟敲了八响，茶馆的伙计给书案挂上大红桌帏子，桌帏子上绣着小柳敬亭四个大字。等茶馆伙计退了下去，上场门里一声响亮的咳嗽，乱糟糟的茶馆顿时鸦雀无声，小柳敬亭挑帘走了出来，出场便是一个碰头彩。他满面微笑到书案前，向听众深深鞠了一躬，彬彬有礼，大大方方。抬起头，直起腰，脸上换出一副严肃神色，退到书案后面，左手两根手指夹起醒木，右手拿起扇子，定了定神，目光扫过全场，只听醒木啪的一声响，不快不慢，不高不低开了腔："上回书说到，南侠展昭展雄飞，被大宋皇帝钦封御猫，这就惹恼了南七北六十三省的各路英雄豪杰……"真正是字正腔圆，掷地作金石声，声情并茂，句句动人心魄。

这两天，国文老师正给我们讲授明末清初大学者黄宗羲的《柳敬亭传》；真以为三百年前那位"每发一声，使人闻之，或如刀剑铁骑，飒然浮空，或如风号雨泣，鸟悲兽骇"的柳敬亭又活了。我揉了揉眼睛，向书案后面望去，却只见这个面容清瘦，留着小平头，身穿半旧竹布长衫，三十七八岁的中年男子，相不出众，貌不惊人，完全不是黄宗羲笔下那个豪猾犷悍的柳敬亭的形象。

张德寿坐在前排，我站在他的身后，悄悄耳语："想不到这个黄皮寡瘦的柳老板，倒有一副好嗓子。"

"老虎音！"张德寿颤动着二郎腿，"洋钱的响儿。"

我发觉，张德寿那一双贼眼，馋猫似的直盯着小柳敬亭的背后，我也沿着张德寿的目光找去；这才看见，上场门外安放了一张小茶几，有个二十多岁的年轻女人坐在小茶几旁的春凳上。

这个女人白白嫩嫩，梳的是香蕉头；在她那张银盆大脸上，却描着弯弯的细眉，抹着猩红的樱桃小口。她穿一件半大藕荷褂子，扯开衣襟，掏出一只葫芦大奶子，给怀里的小妞妞喂奶，而且左右倒换，旁若无人。

"这个人是谁？"我低声问张德寿道。

"柳老板被窝里的人。"张德寿淌着口水，咬着我的耳朵，"她是茶馆徐掌柜的女儿甜姐，把柳老板拴在裤带上，给她多大把大把地挣钱。"

每到一个扣子，小柳敬亭退场，甜姐便站起身来，一手搂住怀里的妞妞儿，一手端着小笸箩打钱。

"哪一位赏头一份？"甜姐的嗓子跟小柳敬亭大相反，人高马大却是娇滴滴的声音。

我来听书的那些日子，亲眼见到头一个慷慨解囊的一直是张德寿。他把一张大票扔进小笸箩里，嬉皮笑脸地说："拿着给柳老板买补药吃！"

甜姐啐他一口，张德寿摇头晃脑十分得意，好像甜姐的唾沫星子是洒到他脸上的花露水儿。

小笸箩里的钱满了，甜姐点够了数目，便又回到小茶几旁的春凳上，小柳敬亭上场接演二段。

有时候，刚一打钱就有人溜之乎也，别的人也想离座，场子乱了。

"有钱的帮钱场，没钱的帮人场，腰里没银子的二爷也别心虚，稳坐听书就是了！"甜姐的嗓音突然又尖又酸，一点也不甜了，"刚才起驾的那位大爷，自有他的缘故。别看他慌慌张张像一条丧家之犬，他可是个孝子，忙着给他妈抓药去。可又说了，您要走，光明正大，大摇大摆地走吧！别这么匆匆忙忙，枪子儿追似的撒丫子，出门一不小心，只怕撞到当当车上。"

玉泉茶馆坐落在南小街把口，拐弯就是朝阳门内大街，一辆有轨电车正叮叮当当驶来。

甜姐像撒出一大把枣核钉子，把那些想溜的人都钉在了座位上。

"这个娘儿们，骂人不吐核儿！"张德寿非常欣赏甜姐的口才，哑着嘴笑道。

有一回，钱没打够，也差不许多，甜姐却不依不饶，小柳敬亭几回想上场，都被她瞪了回去。

我看着小柳敬亭可怜，又急着想听书，就把卖杂志挣来的钱掏出一把，给她送过去。

"多谢喽！"甜姐眉开眼笑，瞟我个粉眼儿，"这位小学士，别看平时听蹭儿，赶到节骨眼儿上，可就真敢割肉。我敢打赌，日后不中个状元，也得得个博士！"

我羞得眼里都出汗了。

可是，散了场，我刚要走，小柳敬亭却喊道："小学士，请留步！"

我存住脚步，回头问道："柳老板，什么事儿？"

小柳敬亭从甜姐的钱笸箩里，拿出一张整票，走过来说："你的赏钱拿回去，留着买书看。"甜姐翻了他两眼，他也只当没看见。

我感到难为情，撒腿就跑。

"十斤豆腐，你别扫柳老板的面子呀！"张德寿把钱抢过来，追上了我，扯住我的胳臂，"走，吃什锦豆腐去。"

张德寿把我扭送小饭铺，这笔钱落到女掌柜的腰包里。

下个星期日，我又到茶馆去，甜姐见我进门口，就向我连连点头，叫我到她身边听书，还给我斟上一碗茶卤，分外优待。一段下来，该打钱了，她却把妞妞儿搡到我的怀里，说了一声："小学士，劳您大驾，哄一哄我的蓉儿！"便一身轻松，端起小笸箩满处周旋去了。

名叫蓉儿的妞妞儿，梳个立天锥的小辫子，圆溜溜的黑眼睛像两颗葡萄珠儿，十分可爱；也是天生的缘分儿，蓉儿跟我一点不见外，把我的裤子尿得像刚从水盆里捞出来。

一整天，我扮演了甜姐的小厮角色；她腾出工夫，帮她老爹沏茶送水，招揽茶客。

天黑了，我抱着沉甸甸的蓉儿，像捧着一只青石砘子，又累又乏，昏头胀脑。这时，忽听小柳敬亭高声说道："……包老爷唤包兴儿沏茶，包兴儿答应一声，手捧茶壶出了书房；穿游廊，过游廊，九曲十环来到了灶上，挑起门帘一看，唉呀不好！要知后事如何，明天再见分晓。"醒木一拍，收场了。

这可真叫人心里七上八下，一块石头落不了地。包兴儿挑起门帘惊叫一声，看见了什么呢？是一位身穿夜行衣的刺客手持利刃，破窗而入？还是一颗血淋淋的人头飞进窗来，滴溜溜满地乱转？

"柳老板，包兴儿看见了什么呀？"我见柳老板下了场，急煎煎问道。

小柳敬亭正接住甜姐递过的毛巾把儿，擦了把脸，向我笑了笑，轻声细气地说："放心，没有大不了的事儿。"

我还想打破砂锅问到底，甜姐却柳眉倒竖，喝道："这叫隔夜哏，你别搅散我们的生意！"

我只得心神不安地回学校去。

这一夜，我在床上翻来覆去烙烧饼，前半夜失眠，后半夜做噩梦。天明卖报回来，我仍然神不守舍，就假装肚子疼请了假；上课铃声响过之后，我蹑手蹑脚溜出了校门。

在茶馆门外，就听见小柳敬亭已经叙过闲言，书归正传："昨天那回书，说到包老爷唤包兴儿沏茶，包兴儿手捧茶壶来到灶上，挑起门帘一看，惊叫一声：'唉呀，不好！'原来是……"他看见我走进门来，眼神一亮，停顿了片刻。

我的心跳到了嗓子眼儿，若不是咬紧嘴唇，就会蹦出口来。

"原来是……"我直勾勾盯住小柳敬亭，脑瓜子里风车打转，"一个刺客……一颗人头……？"

忽然，小柳敬亭哗啦抖开了包袱，出人意外地解开了扣子："……水还没开哩！"

哄堂大笑，有人拍案叫绝；我却感到被人戏弄，气恼而又伤心，含泪扭头而去。返回学校，训育主任正黑着脸站在校门口，三盘两问，我只得从实招来；于是，不但在考勤簿上画了两堂旷课，而且在全校朝会上被点名警告，当众出丑。从此，我再也不到茶馆去，不见小柳敬亭、甜姐和妞妞儿的面了。

一别三十四年，恍如隔世。

3

我和已经是古稀之年的小柳敬亭，感情激动地站在槐荫下。

"这些年，您在哪儿？"我迫不及待地问小柳敬亭道。

"一言难尽呀！"小柳敬亭长叹一声，刚才那闪闪放光的眼神暗淡下来，"等您有闲工夫，我把这三十多年的悲欢离合，一段一段说给您一个人听。"

"下午四点以后，您来舍下做客吧！"我走上台阶，又停住脚，

"我还有一部中篇小说《荇水荷风》，写到'一台戏'和'火烧云'的故事。"

"他们爷儿俩，更不是外人了！"小柳敬亭那凄伤的脸上，又漾出一丝微笑，"'一台戏'，是我的大师兄，'火烧云'拜'云遮月'为师，可是管我叫师叔。"

"下午您一定来呀！"我又叮嘱了一句，走进院里。

午睡醒来，全家上班的上班，上学的上学，只剩下我一个人。我搬了两把藤椅和一张圆桌，放在院子里，又沏得一壶绿茶。五棵绿荫如伞的枣树，给我的小院搭起凉棚；我浇花洒水，恭候小柳敬亭光临。

四点，不差一分一秒，街门外传来脚步声，我忙迎出去；谁想进门的不是小柳敬亭，而是一位三十五六岁的中年女同志。

这个人，高高的个儿，消瘦的肩膀，憔悴的脸色，凄凉的目光；她烫发却又扎起两只辫子，穿的是浅金花白汗衫和黑裙，像是给谁守孝。

没等我开口，她便羞涩地一笑，问道："您是老刘同志吗？"

我点点头，反问道："你贵姓？"

"我叫徐蓉。"她的眼圈红了红，"小柳敬亭的女儿。"

"你是妞妞儿！"我不禁惊呼起来。

"是的。"徐蓉难为情地低下头，"我父亲刚才告诉我，我小时候，您抱着我听书。"

"快进家里坐！"我的念旧之情，激动不已，"你父亲怎么没有来？"

徐蓉却一动不动，垂着眼皮，说："他到医院跟我妈见一面，改天再来拜望您。"

“你母亲得了什么病？”

“食道癌，只怕活不过今天。”

我大吃一惊，悲叹地说：“这些年，你母亲在乡下也受了不少苦吧？”

“二十五年前她就跟我爸爸离婚了，一直住在城里。”徐蓉淌下两串眼泪，神色很痛苦。

“他们为什么离婚呀？”

“我妈中了贼人的奸计，后悔也晚了。”

徐蓉转身要走，我也不便挽留，送出门外才问道：“你现在在哪儿工作？”

“街道儿童玩具厂。”

“你爱人是搞什么工作的？”

“他死了。”

我只觉得一阵头嗡耳鸣，三十四年前的那个小妞妞儿，谁想到竟会如此苦命啊！

徐蓉掏出手帕擦泪，走进隔壁大院；我做梦也想不到，妞妞儿原来近在咫尺。

当天晚上，我挂念小柳敬亭和徐蓉父女，也挂念只怕也已经五十七八岁的老甜姐，二十五年头一回，跨进隔壁大院的门槛。

这哪里还算得上是一座院子，到处见缝插针。一簇簇鸽子笼似的小屋挤得满满当当，磕头撞脑难下脚。孩子哭大人叫，锅碗瓢盆叮当响，电视机、收音机和录音机播送着京剧、评剧、电视剧、独唱、重唱、大合唱，乱糟糟一团。我打听徐蓉的住处，有个人努了努嘴儿，她住在大院深处的一间耳房里。

这真像是耳朵眼儿里的一间小房，窄窄巴巴，窝窝囊囊地躲藏在角落里。奇怪的是在这块方寸之地，徐蓉还拉起一道铁蒺藜网，安装了一扇栅栏门；铁蒺藜上爬着稀稀落落的青藤绿蔓，多少还有几分生气。

"徐蓉同志在家吗？"我站在栅栏门外喊道。

"谁呀？"屋里突然熄了灯。

"我是老刘。"

"唉呀！您等一等。"

"你父亲从医院回来了吗？"

"他不肯离开我母亲的病房。"

"我明天再来吧！"这个大杂院令人感到憋闷得难于呼吸，我还是赶快跑到街上，畅快地喘一口气。

出青藤巷北口，拐弯便到府右街；我不想回家，打算沿着府右街那灯光树影下的人行道，散一散步。

我走出没有多远，徐蓉从后面追来。

"我到医院去。"徐蓉一边扣着汗衫的钮扣，一边用小碎步奔跑，"您要给我爸爸捎话吗？"

我站住脚，说："我想问一问你母亲的病情。"

"只怕熬不过今天夜里了！"徐蓉哽咽着，"我爸爸到她的病床旁边，她已经不会说话，连手也抬不起来，只会一对儿一对儿掉眼泪。"

我跟她并肩而行，问道："他们究竟为什么离婚呢？"

"唉！"徐蓉叹了口气，"解放以后，我姥爷死了，玉泉茶馆就归在我妈的名下；我爸爸本想加入曲艺团，我妈死活不答应，还要靠他说书叫座。我爸爸思想进步，改说新书；谁想一九五七年他说的那本新书是一个右派作家写的，他也就陪着一同论罪了。我妈怕茶馆被没收，还怕我们母女吃挂落儿，就听信一个坏蛋的挑唆，跟我爸爸离了婚；当时我十一岁，正念高小，法院把我判给我妈了。"

"你爸爸怎么流落到绿杨堤？"

"他投奔到我的师哥何船生家里，一落脚就是二十五年。"

"你还有个师哥，我怎么不知道呀？"

"那是我爸爸一九五一年出外跑了几个月的码头，收下的一个徒弟；我妈虐待人家，没有满师就走了。"

"何船生家里都有什么人，你爸爸这个外姓人怎么能安身呢？"

"他是个孤儿，只有爷爷奶奶；我爸爸去了，他多了一个爸爸，爷爷奶奶多了一个儿子，一家四口过得和和气气，亲亲热热。"

"这个何船生，是个好同志。"我想了想，又觉得奇怪，"怎么会一家四口，何船生没有结婚吗？"

"难得他的一片孝心，"徐蓉又哽咽了，"何师哥娶过媳妇，那媳妇嫌弃我爸爸，不是摔盆砸碗，就是指桑骂槐，何师哥一气之下跟那个媳妇离了婚。"

"我过两天就回乡下，一定去看望何船生。"

"他就在北京。"

"住在哪儿？我马上见他。"

"何师哥陪同我爸爸进城，住在前门外西河沿的小店里。"徐蓉沉吟了一下，"他怕我爸爸伤情过了头，有个三长两短，也守在医院里；我叫他抓工夫拜望您吧！"

"你爸爸也是个好人呀！"我低沉地慨叹，"不念旧怨，生离死别还要跟你母亲见一面，你应该比何船生更孝顺他。"

"是我母亲……想见他老人家。"徐蓉抽泣着吸溜鼻子，"我母亲知道自己活不了几天了，临死之前想跟我爸爸见一面，我给何师哥拍了个电报，他们爷儿俩前天就赶来了。"

"怎么直到今天才见面呢？"

"我那个继父不许可。"

"这个人的心胸也未免太狭窄了。"

"他是一条披着人皮的畜生！"徐蓉咬牙切齿，"二十五年前他陷害我爸爸，十四年前他又坑害了我。"

我的心一紧，问道："他怎么坑害了你？"

"这个畜生在街道工厂当采购员，手上不干不净，解放前又多少有点历史问题；为了钻进造反团，就硬逼着我嫁给那个比我大二十岁的造反团头子。"

"你的男人是哪一年死的？"

"他当上了街道企业管理处的人保科长，混过了'揭、批、查'运动；去年市委又下令在干部队伍里撤换三种人，还发现他有三条人命，一急得了脑溢血，折腾几个钟头就死了。"

"今天你爸爸跟你妈见面，是怎么安排的呢？"

"何师哥交给那个畜生一千块钱，买到这一时片刻呀！"徐蓉又气又恨，身子哆嗦成一团，"那个畜生讹诈我爸爸，瞎说我妈的医疗费花了整整一千块，要想跟我妈见面，就得拿出这笔钱；何师哥一跺脚，回家把打算盖房的存款取出来，交给了他。"

"你应该跟这个畜生斗争呀！"

"他会给当头儿的拍马屁，当头儿的都把这个臭狗屎当香饽饽儿。"

"你到法院控告他，我给你找律师。"

这时，已经走到府右街北口，无轨电车快进站了，徐蓉飞跑着赶车到医院去。我目送她那可怜的身影，一阵一阵心酸；柳老板、何船生和妞妞儿，你们心慈面软，吃亏让人，忍受恶棍的欺侮，我这个局外人却咽不下这口气。我虽然不会写干预生活的小说，可是好管闲事儿；打官司告状，咱们有说理的地方。

4

转过一天，已经下午，我还在高卧酣睡，一阵紧急的敲门声把我惊醒，披衣下床。

开门一看是徐蓉，白汗衫上戴着黑箍。

"你母亲？……"虽然早已料到，可是乍一见徐蓉挂孝，我仍然不免一惊。

"您快帮我们争一争吧！"徐蓉那哭得像桃子似的眼睛，泪珠扑簌簌淌下来，"那个畜生……叼住我妈的骨灰不放。"

我歪歪斜斜扣上衬衫的扣子，一马当先，二进隔壁大杂院。

一间间蜂房，从门窗里探出一颗颗脑瓜儿，一双双眼睛齐盯着大院角落的小耳房。徐蓉紧跟我的身后，不敢抬头，我感觉到她连连打着寒噤儿。

"我师父就是要把我师娘的骨灰带走！"突然，小耳房的铁蒺藜网里，一声愤怒的大叫，"你给不给，给不给？"

"救命呀！"一个漏风跑气的嗓子，杀猪般叫。

徐蓉推搡我一掌，我们扑奔过去，只见一个中年男子，手持一把菜刀，另一只手当胸抓紧一个糟老头子。

"何师哥，放手！"徐蓉喊道，"老刘同志一碗水端平，给您们评理来了。"

中年男子撒了手，把菜刀扔到砧板上。

"什么老刘小刘？动铁就是行凶，咱们到派出所唱一出《三堂会审》！"糟老头子双手抓着晃荡在腰间的一只油渍渍的书包，拔腿要走。

"你走不了！"何船生堵住棚栏门。

"坐下来，动口不动手！"我隔着铁蒺藜网喝道，"有理走遍天下，无理寸步难行，谁先讲呀？"

"刘先生，丑话羞出口呀！"小柳敬亭木木呆呆，老泪汪汪，"蓉儿她妈，病床上叮嘱蓉儿，等她死后，把她的骨灰交给我带回去。可是……可是张德寿还要敲我们一笔竹杠。"

"张德寿！哪个张德寿？"我急忙拨开铁蒺藜网上的青藤绿蔓，向里张望。

糟老头子摇头晃脑，做了个甩髯口的动作，油腔滑调地说："江湖上叫萧恩，不才是我！"

他虽然已经老得像丝瓜瓢子，可是我从他那奸诈的目光和抬手投足的轻模贱样儿，一眼就认出了当年那个报贩子，便冷笑一声，问道：

"张德寿，你还认得我是谁吗？"

"有名的便知，无名的不晓。"

"十斤豆腐！"

"老刘同志，姓张的是一条人蛆！"何船生那淳朴忠厚的脸上，悲愤万分，"他逼着师父拿出一千块钱医疗费，还要我师父再掏五百块钱，卖我师娘的骨灰，他……他还有人味儿吗？"

"徐甜姐活是我的人，死是我的鬼！"张德寿蹦跶着两条麻秸腿，"我把骨灰给了他，不能白戴一顶绿帽子。"

"张德寿，你太过分了！"我又问徐蓉道，"你母亲有遗嘱吗？"

"我借了一台录音机，录下了我妈的话。"

"放一下。"

徐蓉进屋把录音机提出来，装上磁带，按动开关，播送母女几天前的一场对话。

"妞妞儿……"老甜姐一口一口捯气，"我的病……熬不过来了，千言万语……想跟你说呀！"

"妈，您安心治病，会好的……"徐蓉轻轻啜泣。

"生有地，死有处，妈……到地方了。"老甜姐发出干涩凄惨的苦笑声，"妈这辈子只有一件亏心事，对不起你爸爸……你还记得你爸爸吗？"

"我怎么能忘记生身之父呢？"

"你把他……给我找来，我想见他一面，求他……打我一顿，骂我一顿，我才能……闭得上眼睛。"

"我猜想……他落到了你师哥何船生家里，只是不敢断定……是不是还活着。"

"怎见得我爸爸住在何师哥家里？"

"船生是个孝顺老人的孩子，当年我不该……嫌他土头土脑，打得他……青一块，紫一块……"

"何师哥的老家在什么地方？"

"运河边上绿杨堤。"

"我马上给他写信。"

"快！……我想他，想见他……把我的骨灰留给他，扔到茅房窖子里……也是罪有应得。"

"我一会儿就去拍电报。"

老甜姐呼噜呼噜气喘起来，录音机的磁带沙沙响。

"这个娘儿们一脚迈进阴阳界，鬼话连篇！"一直是狗咬刺猬难下嘴的张德寿，抓这个空子横插一句。

"听着！"何船生眼含着泪水喝道。

"……蓉儿，妈死之后……回到你爸爸身边去吧！张德寿……人面兽心，是个畜生！"老甜姐气息奄奄，却一句一喘地说下去，"解放以后，他跟小饭铺的女掌柜翻了脸，磕头捣蒜要到咱家的茶馆当跑堂的。你爸爸做主，好心好意收留了他，谁想到……一九五七年他添油加醋给你爸爸进谗言，又花言巧语……哄骗了我，害得咱们……家破人亡。"

"这个娘儿们，这个娘儿们……"张德寿一把抢过录音机，"我把这台录音机和这个娘儿们的骨灰，砸个稀巴烂！"

"还给我！"徐蓉惨叫，"把我妈的骨灰还给我！"

何船生又要抄菜刀，我一边拦住他，一边指着张德寿的鼻子，说：

"你敢穷凶极恶，徐蓉到法院告你，我是见证人！"

张德寿嘿嘿一笑，说："蓉儿，你要你妈的骨灰，我怎么能不给呢？可是，八两换半斤，你也得把那盘磁带给了我。"

"我给，我给！"徐蓉乱了方寸，连连答应。

"不能给他！"我气得七窍生烟，"那盘磁带，是他的罪证。"

"给了他，叫他快走吧！"小柳敬亭虚弱无力地挥了挥手，"他再不走，就要把我恶心死了。"

于是，骨灰和磁带进行了交换。

"老刘同志，多谢您为我的家务事操心了！"张德寿点头哈腰，满脸奸笑，"咱们是几十年的老朋友了，多会儿您有闲空，赏光到寒舍坐一坐，我亲自给您做一盘什锦豆腐，还是当年那地道的老北京风味。"

说罢，他一缩脖子，贼头贼脑地溜了。

"老刘同志，谢谢您给我们解了围，救了急！"何船生满眼噙着泪花，紧紧握住我的手。

一场大吵大闹之后，小耳房和这块方寸之地的小院清静下来，我这才仔细地看一看何船生。他比我小五六岁，虽然是个撸锄杠的运河土著，却比我显得文秀；也许是当年学过说评书，谈吐也颇文气，穿着打扮很像乡村小学教员。

"我这个文人赤手空拳，只不过帮了几句腔，能起多大作用？"他的道谢，我感到受之有愧。

"您不赶来，难道我就敢杀他吗？"何船生憨笑道，"我不过是吓唬他一下；他只要挺住一眨眼的工夫，我就把兜里的五百块钱掏给他了。"

"看来，你是绿杨堤的冒尖户，挥金如土。"

"那怎么敢当呢？这两年绿杨堤富得快，我家只算中下等。"

我拍了拍他的肩膀，赞叹道："你孝顺师父，表现出高尚的品德；我要通知县广播站，对你进行实况录音访问。"

"您这是寒碜我哩！"何船生满脸通红，"不知您肯不肯到我家走一趟，看看我师父是多么孝顺我的爷爷奶奶，就会觉得我差得远了。"

我又说："你应该把你师父的艺术接过来，还要推陈出新。"

"我学艺不到二年，功夫浅，接不过来了。"何船生摇着头却从兜里把五百块钱掏出来，"我想买一台录音机，几十盒磁带，把师父的玩意儿都录下来，免得失传。"

"好呀！"我高兴地喊道，"我通知县文化局，叫他们派人协助你，整理出文字稿。"

"不必了。"何船生胸有成竹，"我一个人担得起。"

"你的文化？……"我怀疑他残存旧习气，宁可自己搞个粗糙的本子，也艺不外传。

"船生的一双手，本来是捏笔杆子的呀！"闭目养神的小柳敬亭，睁开眼睛插了嘴，"蓉儿娘把他赶走，他回家念高小，上初中；只因为我投奔他家，他才为了养家糊口，没考高中，也就耽误了念大学……"老人伤感起来，泪下如麻。

"这些年，师父不许我扔下书本子。"何船生羞怯地一笑，"老刘同志，我还冒犯了您，把您的几部小说糅合到一堆儿，改成了评书。"

"感谢你，太好啦！"我喜出望外，"你们爷儿俩打算什么时候回去？"

何船生跟师父交换一下目光，说："明天就走。"

"咱们搭伴！"我又向徐蓉下令，"妞妞儿，你请几天假，也到绿杨堤住几天，大运河能开阔你的眼界。"

第二天上午八点半，县里的北京牌吉普车来接我，又带上小柳敬亭、何船生和徐蓉；出府右街南口，进入长安街，路过天安门、王府井、北京车站、建国门，一到城外便飞驰起来。沿京津公路南下，一路顺风两小时，平安到达绿杨堤。

在车上，一个念头就转来转去；等到下车双脚落地，我已经打定了主意。

还是爱管闲事儿——我要当媒人。

5

徐蓉嫁到绿杨堤之前，我又到她家串过几回门；这个大院里家家户户的男女老少，也就多少都跟我算是点头之交了。

东跨院的小西厢房，两间住三口人。老头名叫金廷仕，六十八岁了，过去是古玩行的老师傅，退休之后每月还拿百八十块；金廷仕的老伴金大妈，五十九了，有一双绣花的巧手，又最擅长中式女服的剪裁手艺，也已经从服装社退休，退休金每月五六十元。老两口子还有四千元存款，一个月也能拿上十几块钱的利息。三项归一，月月都有一百六七十元进门，是个小康之家。金大妈三十五岁才出阁，给金廷仕做填房，只生了个儿子叫文竹。文竹一九七七年念完高中一连考了五年大学，都没考上；已经二十三岁了，还没有找到工作。卖大碗茶，脸皮子发烧，喊不出口；到房管所当临时工，金大妈又怕他碰上小痞子，近墨者黑，沾染坏习气。文竹也很自命不凡，高等学府的大门进不去，他就另找一条成名成家之路；这些日子，关门闭户埋头写小说，只等一炮打响，要比大学生的身价高十倍。

一天晚上，我正跟徐蓉坐在她的房前方寸之地喝茶，金延仕和金大妈遛弯儿回来了。老两口子都是一身纺绸裤褂儿，北京老一辈人的打扮；金廷仕手摇一把芭蕉扇，金大妈手腕子上挂着一把檀香扇儿，悠闲自得；知足常乐的心情，心满意足的神气。

"哟！刘老师，今晚上您又大驾光临呀！"金大妈看见我，眉开眼笑。

金廷仕也躬了躬腰，笑道："刘老师，最近又写了多少篇文章？"

我连忙站起来，一边答礼，一边笑着说："老二位饭后百步走，寿活九十九。"

"托福，托福！"金廷仕连连拱手，"大热的天，刘老师也该保重身子，给自己放几天暑假。"

"一会儿，刘老师到我家坐一坐呀！"金大妈走进东跨院的小月亮门，转过脸儿向我含笑招了招手。

徐蓉忽然拍了一下自己的前额，说："金大伯和金大妈的儿子，喜爱文学，长篇短幅写了不少；老两口子早就嘱咐我请您给指点指点，我倒给忘在脖子后头了。"

于是，我们喝完这一壶茶，就到金家做客。

两间西厢房，窗前一座藤萝架，藤萝架下一溜花盆，吊兰、月季、美人蕉、晚香玉……花气袭人，清香扑鼻。我们走进跨院，老两口子正坐在藤椅上乘凉；金廷仕轻轻拉着胡琴，金大妈正低吟浅唱《文姬归汉》里的《胡笳十八拍》，行腔吐字颇有两三分程砚秋的韵味。

我也是程派戏迷，忍不住赞叹："雅兴，雅兴！"

金大妈收住她的清唱，仍然如醉如痴，说："我从小就爱听程四爷的戏，差一点进他办的中华戏校，跟四块玉同科。"

"不要惹刘老师见笑了！"金廷仕把胡琴递给金大妈，"沏茶。"

金大妈又搬出藤椅和茶几，拿出两把折扇；然后，一边敬烟，一边献茶。

我把一支凤凰牌过滤嘴香烟，转递给金廷仕，金廷仕忙把我拦住。

"我一不吸烟，二不喝酒。"金廷仕摩挲着他手上的宜兴小茶壶，"只是有个戒不了的茶瘾。"

"我是烟瘾、酒瘾、茶瘾，一应俱全。"金大妈掩着嘴，笑不露齿，"旗人的嗜好。"

徐蓉一不通文，二不懂戏，更不嗜好烟、酒、茶，便开门见山，说："金大伯，金大妈，您家文竹兄弟呢？刘老师是来看他的文章的。"

"唉哟，这个孩子多么命小福薄！"金大妈拍打着两手，"他吃过饭，就以文会友去了；刘老师看他来，多大的面子，他反倒不在家，真是罪过。"

"什么以文会友！"金廷仕鼻孔里哼了一声，"他结交的那帮子红男绿女，都是一见洋货就山呼万岁，恨不得扒了祖坟，改换门庭；想当年，资本家出产的毛线，还叫个羝羊牌，真不知道眼下的这些年轻人是怎么想的。"

"所以，我才怕文竹拜错了庙门，走差了脚步呀！"金大妈抢过话来，"刘老师，文竹这个孩子志大胆小，女儿家的性子，从小就乖乖的听话，您收下这个学生吧。"

"我是过来人，希望后来者居上。"我在晚上工作，不敢久留，便起身告辞，"明天上午八点半，请文竹把他的作品给我送去，我要回乡下住几天，正可以仔细读一下。"

"刘老师，叫您费心了！"金大妈噙着泪花，千恩万谢，"严师出高徒，棒下出孝子，您越是狠狠管教他，我越是高兴。"

"这也要看你的儿子，够不够成色。"金廷仕多年鉴别古玩，是个头脑清醒的人，"棒子面只能包菜团子，捏不了饺子。"

第二天我刚起床，金家老两口子便带着他们的文竹来了。

金廷仕个子高大，颇有闲云野鹤的风度，金大妈白白胖胖，十分富态。他们的儿子，合二而一：高个子，白脸庞，书生气十足。

"给刘老师鞠躬！"金大妈牵着文竹的手，领到我的面前，按了按他的头。

文竹留的是长发，短袖花格汗衫，咖啡色筒裤，眼睛盯着脚下的鞋尖，怯生生地叫了声："刘老师！"

"把你那些胡涂乱抹的废纸拿出来，请刘老师劳神过一过目！"金廷仕沉着脸，严父的神气，呵斥的口气。

金大妈忙递过一只手提包，文竹打开拉锁，掏出他那装订成册的稿子，低着头双手递给我。

我接过来，笑问道："这些作品，跟你的文友们交换过意见吗？"

"唉呀，那是一伙骗子！"金大妈就像谈虎色变，"他们看文竹喜爱文学入了迷，一个个吹得天花乱坠，不是跟这一位大主编的儿子是盟兄弟，就是跟那一位名作家的女儿是干姐妹，哄骗文竹掏钱请他们吃烤鸭。又给文竹出主意，再拿三百块钱买礼品，送到大主编家里，文章就能登出来。"

"这叫捉大头，敲竹杠，旧社会里我见多了！"金廷仕冷笑道，"即便花钱买到个虚名儿，也是左道旁门成不了正果。"

我见文竹已经羞愧难当，再敲打下去，只怕要一头撞在我家院里那棵老枣树上，急忙替他解围，说："不经一事，不长一智，我这半生，不知上过多少回当，也还免不了常常被人糊弄。"

县里接我的汽车来了，我只得跟文竹匆匆握别。

6

我虽然在县委挂个名，却是在县文联落脚。县文联拨给我一间房子，是我从北京到乡下，从乡下回北京的中转站。

县文联坐落在县城的中心大街上，吉普车临近县文联门口，却只见门口围拢一大群人，吵吵嚷嚷，好像观看走江湖的气功艺人表演绝技。吉普车的喇叭响得像救火车，人群也不散开，我便打开车门跳下去，挤进人堆。

原来大家围观的是一张烟村大队综合厂的招工广告。招工广告上有四个必须：男性，高中毕业，二十三到二十五岁，未婚。还有四项待遇：录取之后，试用三个月；转正之后，每月基本工资三十元，超额得奖，年终分红；愿意在烟村娶亲落户，厂里分配一座独门独院，房租一年只收一百元；室内家具，包括一台十四吋黑白电视机，分期付款，十年还清。

我忍不住大声叫好："蔡椿井不愧人称蔡能人！"

蔡椿井是烟村大队的党支部副书记，兼任综合厂厂长。此人念过中专，一九六二年自愿下放农村，却一直怀才不遇，这两年，实行大包干，他这个能人才得出山。烟村已经人均收入四百元以上，县委早想提拔他当公社副主任，他却不肯高就，一心要使烟村人均收入一千元，然后才有脸当官。

走进县文联大院，打开我那间窗前翠竹掩映的小屋，只见写字台上堆放着两大摞群众来信和来稿。一如既往，我先浏览信封，分一分亲疏远近，轻重缓急。忽然，一封烟村来信蹦了出来；我在烟村蹲点，理当首先拆阅。我拿起剪刀，剪开封口，掏出来的是一张状纸，告的就是能人蔡椿井。

蔡椿井自立王法，给综合厂的女工下了一道死命令，搞对象不许出村，出村搞对象必须搞个高中生，还得到烟村当倒插门女婿。告状人愤怒控告蔡椿井干涉他人婚姻自由，却没有署名。

面对这封匿名信，我感到又可气，又可笑；决定只在县城停留一个晚上，明天就直奔烟村断案。

我花了一夜时间，看完了文竹的小说。这个孩子的文字流畅，很会编故事，可就是有一个致命伤，没有生活气息。看来，他读过一些西方现代小说，更读过不少近年的流行小说；于是，照葫芦画瓢，熬出一锅杂烩菜。

天亮打了个盹儿，没有吃早饭，又困又饿奔烟村。

吉普车像离弦的箭，二十八里一眨眼；我望见了烟村的树梢，也看见蔡椿井沿河低头走路，不知又在盘算什么锦囊妙计。

"椿井！"我不等停车就大喊一声。

蔡椿井站住脚，抬起头；这个人有文化，有心胸，有手段，也很会打扮。看他那一身特利灵的短袖汗衫和隐条涤卡的裤子，汗衫的两只兜口里各装一台小型半导体和计算器，不明他的身份的人，真以为他是哪个公司的经理，至少也得是科室的头头儿。

他不动声色，等我下车。

"老刘！"蔡椿井直到我大步向他走去，才微然一笑，"看你头上冒烟，心里窝着火吧？"

我这个人喜怒哀乐挂在脸上，瞒不了蔡椿井那一双入木三分的眼睛。

"你好大胆子！"我装出气势汹汹的神气，"竟敢另立一部婚姻法。"

"我并没有强迫执行呀！"蔡椿井嬉笑道，"谁不愿意遵守这个规定，可以退出综合厂。"

"你的规定不合情理！"

"厂子里的姑娘们都嫁到外村去，人才外流，这个厂子就得关张，我不得不施展一下管、卡、压。"

"你再培养新手呀！"

"培养一个新手要花一千块钱的成本，我没有印票子的机器。"

"姑娘们的终身大事，你也得为人家想一想呀！"

"这个厂子的前途，她们难道不该为我分一分忧吗？"

"女大当聘，姑娘们到哪儿去找叫你满意的对象呀？"

"我四处张贴招工广告，正是给她们解决这个难题。"

"已经有多少人报名？"我消了气，大感兴趣地问道。

"城里的年轻人眼皮子浅，瞧不起泥饭碗的社队企业。"蔡椿井抓耳挠腮，"我招三十人，报名的才有八九个；考了考，都不及格。"

我大失所望，皱起了眉头，说："我还是要找到那个写信的人，听一听她的意见。"

蔡椿井嘿嘿笑道："我怕你海底摸针，早替你找到了。"

"谁？"

"诗人。"

"呵，秀桔！"

秀桔是个初中生，综合厂的电焊工，很爱写诗。我对写诗是个外行，就把她的诗带到城里，找几位诗人鉴定一下；他们异口同声，是棵苗子，不过目前这些诗还不能变成铅字。

"椿井，你陪我跟她谈一谈。"我打开车门，拉扯蔡椿井上车。

蔡椿井从我的手里挣脱出去，说："我是当事人，等你听过秀桔的诉苦，我再出庭。"他钻进柳棵子地，无影无踪了。

我上车刚到村口，见秀桔哭成个泪人儿跑出村来。

"老刘同志！"秀桔向吉普车扑过来，"您在蔡大老板面前，替我讲讲情吧！"

司机急刹车，我从车窗里探出头，问道："怎么，你向他低头啦？"

"他给了我……婚姻自由……"秀桔哭哭泣泣，"可是……把我……赶出了综合厂。"

"那也不能屈服!"

"我在综合厂,一个月拿六七十元,谁舍得扔这个钱罐子呀?"

"难道你为了这几十块钱,就不想搞对象了吗?"

"蔡大老板招工,就是为了给姑娘们招考对象。"

"那又是包办婚姻了。"

"包办就包办吧!比自个儿找更省心。"

"秀桔呀!终身大事怎么能交给蔡椿井乱点鸳鸯谱呢?"

"那么交给谁呢?您认识人多,路子广,交给您吧!"

我愣怔了一下,文竹的面影忽然从我的眼前一闪而过,我哑然失笑,说:"好吧!你的事我想着;回综合厂,我也做得了主。"

秀桔破涕为笑了,脸上却又泛起红晕,说:"您可不能给我找个处理品。"

"我写一篇文章,刊登在《北京日报》的《广场》上,等于替你散发了七百万份传单!"我大笑着,"就说烟村有个千金小姐叫秀桔,招考对象,择优录取,上百万读者里至少有十万人报名。"

"谁是千金小姐呀?"秀桔噘起石榴嘴唇儿,"您真会挖苦人。"

"请问,你自己有多少存款?"

"两千挂零儿。"

"双千金嘛!"

秀桔啐了我一口,转身带着一串欢笑,跑回家去。

7

我在烟村住了七天，蔡椿井的招工还没有满额；市里打来电话，叫我回城开会，我只得像蜻蜓点水，站一站脚又飞了。

汽车刚把我送回家门口，金廷仕和金大妈一人牵着文竹一只手，从他们那座大院跑出来。

"刘老师，辛苦！"老两口子二重唱似的问候。

我的头一抬，却看见的是文竹的长发剪短了，笑问道："文竹，你为什么要改变发型？"

"那天您刚走，他就赶忙跑到理发馆。"金大妈忙替儿子答道，"他说从您的眼神里，看出您不喜欢他的长头发，做学生的应该知过必改。"

"很有观察力！"我挽起文竹的胳臂，又向金家老两口子含笑相邀，"请大家到院里坐。"

坐在我家小院的枣荫下，我从公文包里取出文竹的稿子。听得见文竹怦怦心跳，也看见金廷仕和金大妈的紧张神色。

"刘老师，您看我们文竹……"金大妈忐忑不安，"能不能吃上作家这碗饭？"

我摇了摇头，说："从这几篇小说来看，还看不出有多大希望。"

"呵！"老两口子呆若木鸡，文竹淌下了眼泪，"那可怎么办呢？"

"罐子里只能孵出豆芽，长不出大树。"我斟字酌句，婉言相劝，"我看文竹要下个决心，到农村去。"

"插队！"金大妈就像被烧红的火筷子烫了一下，尖叫得岔了音，"文竹是独生子女，不必插队呀！"

"眼下也没有插队这个章程了。"金廷仕沉得住气，"听刘老师说下去，必有高见。"

"不了解农民，就不懂得中国的国情。"我拍着文竹的肩膀，"你想当作家，不管将来是不是写农村题材，熟悉农民生活才能脚踏实地，不走邪门歪道。"

"去多少日子？"文竹眼巴巴地问道。

我伸出三个指头。

"三天？"金大妈脸上浮现出笑容。

"那怎么够用？"金廷仕自以为比金大妈懂得板眼，"三个月。"

"三年！"我见他们都大惊失色，笑了笑，"不过，也可以三天，或三个月，那就未免浅尝辄止了。"

"您这话……怎么讲？"金廷仕和金大妈惶恐地问道。

我正色起来，说："文竹一直待业，我想写一封介绍信，介绍他投考烟村大队综合厂；一来一去要三天，考上了试用三个月，转正之后订三年合同。"

"一个生产大队的工厂，能有多大出息？"金大妈撇了撇嘴儿。

"这几年，农村可比城市变化大，发展得快呀！"我激动起来，提高了嗓子，"烟村大队综合厂的女工，每月拿六七十元，年终还有几百块钱的分红。"

金大妈看看金廷仕，金廷仕堆着笑脸问道："要不要转户口？"

"不要。"

190

"能学什么手艺？"

"车、钳、铣、刨、焊，五行八作。"

"那……"金廷仕又看看金大妈，"是不是……试一试？"

"那就……试一试，刘老师不会给文竹瞎马骑。"金大妈的话音，听得出心里还在犯嘀咕。

"我去！"文竹却壮起胆子，"刘老师在农村前后生活了三十年以上，难道我就不能生活三年？"

我很高兴，趁热打铁，说："烟村大队综合厂招工只要三十名，你得赶快行动。"

"明天就走！"文竹横下一条心了。

我回屋写了两封信，一封给蔡椿井，一封给秀桔，希望他们热情接待，多多关照，交给了文竹。

第二天，文竹起早上路，我都没有来得及给他送行。

乘101路公共汽车到朝阳门外小庄，改乘342路公共汽车到通州北苑，然后换乘长途汽车到烟村。谁知，文竹是头一趟出远门，到北苑忘了下车，一直坐到终点站。下车便是新华大街，文竹懵头转向，四下张望，看见路南有一座新华书店大楼；文竹爱书，不由自主走过去。一进这家新华书店，眼睛便放了光；原来他想买的书，在北京找不到，这里却应有尽有。他就像下饭馆叫大菜，一连点了十几本；司账员算账开票，书价共计二十一元二角。他摸了摸腰包，父母只给他二十块钱，还差一块多；而且，倾囊而出，也就没有了路费。少买两三本，他又舍不得。

"同志，我的钱不够……"文竹吭吭哧哧，脸上一阵红一阵白，

"能不能……先留下抵押品……"说着，他把大提包放在柜台上，掏出原想送给蔡椿井的两瓶杏花村汾酒。

女司账员格格笑起来，说："你真是个怪人！都像你拿烧酒换书，我们这个书店就变成了杂货铺。"

"我的钱不够……"

"少买两本吧！"

"哪一本我都舍不得扔下。"

这时，有一位也在买书的姑娘见他可怜，问道："同志，你差多少钱？"

"一元二角。"文竹满头大汗，"还有到乡下的路费。"

姑娘掏出钱包，说："拢共多少？我都借给你。"

"我不知道打一张车票，还要多少钱。"

"你到哪儿去？"

"烟村。"

"烟村！"姑娘的笑眼亮起来，"找谁？"

"蔡椿井厂长，还有一位秀桔同志。"文竹把我的两封信拿出来，表明自己没有说谎。

"老刘的信！"姑娘手疾眼快，抢过其中一封，哧的一声撕开了。

"唉呀，我得面交本人！"文竹急得要哭。

姑娘已经飞快地看完了我的介绍信，一指自己的鼻子："文竹同志，我就是秀桔。"

"真是天无绝人之路！"要哭的文竹又笑了。

"今天停电，我进城买两身衣裳，几本书。"秀桔从钱包里扯出一张十元大票，"你还要不要再买几本？"

"够了，够了！"文竹称心如意，"正进退两难，想不到……想不到你把我救出困境。"

"这也是有缘千里来相会……"秀桔忽然发觉失言，急忙改口，"你会骑摩托车吗？"

"不会。"

"那么我把你带回去吧！也省个车钱。"

秀桔家里，新买了一辆摩托车，出门二里路，也要骑上这匹电驴子。

文竹被秀桔带回烟村，一考便录取了；一晃四个月，早过了试用期，看样子好像站住了脚。前几天，听说金廷仕和金大妈带着大包小包送给一位姑娘的礼品，到烟村去看望儿子；我到大院打听了几回，小西厢房仍然铁将军把门，看来也是乐不思蜀了。

8

徐蓉和金文竹，先后离开他们的大杂院，走出了城圈儿；虽然没有转迁户口，却已经在北运河上的绿杨堤和烟村站住脚，眼看一年了。

这些日子，我住在城里。一天上午十点多钟，我送走八九位来访的客人，头昏脑胀，眼花耳鸣，正在院子里那爬满牵牛花的老枣树下转来转去，忽然徐蓉和金文竹双双走进门来。

"老刘同志，您怎么一进城就粘住了手脚，还不赶快回村呀？"徐蓉满面喜气，换了个人；虽然穿的是尺寸肥大的花汗衫，可也看得出已经四五个月的重身子了。"老蔡打着您的旗号,招兵买马,聚草屯粮哩!"

我在县委挂职,常到烟村蹲点,公私两方面都跟蔡椿井十分亲密。

"刘老师,您又多了一顶乌纱帽!"金文竹的摩托车停放门外,抱进来一大筐西瓜,"综合厂升了格,改叫联合公司,沿河十几个村招股,每股一百元;金字牌匾,您的顾问。"

蔡椿井念念不忘八年之内要让烟村人均收入一千元的心愿,一个月前就跟我念叨过这个打算。

"老刘,你看我这个打算出格不出格?"蔡椿井是个胆大心细,摸着石头过河的人。

我沉吟了一会儿,想起从报上常看到跨省、跨县和跨社办厂的新闻,就肯定地答道:"我看可以。"

"有你这一句话,我就吃了豹子胆!"蔡椿井眉开眼笑了,"老刘,赏个光,你来当我们这个联合公司的顾问。"

"是不是想拉我入股?"我笑着问道。

"肥水不流他人田,肉烂在锅里。"蔡椿井连连摇头,"我要从沿河十几个村的富户腰包里掏资金,赚得红利,还得填进他们的腰包。"

过了几天,我到县城,向有关方面反映这个情况,他们答应研究研究;从县城返回北京,我又找了找高一层的部门,他们很感兴趣,却没有马上拍板,我也就没有给蔡椿井回信。谁想,蔡椿井抓住我的一句话,便拿着鸡毛当令箭,公开行动了。

"椿井财迷心窍,恨不得开一个印钞票的工厂,再挖两座金矿!"我皱着眉头,急不得,恼不得,"他有没有呈报县工商局批准?"

徐蓉睁圆了眼睛，说："老刘同志，您也算是县里的一名头头呀，难道不能一言为定？"

"我只不过挂了个空名，做不了主。"

"干什么说什么，卖什么就得吆喝什么！"徐蓉恼了，一张白净的脸儿涨得绯红，"您当官不与民做主，不如回家卖红薯。"

我笑起来，说："听你的口气，两只脚都踩在蔡椿井的船上。"

"您猜中了！"文竹嘻嘻笑道，"蓉姐一家入了二十股。"

"你呢？"

"我入五股。"

"看来，你至少还想再订一个三年合同。"

徐蓉哧哧笑道："老刘同志，您在烟村蹲点，蜻蜓点水不深入；人家文竹跟秀桔的姻缘，眼看着快要瓜熟蒂落了。"

"恭喜，恭喜！"我连拍了两下文竹的肩膀，"快把这筐西瓜搬回去，孝敬你的父母。"

"这不是我送您的礼……"

"徐蓉送的，我也不要。"

"我这个双身子，有心无力。"

"那么是谁？"

"文竹的大舅子，秀桔的哥哥，武宝鞍。"

武宝鞍是烟村的一个横冲直撞的小伙子，他家祖辈吃刀枪饭，北运河上护船为生；到他这一辈儿，也会几套拳脚。他生得豹头环眼，虎背熊腰，一只手能扳倒一头牛；念过二年初中，爱看武侠小说，路见不平便挥拳相助。三年前我到烟村蹲点，允许有手艺的人在农闲时节出外挣几个活钱；这个愣头青异想天开，一心要走江湖卖艺，他磨破了嘴皮子我也不点头。后来，趁我回县开会，他到大队部扯了一封介绍信，出马就到北京城外的农贸市场占码头；不想，没等他摆地摊儿，一个流氓团伙就来踢场子。他正想一举成名，三言两语就动了手：白鹤亮翅、恶虎掏心、泰山压顶、枯树盘根，打得那八九个小痞子鼻青眼肿掉门牙，落花流水，抱头鼠窜。可是，扰乱市场，打架斗殴，他被抓进了公安局。我有几个老同学，在公安局里多少都能主事，他们破例允许我探监。五尺多高、一百多斤的大小伙子，一见我的面便哇地放声大哭。天天三顿清汤寡水小窝头，饿得他只盼看守所长高抬贵手，放他出去，回家一口气连吃八大碗炸酱面。我当着民警的面，狠狠地训斥他一顿；我训他一句，他打自己一个嘴巴，幡然悔悟了。

拘留半个月，到日子放出来，掉了十斤肉；回到家炸酱面正给他捞进碗里，可是他那些乱七八糟的武侠小说，都被他妹子秀桔填进灶膛当柴烧了。等他吃饱了饭，我又找他谈话，送给他十本杂志九本书。刨槽、咬套、尥蹶子的儿马蛋子，只要遇上高手把式，调理上半年六个月，就是一匹驾长车走远路的好马；宝鞍被蔡椿井吸收到烟村综合厂，当上卡车司机，人尽其才，改邪归正了。

"宝鞍送礼，我收留下！"我从大筐里挑选两个斗大的西瓜，揉到文竹怀里，"借花献佛，这两个西瓜给你父母抱去。"

文竹见我欢喜得过了头，轻轻泼了一勺凉水，抿嘴笑道："宝鞍有言在先，这一筐西瓜，您不能白吃。"

"来而不往非礼也，他想跟我要什么？"

"把您看过的杂志，给他带回一捆。"

"吃人家的嘴短呀,只有忍痛割爱了!"我从蔡椿井那里,早有耳闻,宝鞍戒了烟,戒了酒,不打扑克,不串门子,收了工就关在屋里看书,要当个有学问的人,心里非常高兴;每月都将我得到的赠阅杂志,转赠给他一部分。"你俩赶快回家看一看,晚上到我这里吃饭;不过,你俩动手,我动口。"

徐蓉和文竹走后,我迫不及待地从屋里搬出茶几,在枣荫下将一个早花甜西瓜切成八瓣儿;正要享一享口福,徐蓉突然去而复返,脸色惨白地跑回来了。

"老刘同志!我那个……不成人的妹子……回来了,她撬了锁……占了我的房子……"徐蓉像拉风箱似的大口喘气,"……天天都有几个不三不四的家伙找上门来,她跟这几个家伙又吵又骂……丢人现眼。"

这真是鸠占鹊巢,徐蓉无枝可依了。

9

青藤巷方圆左近的几条胡同,前几年有过一伙打扮得洋气十足的青年男女。男的大鬓角,小胡子,个个戴一副贴着商标的麦克镜,穿大翻领的衬衫和喇叭裤,属螃蟹的走路横行;女的披肩长发,穿紧身衫和牛仔裤,也是麦克镜架在鼻梁子上。这些人虽然衣着华丽,打扮得漂亮标致,可是开口便是脏字儿,语言很不卫生。他们勾三串四,成帮搭伙,冬天的夜晚拥挤在屋里聚赌,烟雾弥漫中播放靡靡之音;夏天的夜晚在路灯下打扑克,跳迪斯科舞,大呼小叫,吵得四邻不安。这一伙人,是这几条胡同的一大公害;其中便有徐蓉那同母异父的妹妹,名叫张小芥。

后来，他们不少人走上正路，进了工厂、商店和知青联社；有的被抓了起来，押到公安局的农场强劳；剩下几个鸡毛蒜皮的小角色，缩起脖子打了蔫儿，这一带也就渐渐清静下来。

张小芥刚被解除强劳，不愿跟她爸爸住在一起，强占了她姐姐的房子；于是，那几个打了蔫儿的鸡毛蒜皮又欢了起来，昼夜出入跟我家一墙之隔的大杂院。

我把徐蓉扶到藤椅上，劝道："你母亲死了，长姐如母，不能甩手不管自己的妹妹，是不是住一夜，跟她谈一谈心？"

"我到农贸市场找宝鞍，搭他的车回去。"徐蓉的脸上一副嫌恶神色，"那丫头邪火上来，白刀子进红刀子出；她刚才告诉我，那几个家伙晚上还要找她算账，一言不合，拿刀动杖，我一条身子两条命，都要断送在他们手里。"

她转身要走，金文竹急赤白脸起来，张开双臂拦住她。

"蓉姐，你不能扔下小芥，眼不见心净！"文竹急得跺着脚喊道，"她中学毕业以后，荒唐了两年，又强劳了三年，刚放出来到哪里去找工作？眼下她手里只剩下十几块钱了，过不了多少日子又会旧病复发，'二进宫'可要罪加一等呀！"

徐蓉掏出钱包，点出八十块钱，递给文竹说："这是我一个月的工资和奖金，你交给她。"

文竹一闪身子，说："你得给她想个长久之计。"

正在这时，小芥啼哭着跑进我的院里，扯住徐蓉的一条胳臂扭身子，说："姐姐，你得救救我，给我找个挣钱吃饭的地方。"

张小芥已经二十二三岁，是个眉眼乱动，举止轻浮的姑娘；蓬蓬松松的烫发，散乱地披在肩上，穿一条花得艳俗的连衣裙，光着脚穿一双拖鞋。摇头、撇嘴、扭腰、耸肩膀，完全模仿《叶赛尼亚》中的吉卜赛女郎。

"小芥，你别在老刘同志的家里撒疯！"徐蓉冷着脸子，"我一没长着三头六臂，二不是劳动局长，怎么能安排你就业？"

文竹眼珠一转，计上心来，说："蓉姐，你给她垫上三五百块钱，她到区工商局申请，当个个体户。"

"我不愿到街上卖东西，那些家伙……纠缠我……"小芥吭吭哧哧，"我也想……到烟村综合厂当合同工。"

"你那不够半瓶子的文化，考得上吗？"徐蓉哼道，"蔡厂长要成立联合公司，又改了章程；城里的高中毕业生，考中之后，还要入三十股，才能收留。"

"呼天……天不应，唤地……地不灵，我只有还回老本行了！"小芥吸溜着鼻子，眼泪一对一对儿淌下来。

我一听小芥又要重蹈旧辙，陷入泥坑，忙说："徐蓉，你今天就把小芥带回乡下去，我给椿井写封信，请他给个特殊照顾。"

文竹欢叫道："刘老师，有您的手令，蔡厂长敢不跪接圣旨！"

徐蓉拿着我的信，转悲为喜，牵着小芥的手回家；文竹到我的房间里搜选杂志，吃过饭到农贸市场，交给宝鞍。

我的午睡一直睡到黄昏时分，也不知徐蓉和小芥几时走的；天色大黑，从农贸市场回来的文竹，告诉我宝鞍把小芥收下了。

原来，烟村的几家专业户，从综合厂租下宝鞍的卡车，一天七十二元，运送西瓜、鲜鱼、活虾、鸡、鸭、青菜，到北京城外的农贸市场出售。宝鞍身兼数职，不但是驾驶员和装卸工，而且还是保镖。

徐蓉、小芥和文竹到农贸市场，几家专业户还没有卖完他们的货品；卡车停在路边的柳荫下，宝鞍躺在柳荫下的一张塑料布上，搭着腿看小说。

"宝鞍哥！"文竹走进去，晃荡着那捆杂志，"刘老师给你的精神食粮。"

宝鞍一个鲤鱼打挺站起来，干净利落，姿势优美。他头戴一顶荷叶帽，穿的是尼龙网眼套头衫和运动裤，魁梧之中又带出一股帅劲儿。

"嘻，真有两下子！"小芥是个不安分的脾气，喜欢跟年轻小伙子打牙逗嘴儿，"你敢跟主演《少林寺》的李连杰比个高低上下吗？"

"小芥！"徐蓉怒喝一声。

"宝鞍哥，这位姑娘是蓉姐的妹妹，天真活泼，心直口快。"文竹忙打圆场，"她要搭你的车，到蓉姐家住些日子。"

宝鞍正要客气两句，一个大腹便便的胖子跑过来，连连摇晃摘下的草帽，哭声喊道："同志，救急如救火，帮帮忙！"

宝鞍只得花开两朵先折一枝，问大胖子道："你有什么事儿？"

"我是石景山第九水果站副主任，人倒霉喝凉水都塞牙！"大胖子挥汗如雨，"我雇了两辆130汽车，从乡下运西瓜，谁想半路上都抛了锚；我看你这辆车正闲着，能不能给我跑一趟，捞点外快？"

"你这句话，我听着刺耳！"宝鞍脸一沉，"你是党员吗？"

大胖子眨巴眨巴眼睛，堆起笑脸，答道："正在争取，还不够格儿。"

"那我就另眼看待，不多挑你的毛病啦！"宝鞍和气起来，"告诉你，我这辆车本姓公，车主是有名的烟村综合厂，闲时也拉脚；按吨公里算钱，你给我开发货票，我带回去报账，自有提成儿。"

"领教了！"大胖子点头哈腰，"你们有几个人跟车？我要快装快卸，争分夺秒。"

"生、旦、净、末、丑，都是我一个人唱。"宝鞍又问道，"你有多少西瓜？"

"一千来个儿，八千多斤。"

"好家伙！一个巴掌拍不响，我自个儿忙不过来。"

"我给你打下手。"

"你这一身肉，我怕累出三长两短，打人命官司。"

"这……这便如何是好？"大胖子急得搓出了两手泡。

"胖主任，我给宝鞍大哥唱配角儿！"小芥挺身而出，"不过，你得另加二十块钱装卸费。"

"行！"大胖子咬了咬牙，"反正羊毛出在羊身上。"

"你……"宝鞍瞟了小芥一眼，小芥那丰满的胸脯挺得更高耸起来，他赶忙收回目光，"你干得了吗？"

"我学了三年徒刚出师，正想露两手。"小芥扒着槽帮跳上车去，"出发！"

徐蓉拦不住，小芥跟着宝鞍走了；她便到农贸市场，帮助那几家专业户卖货。

西瓜、鲜鱼、活虾、鸡、鸭、青菜卖了个精光，已经是晚上八点钟了；他们打酒买菜，席地而坐，等候宝鞍归来，聚餐一顿。可是，等来等去，月亮升起老高了，还不见卡车的影子，只得各自喂各自的肚皮。酒足饭饱，大家都到通惠河畔一片沙岗上的柳棵子地里，男东女西，横躺竖卧地睡了。跑农贸市场做生意，风餐露宿，早已习以为常。

只有徐蓉像滚钉板，翻过来掉过去睡不着；宝鞍的人品信得过，靠得住，只怕小芥轻模贱样不要脸，给她出丑。

10

宝鞍的大卡车到水果站，还得分送几个门市部；东西南北，四方八角，九点多钟才从石景山返回来。

小芥也坐在车楼子里，半倚半靠在宝鞍的肩上；宝鞍通身大汗，打开两边的车窗，呼呼的凉风两下夹攻，小芥首如飞蓬了。

"宝鞍大哥，你浑身上下，真叫够份儿！不像乡下人。"小芥抱着头，挑逗的目光在宝鞍的脸上溜来溜去，"我远瞧近看，你比三级跳远冠军邹振先更像运动健将。"

"难道我们乡下人就得辈辈都穿对襟小褂儿，紫花布裤子，脑瓜子上裹一块羊肚毛巾？"宝鞍从鼻孔里哼了一声，嘴角挂着一抹冷笑，"过去财神爷只给乡下人脑勺子看，这几年转过脸儿来，大把大把的票子塞进乡下人的腰包里；眼下乡下人的衣、食、住、行，倒是敢跟你们城里人比个高低上下！"

"是呀，有钱能使鬼推磨，城里混不下去的人，也奔城圈外溜达了！"小芥酸溜溜地叹了口气，"我姐姐嫁了个乡下老憨，金文竹也要娶个柴火妞子。"

"金文竹的对象，是我的妹子！"宝鞍整起了脸，强压住火气，"你的姐夫，是一位打着灯笼都难找的好人。"

卡车一进复兴门，就是西长安街；路过西单交叉口，一家夜餐小馆灯火通明。

"停车！"小芥突然惊惊乍乍地叫道。

"干什么？"宝鞍急忙踩住闸门。

"你是机器人，忘了马要吃草人要吃饭吧？"小芥油嘴滑舌，"下车进馆子，我请客。"

"好吧！扰你一顿。"宝鞍把卡车停在路边，锁上车门。

他俩双双走进夜餐小馆，小芥找了一张背灯影的桌子，把宝鞍按坐在椅子上，问道："你喝什么酒，吃什么菜？"

"我滴酒不沾唇，这是开车的规矩。"宝鞍从裤兜里掏出一张十元大票，拍在桌上，"你想买什么菜下酒，这十块钱包干。"

"我想吃龙肝、凤胆，爆炒冰棍儿要热的，你这俩钱够用吗？"小芥一阵风走开，买来两瓶冰镇啤酒，四盘凉菜，双屉小笼蒸饺，都堆在宝鞍面前，"你不喝酒可要多吃菜呀，蒸饺你吃一屉半，我吃半屉。"

他俩面对面，宝鞍背靠玻璃窗，小芥脸朝门口。

埋头吃蒸饺的宝鞍忽然一抬头，只见小芥的脸色大变；几个流里流气的家伙，吵吵嚷嚷，骂骂咧咧，晃着膀子挤进门来。

"我看金文竹那小子把咱们涮啦！"一个满脸横肉的家伙骂道，"小芥那个小蹄子儿，怎么肯到乡下活受罪？"

"眼下乡下人肉肥汤荤呀！小芥那个馋猫儿能不偷一嘴？"又一个斜眉吊眼的家伙奸笑道，"等她满载而归，咱们得敲她三顿全聚德烤鸭。"

"唉哟，踏破铁鞋无觅处，得来全不费工夫！"另一个油头粉面的家伙尖嗓娇声地叫起来，"你们看，小芥在那儿，吃上了一个肉头。"

几个家伙呼啦啦包围过来。

"你们要干什么？"小芥一拍桌子，霍地站立起来，怒目而视。

"想喝你的喜酒！"斜眉吊眼的家伙嬉皮笑脸，"姐儿们，够交情的，叫你那肉头给几位哥儿们再开一桌。"

小芥呸的一声啐道："我有钱喂狗，也不填你们的臭皮囊！"

"嘿，一毛不拔！"满脸横肉的家伙挽了挽袖子，就要动手。

一直冷眼旁观的宝鞍，不能不过问了；他仍然端坐在椅子上，声音不高不低地问道："你们几位，为什么调戏民女？"

"河边无青草，不用多嘴驴！"油头粉面的家伙拉着长声，甩了个花腔。

"我是她的顶头上司。"宝鞍不动声色，"她是我这辆卡车上的装卸工。"

"别跟我贩卖清凉油——虎牌的！"满脸横肉的家伙翻着白眼儿，"小芥是个无业游民，你也不过是个……"

"他是那年在农贸市场跟咱们打过架的土豹子！"斜眉吊眼的家伙鬼叫一声，扭头就跑。

满脸横肉的家伙更是腿快，撞倒斜眉吊眼，头一个窜到夜餐小馆门外，油头粉面和另外两三个鸡毛蒜皮的家伙，也纷纷夺路而逃。

"宝鞍大哥，原来他们是你的手下败将！"小芥眼里迸发着无限崇拜的光芒，惊喜地问道。

"我想不起来了。"宝鞍仍旧埋头吃他的蒸饺，再没有说一句话。

吃过饭，他们上了车，卡车又飞驰起来。

小芥不知是累的，醉的，还是撒赖，整个儿倒在宝鞍身上。

"宝鞍大哥，君子一言，快马一鞭……"小芥呢呢喃喃，酒气扑人，"从今以后，你就是我的顶头上司了。"

宝鞍把住方向盘，躲闪着她，说："那不过是急中生智，顺口诌出来的。"

"我这个人死心眼儿，给个棒槌够当针（真）！"小芥像一贴伤湿祛痛膏，粘在身上就揭不下来，"我打定了主意，就在你的车上当装卸工了。"

卡车又到城外农贸市场，徐蓉和那几家专业户早已无影无踪了。

"小芥，你看车，我四下找一找他们。"宝鞍把卡车开下京津公路，停放在一口池塘的岸柳下。

"我一个人害怕，也跟你找他们去！"小芥先打开车门，从车楼子里跳下来。

宝鞍只得锁上车，握着手电筒，寻路向通惠河畔找去。沿途，走的都是林间小路、池塘的岸坡和稻田的畦埂；寂静的黑夜，摇曳着手电筒的白光。宝鞍走得大步流星，小芥牵着宝鞍的后摆，一溜小跑。

在通向北运河的通惠河畔的一片柳棵子地里，他们找见了徐蓉和那几个专业户；徐蓉和几位妇女躺在一起，睡得很香。

"我早就猜到他们必定在这里安营扎寨。"宝鞍低低笑道，"小芥，你就睡在蓉姐身边吧！"

"我胆小……睡不着……"小芥不肯撒手。

"你躺下，我坐在河边给你壮胆；等你睡着了，我再走。"

"我还不困，陪你坐一会儿。"

两人轻着脚步走到河边，坐在河坡上；一个人背靠一棵河柳，两棵河柳挨得很近。

头上星眨眼，河上鱼儿跳，芦苇丛中阵阵蛙鸣。宝鞍投下一块土坷垃，鱼儿入水，蛙声戛然而止。他忽然问道："小芥，你到蓉姐家，是长住，还是短留？"

小芥低着头，浓密的长发遮住脸，说："我不到她家去。"

"为什么？"

"她跟我不是一个爸爸，我不敢看那个老头子的脸色。"

"那么你投奔谁家呢？"

"谁家管我饭，我就在谁家住下来。"

"家家都是满囤的麦子，整缸的白面，你吃百家饭吧！"

"宝鞍大哥，我先到你家讨吃，只怕你家大嫂不许我进门。"

"我家的户口本上，只有二老双亲，还有我和妹妹秀桔，四口人。"

"那我就端你家的饭碗吧！"

忽然，柳棵子地里徐蓉咳嗽了两声。她一直没有入睡，眯着眼睛听宝鞍和小芥的来言去语；听他们越说越亲近，只差一层窗户纸便捅破了，赶忙发出警告。

宝鞍果然被吓跑了。

11

徐蓉和小芥走后，我的心里嘀咕起来。

如果我是一名看客，站在台下可以随意指手画脚；如果我是一个局外人，一根麻秸都可以溜肩膀儿。可是，我挂了个职衔，虽然有名无实，灯草芯插的乌纱帽压在头上也有四两重；烟村地处我的包片之内，蔡椿井招股成立公司，事关重大，我不能不亲临现场。

这时，七点多钟了，天黑了下来，我只能明天叫车回县。

摆下桌子吃晚饭，金文竹慌慌张张跑来，原来刚才有几个流里流气的家伙来找小芥，被他哄走了；他怕小芥在烟村综合厂碰了钉子，重返城里，要被这几个家伙威逼利诱，又走瞎道。

"刘老师，您这位真神不下界，只怕那一纸空文镇不住蔡厂长呀！"文竹书生气十足，是个热心肠儿，却又小心眼儿，芝麻绿豆大的事能急出一身痱子。

"放心吧！"我递给他一把蒲扇，"明天我回烟村，亲自处理。"

他这才一块石头落了地，长长吁了一口气。

第二天十点多钟，我乘吉普车到烟村村口，却只见文竹站在村头的老榆树下，正等候我的到来。他只睡了个囫囵小觉，便披星戴月赶回烟村，比宝鞍的卡车还早到一个小时。

我下了车，文竹哭丧着脸走过来，说："我替蓉姐和小芥跑腿儿，把您那封信送给蔡厂长，他看了一眼，又把信退给了我，只说了一句：'本公司不开后门！'就把我赶出来。"

我笑道："卤水点豆腐，看我把他擒下马来！"

"蔡厂长溜之大吉啦！"文竹愁眉苦脸，"他骑上自行车到沿河各村招股，这是跟您转影壁。"

"小芥呢？"

"在宝鞍家。"

"先叫她跟徐蓉回绿杨堤，等候通知。"

"她怕见蓉姐的生身之父，死活不跟蓉姐走。"

"这真是进退两难了。"

"她要我给她当媒人，想跟宝鞍搞对象。"

我的心一动，这倒是个两全之计；可又转念一想，宝鞍憨直，小芥狡黠，只怕宝鞍要上小芥的当，便急匆匆直奔宝鞍家走去。

宝鞍家是烟村十大富户之一，四四方方的砖墙铁栅栏院落，花树掩映一幢二层红楼；院里有自来水管子，屋里有彩电，买了一辆摩托车，还想安装电话。

一进宝鞍家那小城楼似的大门口，小芥少见多怪直了眼，一连声惊叫："天呀！你家真像一座小别墅，部长级的干部也住不上这么大气派的房子。"

宝鞍满脸得意扬扬的神气，指天划地，说："上下八间四口人，我爹和我娘还想再盖三间平房。"

"唉哟哟！一口人只怕要住四五十平方米吧？"小芥像阿拉伯女人欢呼似的打着响舌儿，"我跟我爸爸和妈妈，只住一间十平方米的鸽子笼儿；三口人转身，磕头撞脑，一不小心就碰翻了锅、碗、瓢、盆。"

"小芥，没人把你当哑巴卖了！"徐蓉见自己的妹妹如此眼皮子薄，眼窝子浅，恨不得撕烂她的嘴。

"姐姐，难道我有一句是假话？"小芥耍了个鬼脸儿，"你在北京那间小耳房，更是火柴匣子。"

葡萄架下，大家围坐在一张电镀支架的圆桌旁，吃完西瓜又吃香瓜。徐蓉看小芥那一副贪吃无餍的馋样儿，心里更是气恼，便扯起她的胳臂，要把她带回绿杨堤去；小芥却手扳着葡萄架的支柱，双脚不离寸地。

徐蓉一怒之下跑出宝鞍家，正跟我和文竹走碰头。

"别走呀！"我左拦右挡，"咱们还得跟蔡椿井打一场舌战，不获全胜决不收兵。"

"我一天一夜没回家了，家里人牵肠挂肚哩！"徐蓉含着两泡眼泪，想从我的臂下钻过去。

"蓉姐，留下吧！"文竹也劝道，"你今天上夜班，天黑之后还得回来。"

"我有自个儿的家，我要回去看一看，躺一会儿！"徐蓉哭了起来。

我只得放下双臂，说："我陪你到渡口，路上商量一下小芥的终身大事。"

一前一后出了村，我们走在村外的一条柳荫白沙小路上。

"老刘同志，您等着看……好戏吧！"徐蓉哽哽咽咽，"小芥恶习不改，又想勾引宝鞍，我真后悔把她带到乡下来。"

"也许她是真情实意。"

"您不知道她过去是多么不要脸！"

"公安局管教了她三年，也许除旧更新了。"

"嫁给宝鞍，她攀上了高枝儿，难道我不乐意？我是怕她坑害了一个好小伙子，搅乱了欢欢乐乐一家人。"

"闪电结婚，我也反对；你还是回家做一做思想工作，把小芥收留下来。"

我们走到河边渡口，对岸就是绿杨堤；徐蓉的丈夫何船生家坐落在村外，过了桥就进家门。

徐蓉存住脚步，笑道："老刘同志，过河吧！我管饭。"

"改日吧！"我挥了挥手，"进门见着你的老爹和你那口子，替我问好。"

徐蓉走上大桥，我原路而回。

柳荫白沙小道曲曲弯弯，一阵悲悲切切的哭声悠悠传来；我紧走几步，只见小芥在文竹的拉拉扯扯中挣扎着身子。

"怎么回事儿？"我大喝道。

"刘老师！"小芥号啕大哭起来，"我想卖力气挣一碗干净饭吃，可是……城里城外……哪儿是我的立锥之地呀？"

文竹唉声叹气，说："我给宝鞍和小芥穿针引线，把他俩关在屋里掏掏心里话；谁想小芥开口要了三千块钱，宝鞍就像二踢脚上天，砰的一声炸啦！"

"我是……为了入股……"

"宝鞍家这两年大兴土木，又买了彩电和摩托车，银行里没有多少存款。"

我紧锁双眉，问文竹道："宝鞍呢？他应该把小芥请回去。"

文竹答道："他叫我拦住小芥，自个儿向各家各户借钱去了。"

"你把他找来，我在河边渡口等他。"然后，我向小芥一笑，"跟我走吧！"

小芥泪眼蒙眬，乖乖地跟在我的身后，向河边走去。

我们走得很慢；刚走出柳荫白沙小道出口，文竹和宝鞍已经从另一条抄近的小路到渡口了。

"老刘同志，拨开云雾见青天啦！"宝鞍看见我和小芥的影子，大喊大叫跑过来，"我一出马，就遇见串村招股回来的椿井大叔，他一个人就答应借给我一千元，我那懂得心疼哥哥的妹子，也情愿卖了摩托车；这两笔钱差不多够二十股，那十股转个弯儿就能凑齐了。"

"向后转，回家喝喜酒！"文竹欢呼着。

"等一等！"我牵着小芥的手，"你在运河滩上，虽无六亲九族，却有个一奶同胞，认一认你姐姐的门口。"

我和小芥走上了河坡，早已伫立在门外的徐蓉、她的老爹和丈夫，连连招手，声声呼唤。

12

一座三十六丈长的大桥搭在运河上，渡口那七老八十的大船就被扯上岸来，在水柳丛中扣了底。五黄六月爬满青藤绿蔓牵牛花，霜打黄叶露出了船身，早被秋雨穿透大窟窿小眼，数九隆冬西北风，又像刀砍斧剁，只剩下一堆烂木头。来年，雨水一泡，生出黑压压的木耳。

逐出京城，绿杨堤栖身指靠摆渡人马车辆吃饭的小柳敬亭，仍旧住在他那间窝棚小屋里，改行当上看桥人。每天挣六分工，刚够喝两顿稀粥，一顿干饭；身上的衣裳，却只得新三年，旧三年，缝缝补补又三年。

绿杨堤渡口，名存实亡，大乱之年交上红运，水利局和公路局的两位革委会主任看上了这块风水宝地；于是，一家盖房，一家砌墙，一座红瓦青砖三间房的花墙小院，呈现在晓风残月的杨柳岸上。

看桥的还是小柳敬亭，不挣工分了，拿的是社调工的补贴，每月大洋三十二元。十块钱交公，二十二块钱自用，依然是缺吃少穿，饿不死也撑不着。看桥是个闲差，小柳敬亭却忙得脚丫子朝天：两位革委会主任都喜欢吃甲鱼补肾，下令小柳敬亭每天给他们扎甲鱼，另有专人取货。

拨乱反正，三分天下一家所有，这座小院划归绿杨堤名下了。七十三，八十四，阎王不叫自己去；小柳敬亭跨过七十三，眼望八十四，已经是风烛残年了。徐蓉和何船生劝他告老享一享晚年的清福，吃一碗安乐茶饭。可是，老人半辈子靠自己的两只手在河边挣饭吃，划地为牢站着死，难舍难离——绿杨堤渡口这块热土；他把这座小院承包下来，开店为生。小柳敬亭跟我结下忘年之交，请我给他起个字号，我不假思索，脱口而出：招贤客店。

原来一明两暗，拆除堂屋一堵墙，改成两明一暗的格局。明间沿墙一条大通炕，横躺竖卧能睡十个人，前窗下左右两张铺，每夜多收三毛钱。那个暗间，是小柳敬亭的住处，也是客店的厨房；立夏之后改在房山的冷灶做饭炒菜。他的饭菜一成不变，一年四季吃抻面；只不过热天吃过水，冷天吃锅挑，一碗炸酱，一盆打卤。春天的配菜是红水萝卜和嫩葱，夏天是青蒜和黄瓜，秋天是豆角和毛豆，冬天是白菜和辣椒。他买来几副扑克和象棋，给投宿住店的人消愁解闷儿；一年赚了两三千块钱，他还想搬一台彩电。小柳敬亭是个和气生财的人，来来往往的过客，连阴天看见的是一张笑脸儿，大冷天睡的是热炕头；招贤客店，宾至如归。

这一年多来，有一个戴眼镜的小贩，谷雨以后露面，立冬过后不见，往返来回都在招贤客店落脚，只住单铺，不睡通炕。他贩运的都是便宜货，只不过赚个蝇头小利；不像那些赚大钱的客人，割肉打酒，自己炒上几个菜，大吃大喝，酒足饭饱，又成帮搭伙，钻到招贤客店半里外的柳棵子地里，树杈上挂几只手电筒，赌个通宵。

戴眼镜的小贩名叫冯雨顺。

冯雨顺住店，吃过饭一不玩扑克，二不下象棋。只喜欢背着手到河边散步；从河边返回店房，便躺在铺上看书。打扑克和下象棋的人吆喝喊叫像吵蛤蟆坑，他就走到屋外，坐在昏黄的院灯下，一直看到半夜三更。

只要掏出营业执照，小柳敬亭便开门迎客，不问客人从何处而来，奔何处而去，更不打听客人出身、成分、籍贯、住址。管船老张口紧，没有半句闲杂儿。

冯雨顺有一张枯瘦的面孔，满脸苦相儿，一副穷愁潦倒而又孤芳自赏的神气，不讨人喜欢，跟谁也不接近。不过，他却另有可爱之处，令人回想。别的客人，住了一夜，天光大亮拔腿就走，把客房搅乱得像一个猪圈；冯雨顺却要扫炕叠被子，扫地倒垃圾，收拾得窗明几净，才跟小柳敬亭含笑说一声："大伯，改日见！"骑上他那吱吱嘎嘎乱响的旧自行车，挥手告别上路。人心换人心，四两换半斤，小柳敬亭给他捞一碗岗尖岗尖的抻面，只收二两粮票，还要浇上一大勺子蛋花肉丝青豆卤，夹上几大箸子配菜。

七月的一天傍晚，冯雨顺贩货归来，又到招贤客店投宿。连日瓢泼大雨，门前冷落车马稀，小柳敬亭也远离门口，伫立桥头，向远处张望。

冯雨顺把自行车倚在门外的伞柳下，走上前来，说："大伯，我住店。"

"你进屋去吧！"小柳敬亭把一串钥匙扔给他，"我过一会儿就给你做饭。"

"不忙，我陪您观赏这夕阳无限好的风景。"冯雨顺站在小柳敬亭的身旁，掏出一盒烟，敬给老人一支，"大伯，您等谁？"

小柳敬亭直瞪着两眼，说："本村的一个乡亲孙子，头顶着星星到县城赶考，日落西山还不下场回家，叫人放心不下。"

正在这时，晚风吹来大珠小珠落玉盘似的自行车铃声，一个小伙子欢声喜气地喊道："爷爷，爷爷！"

自行车扯着一缕清风和一片月光上了桥，小伙子从车上飞身跳下来。

"考得怎么样呀？"小柳敬亭跨前一步，笑呵呵问道，"没有烤煳吧？"

"不照镜子，怎么能看见自个儿的后脑勺呀？"小伙子脸上的神色，三分得意，七分不安，"我把试题和答案抄下来，吃过晚饭找中学的老师验算一下。"

冯雨顺忽然伸过手来，说："给我看一看。"

月光下，小伙子眯眼看这个人，戴一副近视眼镜，好像喝过墨水；再看他那一身寒酸的打扮，又不大相信他真有学问。

"您念过……中学吗？"小伙子不大情愿地掏出两大张写得密密麻麻的字纸。

冯雨顺点点头，接过来说："你们爷儿俩稍等一会儿，我半个小时之内回话。"

小伙子见冯雨顺走进客店，悄悄问小柳敬亭道："爷爷，他是什么人？"

"贩青菜的。"

"嘻！原来是个菜贩子。"

"这个菜贩子是个书迷，只怕是真人不露相，不像碟子里的水，一眼就看得透。"

爷儿俩正喊喊喳喳，菜贩子冯雨顺从客店里跑出来，兴冲冲地大声说："同学，你的数学能考到八十五分左右，物理能考到九十上下！"

小伙子喜上眉梢，却愣头愣脑地问道："您当年……也上过大学吧？"

冯雨顺的眼神暗淡无光了，苦笑了一下，说："我忘记了。"他好像被人揭了短，抓了脸，垂头丧气地转身而去。

他没有吃晚饭，也没有灯下看书，蔫溜溜地睡了。

13

一个月过去，绿杨堤几个投考大学的人，只有这个小伙子收到录取通知，数学八十三分，物理九十一分，冯雨顺可算料事如神了。小柳敬亭只盼他赶快露面，请他吃一顿十二个碟炒菜的酒席。而且，老人还想把他留下来，给那些没有考上大学的孩子补课；眼下，家家都有活钱，拿出百八十的花在儿女的前程上，没有一家舍不得掏腰包。冯雨顺忙上一年，收入一千多块，也比他贩卖青菜利大。

可是，冯雨顺就像黄鹤一去不复返；小柳敬亭拦住过往行人，打听他的下落，没有一个人见过此人的影子。

立了秋把扇丢，中午仍然热得烤人，早晚却凉起来。一天晚上，七八个客人投宿，吃过小柳敬亭的抻面，一个一个溜出去，柳棵子地里开局聚赌。

鸡叫三遍，小柳敬亭睡得正香，赌徒们收了盘，唱唱咧咧归来，吵醒了他。

"'眼镜'赤条条一丝不挂了！"一个赌徒扳响尖厉刺耳的自行车铃，"输光了二十块钱的老本，又把这辆自行车赔了进去，可算是想找便宜，反倒给便宜咬了手。"

"红了眼，又押上这一身裤褂，给我进了贡！"又一个赌徒嘻嘻哈哈，"只剩下裤衩背心回北京，真像是丢盔弃甲大败而归。"

小柳敬亭大吃一惊，推开窗户问道："你们说的是哪个'眼镜'？"

"还有两个'眼镜'吗？就是看见四喜丸子都不笑的菜贩子。"

"我怎么没见他进店来？"

"他满嘴酒气，推着自行车直奔柳棵子地，三五个回合输了个精光：酒醒了，眼直了，后悔也晚了。"

小柳敬亭急忙披上一件衣裳，拄着一根烧火棍，到柳棵子地寻找冯雨顺。

月色朦胧，眼前模模糊糊一棵歪脖儿树，小柳敬亭老眼昏花，仿佛看见一个人影蹿上树去。

"冯老师，树上怎么过夜呀？"小柳敬亭紧走了两步，这才发现，一条绳子勒在冯雨顺的脖子上，吊在歪脖儿树上荡来荡去打秋千。他这大半生，寻死觅活的场面见得多了，急忙扔下烧火棍扑上去，抱住冯雨顺的双腿，向上一耸，大吼一声："解开绳子！"

上过吊被救下来的人都知道，上吊之前胸口窝住一团火，等到投进绳套，踢开垫脚的东西，上不着天下不着地，勒得脖子疼痛难忍，喘不过气，心里就后悔了。已经感到后悔的冯雨顺，又听到小柳敬亭这一声猛喝，便哆嗦着两手，把勒住脖子的绳套解开了。小柳敬亭虽然年过七十奔八十，一顿能吃三大碗炸酱面，挑得动一百多斤两大筲水；冯雨顺灯草胳臂麻秸腿，一身皮包骨，小柳敬亭就像抱住一袋稻谷糠，把冯雨顺轻轻撂在地上，又掐人中，又打胸口。

冯雨顺三魂归窍睁开眼，叫了一声："大伯！"放声大哭。

"冯老师，眼下人人有奔头，你怎么反倒自寻短见想死呢？"小柳敬亭又把他揽起来，遛着弯儿，舒筋活血。

"大伯，我……活不下去了！"冯雨顺呜呜咽咽，悲悲切切，"这一年多，我靠一千元的退职金做本钱，十桩生意七回赔，上个月又大病一场，还剩下一百多块钱贩西瓜；外行不识货，生瓜砸在手里，阴雨连绵放了炮，只收回二十块钱，于是就想到赌场捞回来……"

"这真是越渴越吃盐呀！"小柳敬亭连连摇头，"你身在福中不知福，旱涝保收的铁饭碗怎么舍得扔呢？"

冯雨顺擦干了泪水，火气又上来了，"我已经是四十岁的人，一个月才拿五十五块钱；又是个讨人嫌的意见篓子，三回调资都没有我的份儿，想调换工作，又不放我走，一气之下，八〇年退了职。"

"我这个斗大的字识不得一筐的糟老头子，承包这座小店，哪个月不赚你的双份呀？"小柳敬亭想了想，堆起笑脸，"冯老师，我想把你留下来，给那些没考上大学的孩子当补课先生；到来年送他们赶考，你能挣个千八百的。"

"不敢，不敢！"冯雨顺却连打退堂鼓，"我给他们补课，明年他们还是没考上，岂不误人子弟？"

"那么，你还会哪一门手艺？"

"我念过工科大学，原来是助理工程师。"

"一镢头刨出一颗金元宝，好运气！"小柳敬亭喜出望外地喊叫起来，"对岸烟村有三个副业工厂，早就想请个工程师当家；到县城见着庙门就烧香，没有一位肯下界。冯老师，每月给你一百一十块钱，年终另外分红，赏我老头子个脸面，留下吧！"

"给我提两级，每月工资七十元，我就知足了。"冯雨顺的脸色，一喜一忧，"可是……您老人家做得了主吗？"

"我在厂长蔡椿井面前说一不二！"小柳敬亭拍着胸脯。

"大伯，您是我的救命恩人，重生父母！"冯雨顺又落了泪，"天快亮了，您带我去拜见那位厂长同志。"

"冯老师，你是金沙不是黄土，怎么能贱卖？"小柳敬亭大笑道："周文王渭水访贤，请姜子牙车上坐，他亲自拉车跑了八百零八步，我也得吆喝蔡椿井，开着'130'把你接进村去。"

"不敢当，不敢当……"

"冯老师，你不端架子，我们可不能怠慢你。"

小柳敬亭拄着烧火棍回村，不到半个小时，一辆"130"带着一痕曙色开出村来。

又不是迎接外国元首，怎么还有两辆摩托车开路？

原来是公社派出所接到小柳敬亭的电话，派遣两名民警，前来招贤客店抓赌。

招贤客店，金字牌匾，小柳敬亭再也不能容忍这伙赌徒给他脸上抹黑。

14

蔡椿井礼贤下士，亲自驾驶着运货卡车，将冯雨顺迎进烟村。

队办工厂有一座客房小院，跟队办工厂相隔一条街，坐落在村西河畔的瓜田和果园中间。小院十间房，有两间一套的，有一个单间的，有双人一间的，全看客人的身份高低，给予不同待遇。

这头等客房的里间，一张软垫双人床，床头柜上安放一盏藕荷色伞罩的台灯。虽然已经是立秋时节，却是秋老虎天气，床上还铺着柔软雪白的凉席，竹架上挂着绿纱蚊帐。室内，临窗一张写字台，一把藤椅，靠墙一只大立柜和一只三格书橱。外间是会客室，满堂烟村木器厂出产的沙发、茶几和座椅，还有一台电视机端端正正地摆在条案上。

冯雨顺目瞪口呆，不敢进门。

十几年来，南到榆林港，北到满洲里，他因公出差上百回，只有厂长能住这个规格的房间，他只配在大通间的角落里，睡窄巴巴的上下铺。

"老冯同志，请进！"蔡椿井轻轻推了一下他的后背。

冯雨顺头重脚轻，一推之下进了门，却被门槛绊了个醉酒扑蝶，一头栽在沙发上；马上又弹跳起来，满脸诚惶诚恐神色，连说："哎呀！对不起。"

这个穷愁潦倒的读书人，蓬头垢面，满腮胡茬，上身穿一件皱皱巴巴的汗衫，下身穿一条打着补丁的裤子，脚上是一双断了带儿的凉鞋。小庙的神仙受不起大香火，他被以礼相待，感到坐立不安。

蔡椿井两手搭在他的双肩上，又把他按回沙发里，笑道："老冯同志，你洗洗脸，躺在床上休息一会儿，然后咱们饭桌上谈公事，订合同。"便点头告别，向厨房走去。

冯雨顺看见，蔡椿井走到厨房檐前的豆棚下，向门里低声吩咐了几句，就匆匆离开客房小院，不知去向了。

他关上门，拉上窗帘，只见客房里备有全套梳洗用具，便从头上到脚下，洗出一盆污泥浊水，又对着镜子刮了脸，满面晦气也烟消云散了。

"冯老师，睡了吗？"门外，有个嗓音轻柔的女人问道。

"请等一等！"冯雨顺慌忙穿上衣裤，打开门窗。

一位三十五六岁的妇女，细眉秀眼鸭蛋脸儿，手捧着一套没有上过身的新衣裳，一双没有上过脚的新鞋，站在门外三步远的秫秸花荫下。

"椿井大哥打发我取来他的一身穿戴，送给您做个替换。"说着，她腼腆地低着头递过来。

受之有愧，却之不恭，冯雨顺爱面子，红着脸不好意思伸手。

这位妇女只得送进屋去，片刻也不停留，一缕清风似的回厨房了。

人配衣裳马配鞍，冯雨顺换上咖啡色的春秋衫，隐条涤纶的裤子，三接头皮鞋，站在里屋大立柜的穿衣镜前。只见镜中人衣冠楚楚，脸上放光，一副枯木逢春的气色，跟几个小时之前吊在歪脖儿树上荡秋千的那个冯雨顺，判若两人了。

他从镜子里看见蔡椿井含笑走进客房，一个急转身，扑奔过来叫了声："蔡厂长！"呜咽着泣不成声。

"老冯同志，我已经找厂子里的几个主事人，碰了个头。"蔡椿井紧握住冯雨顺的手，"铁饭碗盛的是大锅饭，没有多少油水，你每个月才挣五十五元，我们泥饭碗肉肥汤也荤，打算给你连升三级；另外还有超额奖金，年终分红。"

"盛情难却，那就……愧领了！"冯雨顺失声哭出来，"我那个原单位，只要给我长一级，我也不想退职，老婆也不会……跟我离婚了。"

"时来运转，破镜重圆吧！"蔡椿井锦上添花，"吃过饭，订下合同，你马上回北京，三天之内要吃你的喜糖。"

"我和她有个可爱的女儿，看在女儿的面上，她也许能回心转意。"冯雨顺的泪光中闪过一抹笑影，"我还想把她们娘儿俩带到烟村来，麻烦你给我们一家三口找个住处。"

"我先给你们租三间房住下来。"蔡椿井从衣兜里扯出一份合同，"按照合同规定，一年之后，厂子里拨给你一座小院，分期付款，十年还清。"

冯雨顺不但绝处逢生，而且前途似锦。

15

冯雨顺是城市贫民出身。

北京的城市贫民五光十色，鱼龙混杂，有拉洋车、拉排子车、扛大个儿、捡破烂儿、打鼓儿、抬花轿、杠房打杂儿的……有相面、算命、打卦的，有卖估衣、布头儿、羊头肉、牛蹄筋儿、硬面饽饽、糖葫芦儿、心里美萝卜、耗子药的……有说媒跑房纤儿、捉妖拿邪跳大神儿、插圈拢套开宝局子的……还有那坑、蒙、拐、骗，买卖人口，铤而走险贩卖黑白丸，帮虎吃食儿当奸细的……冯雨顺出生在青藤巷十八号，他的爸爸卖报和卖血为生，他的娘冯大婶给同院一家当老妈子。

这位东家，是个久站东交民巷地面的洋车夫，见哪国人能说哪国话，专门拉洋人到琉璃厂买古玩字画；到东安市场买土特产品；到北京饭店、三星舞厅、八大胡同、全聚德、便宜坊、丰泽园、萃华楼吃喝玩乐。车钱、小费和拉皮条的回扣，装满了腰包。此人姓魏，外号魏二毛子，家中一妻一妾；原配是个白薯脚的黄脸婆儿，发了洋财又买一个青楼出身的姨太太。魏二毛子和姨太太气味相投，一唱一和；黄脸婆儿气成了臌症，扔下一个女儿叫宝娟，撒手归西。宝娟比冯雨顺小五岁，是冯大婶带大的。

冯雨顺的爸爸抽空了血脉，没有活到新社会。魏二毛子在解放以后改了行，带着姨太太给一家外侨当仆役，宝娟便和冯家母子一口锅里吃饭。这个魏二毛子恶习不改，倒卖外钞犯了案，逮捕之前吞了三钱烟土，两只金镏子，一命呜呼。那位青楼出身的姨太太也还算有情有义，每月给宝娟二十元生活费，只是三五个月也不打个照面。冯大婶到一所小学当工友，也就把宝娟带到那所小学念书。宝娟虽然门第不高，算不得千金小姐，可是自幼吃穿都是上等，嘴馋而又手懒，小小的人儿便喜欢打扮得引人注目。姨娘每月给她的那二十块钱，不够她二十天用的，冯大婶疼她像自己身上掉下来的肉，还得从工资里拨给她一份补贴。冯雨顺也疼她像一奶同胞的小妹，寒暑假当临时工，汗珠子摔八瓣儿挣来的钱，她要多少就给多少。

魏宝娟念书没有兴趣，三年初中念了五年，十八岁到一家西餐馆当服务员。

学徒头一年，每月只挣十八块钱。但是，她却另有两项固定的收入，一项是姨娘每月给她的二十元生活费；一项是冯大婶每月给她的十元补贴。所以手头一点也不紧。她打扮得花枝招展，吃饭顿顿都买甲菜，自吹爸爸妈妈在国外工作，挣双份工资。人不大，却像五月鲜的桃子早熟；看见大师姐们都有了男朋友，下了班挎着男朋友的胳臂逛马路，她也春心难自持了。无中生有，她又自吹早有了对象，而且是个风度翩翩的大学生。大师姐和小师妹们要目睹为快，她打个电话，把冯雨顺诓到西餐馆，假戏真唱。冯雨顺虽是个大学生，却没有风流潇洒的风度。白专典型，只知埋头读书，一副呆相；从小家境贫困，瘦骨伶仃，一身打补丁的衣裳更显得十分寒酸。临时拉夫虽解了围，宝娟幻想将来另找个才貌双全的美男子，才算称心如意。

春梦正酣，一九六六年天下大乱，造反团查出她的爸爸是个畏罪自杀的洋奴，狗崽子的黑牌子挂在了她的脖子上；一头青丝被剪得像钝刀镰刀割下的麦茬子，拳打脚踢，鼻青眼肿，被赶出了西餐馆。回到家中，她家那三间北房已被浑水摸鱼，弱肉强食了。正在这时，从外侨家里被揪出来的姨娘，剪了个阴阳头，也一瘸一拐回到青藤巷十八号，娘儿俩抱头大哭。冯大婶菩萨心肠儿，小脚老太太却有一颗斗大的胆子，不怕腌臜了自己的清白身份，把她们收留下来。三张嘴吃饭，冯大婶那每月四十块钱的工资不够嚼谷；宝娟和姨娘黑夜蒙上包头，外出捡烂纸，卖到废品站，赚个打油买醋的零钱。熬到六八年，冯大婶的心脏病迸发，不到三分钟的工夫就咽了气。宝娟和姨娘正愁得两条肠子搓成了一条绳子，六六年就念完了大学的冯雨顺，接受再教育从农场回来了，分配了工作。姨娘巧作安排，冯雨顺不得不娶了宝娟，娘儿俩的衣食又有着落了。丈夫每月能挣五十五块钱，又是个红五类，宝娟非常心满意足。不多不少九个月零十天，生下个女儿叫小蜜。

一晃三四年过去，宝娟算是可教育好的子女，又被找回旧日的西餐馆。西餐馆改了字号，只卖烧饼、油条、老豆腐。宝娟地位低下，一不能上灶，二不能站柜，三不能跑堂，只配刷盘子刷碗、扫地、推煤、倒脏土。但是，每月能把三十二块钱的工资拿回家来，宝娟再也没有其他的杂念了。丈夫百依百顺，姨娘精打细算，女儿天真活泼，一日三餐也见到大米白面、蛋花肉皮了。她觉得自己是个有福之人，这个小家庭也像一座四季如春的安乐窝。

然而，情况一变，她却又故态复萌了。

一九七七年以来，西餐馆又重新开张，生意兴隆；宝娟连长了两级工资，加上奖金和几项补贴，每月七八十元烫手，老脾气又死灰复燃了。西风洋气阵阵吹来，宝娟虽然年过三十，打扮得却比摩登少女还要时髦；透明的轻衫，膝上的短裙，离地三寸的高跟鞋，满脸珍珠霜，全身洒遍花露水。她生得白白胖胖，丰满有余，苗条不足，便模仿一位最能引起年轻人打口哨的女歌星的影子，照葫芦画瓢装扮自己，顾影自怜，嗲声嗲气。她的那位姨娘已经老态龙钟，不能再回到外侨家里端饭碗，但是多年主仆，很有脸面，常带着宝娟到这位外侨家里跳迪斯科舞，看进口录像，大开眼界。宝娟沾上三分洋气，越发得意忘形，更觉得自己在西餐馆里是鹤立鸡群了。

不久，她家那三间北房发还下来。于是每晚高朋满座，灯红酒绿，狂歌痛饮，就像解放前的三星舞厅又新张开幕了。

相比之下，冯雨顺可就黯然失色，一副凄惨景象了。他那个工厂，虽然从街道管辖升格到区属，可是当头儿的，管事的，还是原班人马；厂长是五八年劈柴炼钢的老闯将，车间主任是过去在街道上磨剪子抢菜刀的手艺人，人保股长是造反起家的打、砸、抢分子。他满肚子的锦囊妙计，一个方案又一个方案递上去，得到的是一个又一个白眼。回到家里，看见的是宝娟寻欢作乐，姨娘满脸严霜。娘儿俩不愿有失身份，禁止他到北房公开露面。他的工资比宝娟每月的收入少二三十元，只配躲在厨房里吃一碗残羹剩饭。

三次调资都没有他的份儿，宝娟指鼻子剜眼，姨娘恶声恶语，他咽不下这口内外夹攻的肮脏气，跑到厂里，从车间吵到人保股，从人保股吵到厂办公室，砸碎了铁饭碗。

坐在桌前要吃饭，姨娘夺下了他的筷子。

"雨顺，结束咱们这个没有爱情的婚姻吧！"宝娟比姨娘多少还有一点情意，把自己那碗鸡蛋炒饭递给冯雨顺，眼圈红了红，"你和冯大姊过去为我们娘儿俩花了不少钱，我也就不跟你要小蜜的抚养费了。"

嗟来之食，冯雨顺难以下咽，转身走了。

离了婚，冯雨顺在一位老同学家的地震棚里遮风蔽雨，暂时栖身。他从区工商管理局得到了一张个体小商贩的执照，跑小买卖为生了。

一趟又一趟赔钱，他的一千块退职金眼看着一天天减少。万念俱灰，却难以割舍可爱的女儿小蜜。

每个星期，他偷偷看望小蜜一回。

姨娘在他们离婚之后几个月就死了，宝娟一天到晚玩不够，分不出片刻工夫关心女儿。每天她给小蜜五毛钱，早饭是两个油饼一碗豆浆，午饭是两个烧饼一碗菜汤，晚饭是两个馒头一碗稀粥。深夜十二点，她骑着铃木牌摩托车玩耍归来，小蜜早蜷缩一团睡着了。

小蜜只盼爸爸来看她。

准时正点，星期六中午，冯雨顺站在小学门外，自行车倚在路边的马缨树上，等候女儿放学出来。他带着女儿下小馆，吃饺子，吃包子，吃馅饼，吃米饭炒菜；然后，买一斤水果，二两巧克力，牵着女儿的手到北海公园去。离下午上学还有一个多小时，女儿在儿童乐园里溜滑梯，荡秋千，骑木马，跳压板，他坐在栅栏外的树荫下，查看女儿的作业本。快上课了，他把女儿抱到自行车的后架上，沿着马路边的人行道，推到学校去。

有一回，天下大雨，他的买卖赔了本，自行车又放了炮，赶到小学门口，下午的上课预备铃声已经响起来。他看见，女儿站在马缨树下，全身上下都湿透了，两手连连抹下脸上的雨水。

"爸爸！"女儿看见他的影子，奔跑过来，扑到他的怀里哭了。

"小蜜，你饿坏了吧？"他扯下身上披着的一块塑料布，遮掩女儿的身子。

"我怕爸爸……撞汽车了……"女儿慌忙又捂住了嘴，把哭声噎了回去。

冯雨顺心如刀割，扔下自行车，把女儿抱起来，说："跟爸爸……吃饭去。"

上课的铃声响了，小蜜从爸爸的怀抱挣脱出来，饿着肚子跑回教室。

瓢泼大雨中，冯雨顺抱住马缨树，放声大哭。

16

走进一别二年的青藤巷，就要见到那个虽然已经各奔东西，却又藕断丝连的女人，冯雨顺感到心跳气虚，两腿发软，恍恍惚惚一步一步挨近十八号。

从烟村回来的路上，他恨不能眨眼之间就跟宝娟见面，三言两语就劝得她从泥沼中拔出脚来，写下请调报告，离开污染严重的西餐馆，到运河滩上的全民所有制单位工作。一家三口，在风景如画的烟村，过一个世外桃源的宁静清新的生活。但是，进入青藤巷，旧地重游，旧景重现，旧日的伤口也便隐隐作痛起来。于是，每走一步，便丧失一分信心。

硬着头皮，冯雨顺跨进青藤巷十八号门口。虽然大院里的住户大多数都是双职工，白天十室九空，但是他仍然感到没脸见人，低头紧走，直奔北房。

北房三间油漆彩画，红门绿窗，就像一张老脸浓妆艳抹，十分刺眼。玻璃窗拉起严密的呢绒窗帘，很像照相馆的暗室，但是门上没挂锁，屋里有人。

冯雨顺轻轻敲了敲门。

"我料定你还得回到我这里来！"屋里，宝娟打着哈欠，一声哀怨的娇嗔，"你那个老相好，早已经是隔夜的被子，跟你凉了，只有我这里是你的避风港。"

冯雨顺吓了一跳，难道这个女人未卜先知？便咳嗽一声，说："宝娟，我并不想回到你这里来，而是想从这里把你带走。"

"你是谁？"宝娟惊叫着，听得出是从床上跳起来。

"我是冯雨顺。"冯雨顺心头一阵凄凉，"只不过分别二年，难道你连我的声音都忘记了吗？"

"那就请进吧！"宝娟的口气冷冰冰的令人寒心。

冯雨顺推门进屋，只见屋里被窗帘遮挡了阳光，昏昏暗暗，沙发、地毯、立柜、彩电、冰箱、电风扇、梳妆台……满堂高级家具，乱七八糟堆放，好像家具店的一间仓库。

一盏台灯亮了。

青幽幽的灯光中，宝娟身穿半透明的白绸睡袍，嘴角挂着冷笑，抬起一只肥白的胳臂，手拿一把拢梳，梳理乱蓬蓬的头发；活像话剧《日出》里的陈白露借尸还魂了。

冯雨顺侧过脸去，问道："你怎么没上班，病了吗？"

宝娟把拢梳扔在梳妆台上，拿起一盒英国三五牌香烟，抽出一支，咔嚓一按日本打火机，点着深吸一口，说："我也摘下紧箍咒，退职了。"

"你每月的收入不算少，为什么要退职呢？"

"这山更比那山高，我何必在一棵树上吊死？"

"你找到了什么工作？"

宝娟张圆了猩红的嘴唇，吐出一个又一个烟圈儿，说："在一家港商驻京办事处当营业员。"

冯雨顺大吃一惊，追问道："谁给你牵的线、挂的钩？"

宝娟说出了那个人的名字。

此人原是西餐馆的造反团头子，剪宝娟头发，把宝娟打个半死的正是此人。一九七九年开展揭、批、查运动，此人忽然不见了；失踪三年，摇身一变从天上飞回来，以一家港商驻京办事处营业主任的身份，出现在租金昂贵的旅游饭店。洗了个澡，睡了个觉，便马不停蹄，四处活动。他身穿奇装异服，留着烫得狮子狗似的长发，满腮浓密蜷曲的胡髭，戴一副遮住半张脸的大蛤蟆镜，背一架西德照相机，摆出衣锦荣归的神气，吹着口哨来到西餐馆，找他过去的那些团伙。谁想，他的那个二把手早已判刑，三把手劳教；海枯石烂不变心的女朋友，造反团里打、砸、抢的女干将，也已经嫁给一个继承两万元退赔遗产的资本家儿子，甘当"狗崽子"的太太了。满目凄凉，此人乘兴而来，只落得败兴而归；正当他强作欢颜向大家握手告别的时候，却发现宝娟那眼馋的目光在他身上溜来溜去。于是，他的眼珠一转，摘下脖子上的照相机，一口气给宝娟连拍了十二张彩色照片，当时就从照相机里掏出来，免费赠送，并且邀请宝娟到旅游饭店吃大菜。小市民的卑怯心理，轻佻女子的目光短浅，宝娟占全了这两大因素，交上这个过去欺凌污辱她的人。她不但不念旧恶，而且引以为荣。从此，来往频繁，形影不离，两块橡皮膏粘成一贴了。

"这个家伙真是神通广大！"宝娟吸完了烟，又嚼起口香糖，"当年他比谁都敢革命，如今比谁都会赚钱。"

冯雨顺倒吸一口冷气，摇着头说："宝娟，只怕这个人来路不正，是个骗子吧？"

"人家是生意兴隆通四海，财源茂盛达三江，金字牌匾！"宝娟一吐舌头，将嚼烂的口香糖弹进墙角落的痰盂里，"雨顺，你眼下是个无业游民，不如也到他的办事处当个跑街，凭我的面子，他会录用你。"

"我不想蹚浑水！"冯雨顺瓮声瓮气地哼道。

"天生的穷命鬼，贱骨头！"宝娟狠狠地啐了一口，"你白念了四年大学，不过是个百分之百的废物。"

"我找到用武之地了！"冯雨顺却微笑起来，"烟村队办工厂，聘请我当技术指导。"

"人往高处走，你怎么下坡子溜呀？"

"士为知己者用。"

"他们给你多少钱？"

"每月七八十元，还有超额奖金，年终分红。"

"给那个人当跑街，每月一百六七，十三级干部的待遇。"

"我不想跟那个人打交道！"冯雨顺莽莽撞撞地抓住宝娟的手，"你也跟我到烟村去，那里是个好地方。"

"哈哈哈哈！"宝娟尖利刺耳地大笑，"凤凰落地不如鸡，我不想当贱货。"

"宝娟，咱们复婚吧！"冯雨顺带着哭声喊道，"带着小蜜，在烟村过个阖家欢乐的日子。"

宝娟的狂笑戛然而止，两眼失神地盯住冯雨顺，忽然垂下眼皮，低下头说："我……已经是他的了。"

"啊！"冯雨顺像挨了当头一棒，摇摇晃晃，"你上了他的当，他这是玩弄你。"

"人生本来就是一场游戏……"宝娟颓然地坐在了床上，面孔痉挛着，似哭非哭，似笑非笑，"他老是忘不了当年那个女朋友，大包小包地送礼，那个女人只吃糖衣，不吃炮弹，在他身上取利，还端着架子……"

"把小蜜还给我！"冯雨顺青筋暴起，大叫起来，"我要把女儿带走，不能眼看着你们污染她的幼小心灵。"

"雨顺，我的好人，你救了我！"宝娟扑到冯雨顺身上，紧紧箍住他，满脸乱吻，"那个家伙，就因为我带着个拖油瓶儿，才不肯一言为定。"

冯雨顺全身起火，推倒宝娟，一脚踢开房门，大步走了出去。

在大门口，正撞见那个当年西餐馆的造反团头子，眼下改头换面之后的港商。

"你来干什么？"大蛤蟆镜后面，一双恶眼闪着凶光，"是来找魏宝娟吗？"

"我瞎了眼，看错了门牌！"冯雨顺急如星火地奔小学校跑去。

几分钟之后，小蜜就要放学了。

17

蔡椿井在霞菊家给冯雨顺租下三间房。

霞菊是队办工厂招待所的负责人，就是那个细眉秀眼鸭蛋脸儿，给冯雨顺送来新衣裳和新鞋的妇女。她姓蔡，是蔡椿井的远房妹子，男人是蔡椿井的好朋友，为队办工厂含冤而死，留下一个儿子。

二十年前，蔡椿井在中专念书，年轻人火热的心，自愿下放农村。他有个初中时代的同学，在工厂里当钳工，工厂里也正下放工人，蔡椿井便把他带到烟村来。这个钳工，为烟村开办了一个小作坊，每年盈利几千元。可是，一九六六年造反有理，小作坊被砸成一堆碎铜烂铁，他也被戴上高帽子，敲着破锣游街。他心里窝住一口气，得了一场大病，大病之后只剩下一把骨柴，还落下个肝痛的病根儿。到一九七二年，烟村的工值只有一毛多钱，不得不又请这个钳工出山，再办小作坊。那时候，蔡椿井做媒，他已经跟霞菊结了婚；一回被蛇咬，十年怕井绳，他有了个温柔体贴的妻子，不想招灾惹祸了。大队干部踢破了他家的门槛子，他咬定牙关不点头，霞菊却深明大义，枕边一阵一阵吹春风，他那颗冷冻的心才冰化雪消。一年，两年，三年，十几个人的小作坊，变成

232

了几十人的小工厂，每年盈利三四万元，烟村的工值也芝麻开花节节高，四五毛钱了。然而，好景不长，一九七六年春天大闹割尾巴，小工厂又关了张，他也被七斗八斗，一病不起。到北京的大医院照片子，已经是肝癌晚期，撇下孤儿寡母，死不瞑目。

蔡椿井又把队办工厂的牌子挂起来，人们还心有余悸，霞菊却头一个报了名。眼下，她不但掌管招待所，而且还当仓库保管员，可算是蔡椿井的左膀右臂。

送走冯雨顺，蔡椿井就找霞菊租房。

"你新盖八间瓦房，闲着三间。"蔡椿井满脸堆笑，"我想每月花十五块钱租下来，给老冯同志安营扎寨。"

霞菊皱了皱眉头，挂下一张整脸子，她是个最要脸面的女人，母子相依为命，门户很紧。

"我不缺那几个钱花！"霞菊的口气很冷。

蔡椿井一看要碰钉子，赶忙甜言蜜语："你不是望子成龙吗？老冯同志是个大学毕业生，正可以给你的儿子当家庭教师。"

霞菊动了心，眼睛一亮，却又脸一红，问道："老冯同志带着家眷吗？"

蔡椿井占了上风，便要找回厂长的面子，脸一沉，说："他若是孤身一人，我怎么能不想到你的身份，随便开口？"

"多谢大哥想着你的小外甥儿。"霞菊的寡妇脸上，笑容满面了，"我不要那十五块钱房租，你给添在老冯同志的工资里吧！"

蔡椿井亲自带领文竹和秀桔，到霞菊家收拾房子。

霞菊的大院，又是一座菜园，每年也能出产七八百元。正房和厢房之间，天井里一架葡萄，窗前排列一架架黄瓜和豆角，像夹起一道道篱笆。霞菊早给这厢房三间糊上莲花纸顶棚，墙壁刷得雪白，安装了玻璃窗。秀桔只管洒扫，蔡椿井和文竹搬来双人床、单人床、沙发、立柜、书橱、座椅和写字台，还吊起了日光灯。

"老冯同志一步登天了！"文竹拍打身上的尘土，"城里人的日子瞒不了我，比老冯同志高一级的工程师，也难得有这么亮亮堂堂的三间房。"

"美中不足，墙上几大块空白。"蔡椿井走过来走过去。一边看一边摇头，"有文化的人喜欢挂画，咱们应该找几张画来。"

"我家还有一副八扇屏！"秀桔忙说，"前几天来了个贩卖杨柳青年画的姑娘，我哥喜欢八扇屏上的故事，买了双份儿。"

"你外行了！"文竹摆着手儿，"念过大学的人爱看洋画，也就是油画。"

"咱们还是处处都讲究中国特色吧！"蔡椿井掏出五十块钱，拍在文竹手上，"赶快到县城买几幅徐悲鸿、齐白石的画，配上镜框。"

文竹走了，秀桔哧哧笑道："大哥，你在这位老冯同志身上真下本呀？"

"要请财神爷进门，就得舍得花钱买佛龛。"蔡椿井扳着指头，"我粗算了一下，老冯到咱们队办工厂，一个人至少给咱们赚三万，我在他身上花不到两千。"

"只怕你还另有打算吧？"秀桔挤着眼睛，压低声音："是不是想给霞菊搭座桥。"

"人家老冯有老婆！"

"不是离婚两年了吗？"

"他回北京，就是为了办理复婚。"

"破锅难铜，漏房难补呀！"

"那……那就……"蔡椿井呵呵笑道，"霞菊跟你是知心的姐妹，你就瞧着办吧！"

黄瓜架里，霞菊咳嗽一声，她回家来给菜贩子摘黄瓜，正听见秀桔和蔡椿井嘁嘁喳喳。

秀桔咬住舌头，蔡椿井捂住了嘴，两人相视一笑，悄悄溜了。

"大哥，站住！"霞菊追出来。

蔡椿井站住脚，秀桔闪进一片树丛里。

"有什么吩咐吗？"蔡椿井看见大妹子满面阴云，又低声下气了。

"老冯同志不带回家眷，我可不收留他。"

"他不能复婚，把女儿带回来，也不算孤身一人呀！"

"你还是给他们父女另找住处。"

"咱们有言在先，你不能变卦呀！"

"我怕长舌头的丫头片子，背地里嚼蛆。"霞菊那恼怒的目光，射向树丛里。

"嘻！听蝼蛄叫你就不种地了？"

"你得答应我……"

"说吧！"

"有人胆敢胡说八道，我扯出她的舌头，一刀剁下来。"

"好吧！剁下她的舌头，我替你打官司。"

霞菊转身进院，又摘她的黄瓜去了。

秀桔从树丛里走出来，眼瞪着霞菊飘进门口的后影，扮了个鬼脸儿，说："你不要嘴硬！咱们骑驴看唱本儿，走着瞧，到了算。"

"到哪里算一站？"蔡椿井笑问道。

秀桔冷笑一声，十拿九稳的神气，说："一年之内，我要叫老冯同志搬到正房去住。"

"你敢跟我订下承包合同吗？"

"提前一天得奖，过后一天受罚。"

他们三击掌。

谁胜谁负，看官都是明眼人；小说再写下去，就落俗套了。

一九八三年一月至三月

原载一九八三年第一期《文艺》（节选）

凉月如眉挂柳湾

1

作家艾蒿，孤身一人住在北京夹竹桃胡同。

他这个人，五十年代就小有文名，后来栽了跟头，罚到房管局当小办事员，专门收房租，挨骂的差事，上下受夹板气。以后又被赶到乡下插队落户，十来年不给工资。一九七五年回城，刚上班就得了一场大病，正给造反起家的革委会主任找到借口，逼迫他四十挂零儿就办了退休。一个月拿六七十元退休金，每天起早逛景山、月坛、天坛、紫竹院，绕着公园长跑，老树浓荫下打太极拳，内练一口气，外练筋骨皮。七九年平了反，被冤屈的罪名得到改正，房管局想给他个一官半职，他却不愿吃回头草。只要他开口，也能到北京作家协会当个驻会作家，他却又乐得做个散淡的人，不想进西长安街七号那座大门。恢复了原级别，退休金水涨船高，从每月六十元上升到百八十元，躺着吃，坐着喝，都够用了。

年将半百，却长得少相，喝两盅酒，脸上挂了红，灯光下冷眼一看，好像只有三十八九。染一染鬓角的秋霜，远瞧近看都像个年轻小伙子。

有个姓刘的乡土文学作家，专写北运河农村的风土人情。艾蒿跟姓刘的都是北运河的农家子弟，两个人的生身之地只不过一河之隔，上小学和念中学都是同窗；不同的是姓刘的念完高中又到北京大学串过门，他却是念完高中就到县报当记者。亲如一奶同胞，情同孪生兄弟，他不能抢姓刘的生意。让开大路，占领两厢，他专写北运河农村角角落落的奇闻逸事，别有风味，走的是蒲松龄的路子。这几年，他写出的作品，数量上比姓刘的只多不少；虽然没有得过这个那个奖，作品的质量也比姓刘的只高不低。

艾蒿的名气很大，住房却极狭小。

夹竹桃胡同一座大杂院，大杂院里有个小跨院，小跨院的墙角落，有一间看瓜窝棚似的斗室，便是艾蒿的寝宫。姓刘的乡土文学作家照葫芦画瓢，送给艾蒿的斗室一个堂号，名叫豆荚斋。

写农村题材小说，不能蹲在北京城里闭门造车。而且，这个豆荚斋，一交立夏就闷得像笼屉，入了伏更热得像烤箱。所以艾蒿一年至少有六个月住在乡下。

天一热，年年都有外省的作家协会或出版社邀请他到青岛、庐山、北戴河、莫干山避暑；天一冷，广东的从化温泉也能给他开个房间。可是他认定文人别见面，见面乏一半；哪儿也不去，甘当个体户。

每到春暖花开时节，七九早已河开，八九早已雁来，家乡一片桃红柳绿，他便把豆荚斋的钥匙，交给邻居一位热心肠的老头儿，一路春风回运河了。直到小雪封地，大雪封河，数九隆冬才回来。开门一看，窗明几净，几盆吊兰、文竹、死不了，生长得青翠茂盛，一本书一片纸也不会丢失。

左邻右舍都感到奇怪，艾蒿只要在房管局挂个空衔，给房管局装潢一下门面，也不必天天上班，就能近水楼台先得月，三室一厅拿到手，他却头枕着烙饼挨饿。艾蒿的老首长、老同学、老朋友，不少人在中央和市里身居高位，有的人还坐着小卧车到豆荚斋来看望他；只要他开一开金口，这些同志替他说几句话，他也会得到有关部门的另眼相待。然而，对于这些当代韩荆州，他除了陪茶垫饭，却一无所求，也不登门回访；放着河水不洗船，守着大树不乘凉。

艾蒿不老不小，又生得面嫩，老朋友们都想给他找个才貌双全的妻子。然而，哪怕你的三寸之舌磨短了寸半，他却是石人不点头，湿柴火不起火，当定了孤雁儿。

乡土文学作家刘某自以为跟艾蒿相好大半辈子，比谁都摸底，断定艾蒿是念念不忘他那个离婚的前妻。

艾蒿的前妻名叫李金好，离婚之后改嫁给一位高干，这位高干已经七十出头，风烛残年了。想必是等那位高干寿终正寝，他们破镜重圆。

刘某火了。

当年，艾蒿过河到刘某的村庄上小学，两人同坐一条板凳，在同一张桌子上念书。每天放学，刘某赶羊到河滩吃草，送艾蒿到渡口。渡口上，常有走乡艺人说评书，两人又都是小书迷。有一回，听完梁山伯与祝英台的故事，坐在柳棵子地里胡思乱想。

"等我长大了，也出外念书。"刘某自幼就喜欢想入非非，信口开河，"那个学堂里也有个女同学像祝英台，我要娶她当媳妇。"

"我怕我爹打断我的双腿，不敢娶祝英台。"艾蒿脸皮儿薄，羞羞答答，"头二年我爹就跟我干娘讲定了，等我长到五尺高，就雇一顶花轿把我干姐姐接到我家来。"

艾蒿百日丧母，吃干娘的奶长大。这位干娘有个女儿叫杨白丫儿，比艾蒿大一岁，是一张刀子嘴，骂人敢撒村，牙咬着辫子打死架的野丫头。刘某跟她逗嘴，被她追得鸡飞狗跳墙，最后只得逃到河边，扒得一丝不挂下了水，才免遭一顿痛打。

艾蒿念完高中，老爹死了。他跟白丫儿没有合过八字，换过庚帖，立下婚书，两家老人的口头相约，也就失效了。

但是，刘某听说艾蒿爱上了李金好，却火冒三丈，大兴问罪之师。艾蒿避而不见，李金好笑脸相迎。这个李金好不但嘴里有口才，而且眉毛眼睛都会说话，刘某碰了个软钉子，闹了个烧鸡大窝脖儿。

刘某不是个小肚鸡肠的人，却跟李金好解不开扣儿。

"你已经年过不惑，怎么能剃头挑子一头热？"刘某带着呼呼的风声闹进豆荚斋，"金好的人品，我比你看得透；她舍不得丢掉高干遗孀的身份，不会重新投入你的怀抱。"

"我也没有幻想跟她重归于好呀？"艾蒿莫名其妙，连连叫屈，"是别人给我造谣，还是你得了癔症？"

"那你为什么不找个搭伙的？"刘某强词夺理，"难道你跳出三界外，不在五行中，要当个不出家的和尚？"

"咱们还有几年好时光呀！"艾蒿粗脖子红脸，"我要写小说，一心不二用。"

在一九八三年阳春三月的一张台历上，刘某记下他和艾蒿谈话的时间与地点。

然而，事隔四个月，艾蒿接到李金好的一封急电，却风风火火地从乡下返回城里。

2

艾蒿和李金好，已经十几年没有见过面。

十几年前分手的时候，两人谁也没有说过一句气话，临别还握了握手，像两个萍水相逢的旅人，点头而别，各奔东西。

虽然是风风火火地从乡下赶回来，但是对于今晚的久别重逢，艾蒿仍旧心如寒潭古井。

豆荚斋只有十平方米，大热天不能生火做饭。严冬腊月，安装一只小花盆炉子取暖，一日三餐还是到胡同口的小饭铺去吃。早饭是一碗豆浆，两根油条；午饭是四两米饭，两菜一汤，二两酒；晚饭是一碗米粥，一个馒头，两碟小菜。一来一去，往返百步。饭后百步走，活到九十九，也算养生之道。刮风下雨，大雪过膝，也不破例。

今晚，艾蒿吃的是辣面，又到水果店买了个西瓜，手提着网兜回家。

十平方米的豆荚斋，一张单人床，一张写字台，两把藤椅，一只五斗柜，一台电视机，四只书橱，满满当当的只能容得下艾蒿一个人。屋前一溜二尺宽的地面，邻居那个热心肠的老头儿，懂得艾蒿喜欢田园风味，给他栽种了豆角、丝瓜和牵牛花，青藤绿蔓一直爬到豆荚斋的屋顶上。

艾蒿开门进屋，西瓜放在写字台上，看一眼墙上的挂钟，已经十九点。他点起一支香烟，打开摇头电扇，坐在藤椅里看电视新闻联播，等候李金好到来。

一阵凉嗖嗖的疾风吹来，吹得窗前的豆角秧、丝瓜藤儿和牵牛花的叶片沙啦啦响。一道亮闪划过天空，屋里的电灯眨了眨眼，沉了一会儿，西北天角响起呼隆隆的闷雷，铜钱大的雨密密麻麻洒下来。

看完新闻联播，听过天气预报，艾蒿关闭了电视。闪电刺眼，雷声震耳，风雨交加，天阴得像倒扣的黑锅。他断定，李金好那娇贵的身子，不会顶风冒雨前来；正打算脱下汗衫长裤，吃完西瓜写小说，忽听大门外汽车喇叭响，一阵清脆的皮鞋声跑进大杂院。

"劳驾，作家艾蒿住在这个院子的哪间房里？"一个口气威严的女人，大声问道。

艾蒿听得出，来人正是李金好；这个女人的嗓子，天生一副官腔。

"您是哪个单位的？"有人搭话。

这是邻居那位热心肠的老头儿，想为艾蒿挡驾，以免打扰艾蒿的写作。

"我是艾蒿的前妻！"李金好行不更名，坐不改姓，生人面前不怕亮底。

"他住在……小跨院……"热心肠的老头儿被这位神气十足的女客震慑得张口结舌，"南墙根下的……小屋里。"

李金好也不道一声谢，清脆的皮鞋声直奔豆荚斋而来。

艾蒿虽然脸不变色心不跳，却也手忙脚乱了一阵；他正要开门，李金好已经来到门外。

"艾蒿！"那口气，就像下班回来的妻子叫门。

"请进！"艾蒿反倒在藤椅上稳坐钓鱼船了。

李金好破门而入，灯光下亮相。她比艾蒿大两岁，已经四十有九，却比艾蒿还不见老。

她面如满月，眼角没有鱼尾纹，身穿名手裁剪的白绸衫。浅灰西装裙和奶酪色高跟凉鞋，体态丰腴而腰肢仍然柔细，浑身上下处处洋溢着称心如意的神气。虽然吸烟过多，嘴唇黑紫，却更表现出中级干部和高干夫人那特有的身份、地位和风姿。

"艾蒿，你好！"李金好大大方方伸过手来，"这几年你发表和出版的作品，真可谓琳琅满目，美不胜收，令人目不暇接。"

"荒废了二十多年，好时光所剩无几，不得不拼命呀！"艾蒿指了指另一只藤椅，请李金好挨近电扇坐下来，"你目前在哪个部门工作？"

"外办。"李金好从小手提包里掏出一条三五牌香烟，扔给艾蒿，"老孟年逾古稀，不能到一线工作了，想写回忆录，我准备离休，给他当个助手。"

这位老孟，便是李金好的现任丈夫。此公原是一位副部长，十年内乱中干尽了投书告密、卖友求荣、制造伪证、血口喷人、摇尾乞怜和上书劝进的丑事。眼下，虽然还享受着高级公寓和专用汽车的待遇，却已经日暮途穷，不得不退出政治舞台了。

艾蒿牵动了一下嘴角，冷嘲地笑了笑，说："他这个回忆录，如何从大处着眼，小处落墨呢？"

"要写过五关，也要写走麦城。"李金好满脸正色，"他这个人，千错万错，却有一条好处，那就是敢于承担历史责任。"

“这倒要向你请教了。”

“比如，对于给你造成政治上和生活上的双重不幸，他要当面向你赔礼道歉。”

“我该向他深表谢意！”艾蒿被触痛了伤口，脸色惨白地叫起来，“这二十多年，我得大于失。”

李金好垂下眼皮，点了点头，声音暗哑地说：“老孟失掉的比你多，连老本都赔进去了。”

“一个老共产党员却堕落成官迷心窍的政治赌徒，这要怪谁呢？”

“你们应该见个面，化敌为友。”

“难道你打加急电报给我，就为了要促成两个丈夫的握手言和？”

“是你的儿子想临别见一见你！”李金好被艾蒿的讽刺激怒了，“老孟也许欠你的债，我却是问心无愧的，你不要在我面前得意忘形。”

“小喜，他……”艾蒿听到儿子这两个字，态度大变，坐立不安了。

“他办妥了自费留学，下个星期到美国去。”李金好的声调里，颇有几分凄凉，“他在出国之前，恢复了过去的姓名，要做你的名副其实的儿子。”

“这又何必呢？”艾蒿不以为然，“姓母亲的姓，有什么不好？”

“他后来改叫孟力了。”

艾蒿脸色一暗，哼道：“男子汉大丈夫，怎么可以一而再、再而三地更名改姓呢？”

“这也是迫不得已呀！”李金好酸溜溜地叹了口气，“一人有罪，全家遭殃，小喜免受株连，只有出此下策了。"

"他在哪儿？"艾蒿从五斗柜里找出折叠的尼龙绸伞，"你带我去看他。"

"你这个当爹的，也未免有失身份了。"李金好把尼龙绸伞抢过来，"今晚我替儿子踩出一条道，明天他来叩见你。"

"你叫他……早点来。"艾蒿的喉咙被咽下的泪水堵住了，"我没有把他抚育成人，很对不起他。"

"艾蒿，别那么折磨自已！"李金好眼圈一红，马上又哈哈一笑，"祝你睡个好觉，做个美梦。"

她撑起绸伞，跑出豆荚斋，穿过大雨到大门外上车。

不知是顺手牵羊，还是有意带走一件纪念品，这把绸伞一去不复返，没有物归原主。

3

要笔杆子写小说的人，十个有五双难免失眠症；泥人土性的艾蒿，却没有这个文人通病。

李金好走后，艾蒿的心渐渐平静下来；他吃了西瓜，便坐到写字台前，风雨声中写他的自传体长篇小说。他正写到妻子和儿子跟男主人公一刀两断的那场悲剧，昨天的故事又在他的笔下再现出来。

小喜出生在一九五七年那乍暖还寒的早春季节。当时，艾蒿已经出版一部长篇小说和一部短篇小说集，从县报被提拔到地委宣传部筹办专区文联，李金好也刚刚升任团地委学生部副部长。双喜临门，又得了个儿子，便给儿子取名叫小喜。小喜一百天，开始了反右斗争；李金好想把儿子送到北京的娘家去，艾蒿却主张送回他的生身之地，交给本村一位大姐。这位大姐就是杨白丫儿，刚死了个落生才三个月的儿子，还没有回奶。艾蒿处于青云直上的地位，李金好言听计从，就依了他。反右斗争中，李金好敢揭敢斗，受到重用。艾蒿正在乡里挂职当党委副书记，三夏大忙，要抓夏收、夏种、夏管，没有回机关参加运动。不想他那位好友刘某，一帆风顺，少年得意，在北京文学界正大红大紫，忽然被当头一棒划了右。外调人员找艾蒿搜集刘某反党活动的第一手材料，艾蒿却不识时务，对刘某大加美化，还为刘某百般求情。于是，艾蒿被扣上严重丧失立场的罪名，受到留党察看二年处分。不久，又开展交心活动；宣传部长老孟口口声声一不抓辫子，二不打棍子，三不装袋子。艾蒿被老孟点名交心，他从小不会撒谎，便把满腹冤屈一吐为快。罪上加罪，开除出党，下放到乡里当文书。

这个专区的几个县，合并到北京市。老孟调到中央的一个部里当司长，李金好调到市里的一个单位当处长。农村实行公社化，乡文书艾蒿又被降一级使用，到本村当驻队干部。

深秋，艾蒿带领全村男女老少在河滩深翻土地，家家都扒了炕，夜里不许回家睡觉。几处沙丘和坟圈子，四面夹起了秫秸篱障，便是大兵团野战的营房。杨家白丫姐蓬头垢面，脸上像生了锈，头发像晒焦的干草，正躲在篱障里的一座坟堆后，搂着小喜喂奶。

李金好手提着一盒点心两瓶酒，见过了白丫姐，又到人喊马叫的河滩上，把艾蒿找来。

艾蒿也是形容枯槁，像一棵秋风落叶的枯树。他剃了光头，口角生疮，浸透着一层层汗渍的衬衫散发出一阵阵的馊味儿。睡眠不足，日夜劳乏，嗓子嘶哑，一副粗声怒气恶狠狠的模样儿。

"我要把小喜带回北京去。"李金好也沉着脸儿，冷冰冰干巴巴的，"小喜不是吃白丫大姐的奶，而是喝她的血，我目不忍睹。"

"我同意跟你离婚！"艾蒿红着眼睛吼道，"但是，小喜得给我留下。"

"哪个要跟你离婚呀？"李金好吃了一惊，又气又恼，委屈地哭了，"我虽然在思想上痛恨你，感情上还爱着你……"

艾蒿只得点头。白丫姐却像摘心摘肝，哭了三天，大病一场。

小喜被接回北京城里，改名李红孩，送进托儿所。小家伙离开白丫姐，哭了一路；可是只有一岁半的孩子，糖果堵住嘴，也就不哭了。托儿所里住上半个月，就把白丫姐忘了。

又过了一年，李金好东奔西走，把艾蒿调到市内的一个区房管局。李金好工作繁忙，艾蒿大街小巷收房租，两人难得坐在一张桌子上吃顿饭。星期日，李金好抱着孩子回娘家，却怕艾蒿丢她的脸，出门会客，不邀艾蒿做伴。几年里两个人没有一同逛过公园，进过电影院；心里一天比一天冷，一天比一天远。

难道天真无邪的小喜，也一眼瞧高，一眼看低，懂得人分三六九等？小家伙只跟妈妈亲热，却不愿跟爸爸亲近，爸爸想抱一抱他，他躲躲闪闪，吱喳乱叫，好像怕爸爸的双手弄脏他的衣裳。

事隔多年，艾蒿回想他一怒之下打过小喜，仍然十分痛心。

李金好出差，把工资也带走了。艾蒿那几十元工资，交完房租、水电费、牛奶费、保育费，买齐柴、米、油、盐，零钱已经不多，还是给小喜买了一本新小人书。星期日他到街上买鱼，不小心把钱丢了；两手空空，一肚子怨气回到家，却只见小喜坐在门槛上，把新买的小人书一页一页撕下来，分送给同院的小朋友。他大喝一声："红孩，你怎么撕书？"小喜被妈妈娇惯得目中无人，一歪脑瓜儿，翻着眼皮，说："我愿意！"艾蒿就像头上响了个焦雷，他把小喜拎着脖领提起来，照屁股上狠狠打了三巴掌。小喜受了惊吓，又着了凉，艾蒿忙把孩子送到医院；老岳父和老岳母闻讯赶来，心疼得一个喊心肝儿，一个叫宝贝儿，一个指着他的鼻子痛骂，一个扯着他的胳臂到公安局评理。小喜还没有出院，李金好回来了；一见亲娘泪汪汪，又哭哭啼啼告了艾蒿一状。

"你为什么打孩子？"夜深人静，李金好压低嗓子，却是声严色厉地质问艾蒿。

"我……我心情不好。"艾蒿抓着头发，痛苦地淌下了眼泪。

"你……你这是不愿意跟我们母子生活在一起了！"李金好气恨得哆嗦着嘴唇，"为了你，我在人前抬不起头；为了你，我得不到提拔。你……却还像过去那样，要压我一头，耍才子脾气。"

"我不想累赘你，分开吧！"

"你可以不要脸面，我却不想被人戳脊梁骨，骂我水性杨花。"

李金好把小喜送到娘家，艾蒿再也见不到儿子的面。李金好搬到机关宿舍，星期六晚上回家住一夜，也是同床异梦，没有相亲相爱的乐趣。

一天，艾蒿正在灯下偷偷写作，李金好突然半夜跑回家来。她头发散乱，脸色灰白，一头扑在艾蒿怀里。

"你怎么啦？"艾蒿一摸她的额角，热得烫手，"你病了，我送你上医院。"

"爱情……虽然是以政治为基础……"李金好像是喃喃呓语，"但是……我没有……对不起你。"

艾蒿的心一沉，问道："是不是……有人追求你？"

李金好放声大哭，把艾蒿搂得更紧；艾蒿的手脚冰凉，直僵僵的像一尊石像。

哭了一会儿，李金好抬起泪眼，忽然看见灯下的书桌上有一堆字纸，忙问道："你在写什么？"

"读书笔记。"艾蒿慌了手脚，拉开抽屉，想把字纸塞进去。

李金好劈手抢过来，原来是一篇小说。

"你……你怎么还野心不死？"李金好气急败坏地把这些字纸撕得粉碎，"你再要坑人害己，我就忍无可忍了。"

她愤然而去，星期六晚上也不回家了。

分居不到两三个月，天下大乱，李金好被关进牛棚，艾蒿被遣返原籍。三年靠边站，李金好像烙饼翻个儿，又被结合到领导班子。艾蒿却是一面焦，连收房租也不够格；生身之地也就是葬身之所，有去无回了。两个人天差地别，只有离婚。艾蒿没有提出把小喜留给他，他的贱民身份，不配有儿子。

离婚之后，李金好并没有马上改嫁。儿子小喜念完高中，到工厂当了工人，比起插队的知青已经是幸运儿；但是，比起工农兵学员，却又是个下品。有个好脑子，不如有个好老子；小喜沾妈妈的光，却还要背艾蒿的黑锅，要想当工农兵学员就得换个爸爸。于是，李金好嫁给了虚席以待的老孟，小喜立即更名改姓，一切如愿以偿。

儿子现在又恢复了原来的姓名，是不是就算失而复得？艾蒿在一阵感情冲动之后，心里画了个秤钩子似的问号。

4

清早，雨住了。

阳光明亮，豆荚斋窗外的豆角秧和丝瓜叶子，滴答着亮晶晶的雨珠儿，亮晶晶的雨珠儿也含在一朵朵牵牛花的喇叭口里。清风入户，绿荫扑窗，雨后的豆荚斋凉爽宜人。

艾蒿打扫了房间，坐在写字台前，戴上花镜，正想写字，却见窗外不知何时站立着一个年轻人，吓了他一跳。

这个年轻人长发披肩，有一张姣好的面孔，唇红齿白，水汪汪的大眼睛，脸颊还有两个浅浅的酒窝儿，只是当不当正不正地在上唇留着一抹小胡子。那一身大花方格的汗衫，米黄色的筒裤，更打扮得男不男，女不女。

艾蒿最厌恶男人女气。这几年，某些时髦的男青年从穿着打扮到性格心理的雌化，不但不堪入目，而且令人作呕；艾蒿所到之处，都要大声疾呼，扭转这种不良倾向。

"你找谁？"艾蒿皱起眉头，态度生硬。

"找你！"这位雌化年轻人，女儿家似的噘起嘴，"我是小喜。"

"啊！"艾蒿目瞪口呆。

一别十九年，父子相见，竟是如此尴尬的一幕。

"七六年我就想来看您。"小喜把手提着的两瓶茅台酒放在窗台上，"只因当时您还没有平反，我妈怕沾上您的晦气，妨碍我入党。"

"进屋来吧！"艾蒿挤出一丝苦笑，"你妈妈做事，一向考虑得比我周全。"

小喜进屋，却并不落座，而是一直走到艾蒿的写字台前，扫了一眼稿纸上的题目，便推到桌角，一蹲坐在了写字台上。

"爸爸，您又在写什么？"他晃荡着两腿问道。

"一个农村妇女的故事。"艾蒿整理着稿纸，声音低沉下来，"她的原型，就是你那已经死去的干娘，你还记得她吗？"

"这一类的小说，没有行市。"小喜耸了耸鼻子，"我是学摄影的，不关心你们这一行。三年前，我妈下班回家，扔给我一本杂志，说：'看看吧！你那个爸爸又东山再起了。'我从头到尾看了一遍，一边看一边掉眼泪。可是，您的小说并没有叫响，更没有得奖，我就知道您的玩意儿老掉牙了。"

艾蒿淡淡一笑，说："我写小说是给老百姓看的，不想为了得奖。"

"胸无大志！"小喜提高了嗓子，"拿破仑说过，不想当元帅的士兵不是好士兵。所以，不想得奖的作家也就不是好作家。"

艾蒿压住恼怒，哼了一声："看来，我不配做你的爸爸。"

"您叫我这个当儿子的失望！"小喜哭声喊道，"虽然没有得奖，您的名气也不算小。受了这么多年委屈，好不容易熬得平反了，为什么不要一套房子，为什么不到北京作家协会当驻会作家，为什么不争取出国访问？"

"我不但不想要一套房子，而且还要退掉这一间小屋！"艾蒿勃然大怒，拍着桌子吼道，"我不但不想出国，而且打算转迁户口还乡；我不但不想当驻会作家，而且准备回村当老百姓。""您……您……疯了吧？"小喜从写字台上跳下来，瞪大了眼睛，放大了瞳孔，"我恢复了原来的姓名，正在摆脱屈辱的地位，您得为我增光添彩。"

"你还可以把姓名改回去！"艾蒿怒气不息。

"我是个血性男儿！"小喜咬牙切齿，"我不能再管孟老头子叫爸爸了。"

"那就叫李红孩。"

"我妈不同意我姓李。"

"为什么？"

"她在您和孟老头子之间，是个小人物。"

"我只不过是个退休职工，算得上老几？"

"您外行了！"小喜嬉笑起来，"到了美国，著名作家是一块金字牌匾，我也许能沾您的光。"

"市侩！"艾蒿气得脸白，真想抬手给他一个嘴巴，"你……哪里是我的儿子？"

"验血去呀！"小喜翻着眼皮，一副受了委屈的神气，"是我妈说到了国外能沾您的光，我还不大相信哩。"

艾蒿颓然地坐在床沿上，说："你这个样子，到了美国怎么能学好？"

"您放心，我不会叛国投敌！"小喜嬉皮笑脸，"下个星期我就走了，这几天老像是丢了魂儿，心里酸溜溜的不是滋味儿，这就是爱国思想。"

"哼！是舍不得离开女朋友吧？"

"我跟您一样，还是个孤家寡人。"

"二十五六了，怎么没有找上对象？"

"有过几个，都掰了。"

"不能拿谈恋爱当儿戏！"

"您不了解情况。"

"你这是玩弄女性！"

"是她们玩弄我。"

"狡赖！"

"在这方面，您不懂得我们这一代人的脾气，不必多费唾沫了。"

艾蒿面对着这个亲生儿子，却找不到相似之处。已经无话可说，便从抽屉里找出一个活期存折，说："你出国之前，要买些生活必需品，拿去用吧！"

"两千块！"小喜打开存折，两眼迸放贪婪的光，"爸爸，您总共有多少存款？"

"这些还不够用吗？"艾蒿又要起火。

"我分文不取。"小喜把存折还给艾蒿，"您要多赚稿费，存定期利息高，等我留学回来花个痛快。"

"你不能不买些衬衫、鞋袜和纸笔墨砚呀！"

"我敲孟老头子的竹杠。"

"不要花他的钱！"

"等我回国，只怕他早从火葬场的烟囱走了；机不可失，时不再来。"

"你已经跟他脱离关系啦！"

"这叫杀鸡取卵，临别纪念。"

"你走吧！"艾蒿挥手下逐客令。

"我不拿您一分钱，也不能空手而去呀！"小喜走到书橱前面，鼻子贴着玻璃观看，"这二三年，您出版了几本书？"

"旧作再版两本，新作出版三本。"

"您手里还有多少存书？"

"每种三五十册。"

"您签上名，盖了章，都给我。"

"做什么？"

"我出国之后，要走前门、后门、旁门、邪门，您的书也许能当敲门砖。"

"也用不了这么多呀！"

"剩余的拿到市场上出卖，有签名盖章的书多卖钱。"

父子难得相见这一回，分别之后又不知何年何月再相见，艾蒿哭笑不得，也只能依了他。

于是，艾蒿从书橱的底层，搬出二百多本书，又从抽屉里取出图章；他亲笔签名，小喜代为加印，忙乱了两个小时，累得头昏眼花。雨后的凉风已经停息，豆荚斋又闷热起来；艾蒿通身大汗，汗水模糊了眼睛。

他拧了个凉水手巾把儿，先让儿子擦脸，说："这么多书，你叫一辆平板车拉走。"

"放着吧！我打发老头子的汽车前来拉货。"小喜把擦过脸的手巾扔进水盆里，起身就走。

"等一等！"艾蒿扯住他的胳臂，"你到美国自费留学，投奔谁呢？"

"孟老头子的秘书。"

"他的秘书怎么到了美国？"

"那个家伙神通广大，偷偷勾搭上了一位美国来华进修生，我妈给他办了个护照，出国逍遥自在去了。"

"到了那边，要万分小心。"艾蒿叮咛道，"敌情观念，阶级立场，民族自尊心，三者不可忘。"

"应酬老外，我比您有手腕儿！"小喜挣脱艾蒿，扬长而去。

二百多本书堆放在写字台上，艾蒿懒得搬动，也就不能写作了。斗室如炉，又被儿子折腾了大半个上午，胸中燥热窒闷，便锁上房门，出外散步。

走出这条胡同，三弯两拐，便是月坛公园。

5

三弯两拐到大街，艾蒿沿着林荫人行道，向月坛公园走去。

他的心很乱，走得很慢。父子二人，一个要出国，一个要还乡；两身和两心，相距多么遥远。小喜的干娘，那位杨家的白丫姐已经死了。白丫姐的奶水把小喜喂大，小喜不但不知感恩戴德，而且连一瞬间的动情都没有。白丫姐地下有知，该是多么伤心啊！父子两辈人，都对不起这个粗手大脚的农村妇女。

"老艾！"忽然，有人喊他。

他没有听见，仍然低头走路。

一个苗条的身影，横穿马路跑过来，跳到艾蒿面前；艾蒿撞在了那个人身上，才踉跄着收住脚步。

"对不起……"他惊慌地抬起头，"蓉仙！是你？"

这真是意想不到的巧遇，一下子就回忆起十五年前的那个城市姑娘。

那时候，二十二岁的城市姑娘许蓉仙，被发配到他那个生身之地的小村教小学。大队把一座破旧的牛棚垒上门窗，就是教室，一个人教四个班。没有宿舍，许蓉仙寄住在杨家白丫姐的小西屋，他当时也在白丫姐的东厢房栖身。三姓人三座柴灶，可是穷得叮当响的白丫姐却十分好客，隔三差五轧饸饹，包榆皮面的大馅饺子，蒸驴打滚儿，三姓人也常常在一张桌子上吃饭。

他们相处二年，有过一段感情瓜葛，深深埋在心里。

艾蒿揉了揉眼睛，二十二岁的城市姑娘不见了，站立面前的是一位三十大几的中年妇人。黄瘦的清水脸儿，浅浅的皱纹已经悄悄爬上了她的眼角和额头，岁月不饶人，老得真快啊！不过，秀颈、细腰和轻盈的体态，一副芭蕾舞演员的身姿，还没有完全失去旧日的风韵。

她身穿半旧的短袖花汗衫和浅豆青色包裙，光着脚穿一双白塑料高跟凉鞋；不花哨，也不寒酸。

"亏你没有一阔脸就变，认得出我这副鬼样子。"许蓉仙咬嘴唇，垂下眼睛，"你是不是到月坛公园去？"

"你怎么猜到？"艾蒿感到奇怪。

"这三四年，冬春两季的早晨，我常看见你到月坛公园来！"

"为什么不打个招呼？"

"……不愿意！"许蓉仙把米黄色的人造革书包挎到肩上，转身向月坛公园门口走去。

艾蒿跟在她的身后，走了几步，才又开口问道："你在哪个部门工作？"

"我又上学了。"许蓉仙回头一笑，"师范学院分院。"

"走读生。"艾蒿赶上了许蓉仙，并肩而行，"你家住在哪儿？"

"西直门外。"许蓉仙抢先走进月坛公园的东大门，"每天上学，都走这条路。"

月坛公园本来不大，又被这个单位占一角，那个单位割一块，剩下的地盘很小。游人不多，却已经摩肩接踵，难得落脚之地。

他们转了几圈，有一对情侣从一棵大树下的绿椅上站起来，许蓉仙急忙跑过去，抢占了这张座椅。

他们坐下来，斑驳的树影投在他们的身上，许蓉仙从书包里掏出一把杭州折扇，递到艾蒿手里。

"多年不见，意外相逢，我很高兴。"艾蒿说出这三句开场白，忽然一阵神思恍惚，"一见之下，我看见的是过去的你；眼前还有一条大河，满地月光。"

"你还是老样子，改不了痴人说梦。"许蓉仙笑了一声，笑中带着苦味儿，"你这几年的小说，我都读过，比那位刘某的运河风味更醇厚，更痴情。"

艾蒿摇摇头，说："你对老刘抱有成见，论文也就片面了。"

是的，那位乡土文学作家刘某，十三年前得罪了许蓉仙；只因刘某多管闲事，许蓉仙被改变了命运，她怎么能宽恕那个一言丧邦的家伙？

刘某和艾蒿，是生死之交；艾蒿甘当刘某的影子，情愿为刘某两肋插刀。艾蒿被遣返原籍，刘某早已回到他那生身之地的村庄。两村虽然是一河之隔，那个年月两人却不敢来往。但是，人不过河，心心相印，刘某还是艾蒿的主心骨。艾蒿和许蓉仙相处二年，一个是孤身男人，一个是未婚女子，一个三十四岁，一个二十四岁，朝朝暮暮，日久天长，也就你心中有我，我心中有你了。这一年的瓜熟时节，艾蒿被队里打发到柳湾看瓜，瓜田下就是大河，距离杨家白丫姐的小院不到百步。一个闷热得能把人蒸熟的夜晚，躺在炕上身下就是一洼汗水。半夜时分，许蓉仙热得难忍，悄悄从后窗口溜出去，到大河里浮水，凉爽一下。十五的月亮圆又圆，满地白花花的月光，雨季的大河一片白茫茫。她身上只穿着背心内裤，沿路的树影遮掩她的身子，一溜小跑到河边，鱼儿入水下了河。她在念中学的时候，是全校女生的游泳冠军，能够沿昆明湖浮一圈，几十丈宽的北运河，好似闲庭信步。她从河这边浮到对岸，不喘一口气，拨马回头又浮回来。哗哗的水声，惊醒了瓜楼上的艾蒿，只当是河对岸刘某那个村庄的人过河偷瓜，便跳下瓜楼，双手叉腰站立在陡岸上，摆出一副张翼德屹立当阳桥的姿势；真像是一夫当关，万夫莫开。

河里的许蓉仙，望见艾蒿的身影，一阵害羞，慌忙扎了猛子，想从水下溜走。艾蒿又只当是偷瓜的人水性不强，腿肚子转筋沉了底，便扑通一声跳下河，救他一命。

许蓉仙露出头，吓得尖叫："你……你要干什么呢？"

"蓉仙！是你？"艾蒿大吃一惊，"半夜三更你怎么下河来？"

"我热得要命……"许蓉仙哧哧笑，"你快上岸，背转身，闭上眼。"

艾蒿上岸回瓜楼，许蓉仙湿漉漉跑回家。闭着眼睛的艾蒿梦见了芭蕾舞剧《天鹅湖》，瓜叶的沙沙声像是柴可夫斯基的乐曲。

这天夜晚开了头，许蓉仙夜夜到柳湾浮水；头几天叫艾蒿放哨，过了几天就叫艾蒿下水做伴。上岸以后，又坐在河边柳下聊天，只是没有绿椅子，鸡叫才分手。

刘某两年没有跟艾蒿见过一回面，有一天忽然得到一条重大的小道消息，不能不给艾蒿传递过来。夜深人静，光着膀子，只穿一条裤衩，神不知鬼不觉地偷渡过河。

河上，月影星光中，艾蒿和许蓉仙就像《乐府》诗中描写的鱼戏莲叶间：一会儿东，一会儿西，一会儿南，一会儿北。刘某是一双高度近视眼，没有看见河里有人浮水，直冲冲下河，就演出他的拿手戏：扑通通扑通通狗刨，溅起团团水花，很像一只海豚。

"唉呀！"许蓉仙惊叫一声，转身从水上逃跑。

刘某的狗刨虽然蠢笨，却有速度，七刨八刨浮到艾蒿身边，也模模糊糊看见上岸奔逃的人影。

"那个人是谁？"刘某一边狗刨一边问道。

艾蒿沉吟了半晌，才答道："我们村的小学教员。"

"男的，女的？"

"女的。"艾蒿羞涩地笑了一下，"她想嫁给我，你看呢？"

"今年多大？"

“二十四岁。”

“胡闹！”刘某大叫，“这是什么时候，你还想招灾惹祸？”

上了岸，来到瓜楼上。艾蒿双手抱膝，两眼望月，说：“她跟我是患难知己，我真动了心。”

“小丫头片子年轻幼稚，你这个尝过酸辣苦甜的人难道不懂坑害？”刘某大声呵斥，“她跟你结婚，就得丢了公职，你这是坑人；不可接触的贱民要娶一个有文化的黄花闺女，你就会被扣上腐蚀青年的罪名，这又是害己。”

艾蒿的脊梁骨冒着凉气，沉重地点了一下头，说：“我也有这个顾虑。”

“告诉你一个情况。”刘某低声耳语，“咱们县发现一张反江青传单，县里正缩小包围圈，公社某些人的眼睛盯在了咱俩身上，你我要多加小心。”

“你怎么知道？”艾蒿慌了神儿。

刘某狡黠地眨了眨眼，笑道：“世上好人多。”

他不敢久留，匆匆浮水而去。

艾蒿和许蓉仙的相爱，被刘某扼杀在摇篮里，昙花一现。不久，许蓉仙被调到这个县的边境，教一所小学的初中班。又过了一年，听说嫁给了一个看中她的姿色的人，调回城里了。从此，便不知下落，一别十三年。

“你后来跟谁结了婚？”艾蒿猛然想起许蓉仙已经是有夫之妇，忙从绿椅上站起来。

“一位副部长的秘书。”许蓉仙切齿有声，“副部长被撤了职，树倒猢狲散，他也跑了。"

"跑到哪儿？"

"给一个外国女人当面首去了。"

"你还在等他？"

"扯皮了三年，今天才发给我离婚证书。"许蓉仙哀怨地看了艾蒿一眼，"所以我今天才敢跟你打招呼、逛公园。"

艾蒿的心怦怦猛跳起来，声音发抖地问道："你能不能……跟我到饭馆，咱们谈一谈……十三年前的那个中断了的话题？"

许蓉仙看了一下手表，说："十二点一刻了，我不按时回家，妈妈不放心。"

"我到你家去。"艾蒿眼巴巴地望着许蓉仙。

"大杂院里人多嘴杂。"许蓉仙想了想，"明天是星期日，上午九点我在紫竹院公园门口等你。"

她挥手而别，像一片落花被风吹去。

6

从月坛公园溜达回来，艾蒿想到小饭馆吃午饭。李金好早已在饭馆门口等候多时，拦路绑架似的把他推进停放在路口的小汽车，一溜烟疾驰而去。

后车座上，李金好在两人之间放下一只小巧玲珑的手提包，像横起一堵墙。她穿了一件半袖长开衩的旗袍，很像三十年代女电影明星的打扮；披肩长发烫着花鬈，身上散发着浓郁的木樨花香水气味。假日比平时减少三分官气，多一点妩媚。

"老孟赋闲几年，研究烹饪学，做得一手好菜。"李金好点起一支香烟，跷着兰花指吸了一口，贵妇人的派头儿。"自从辞退了阿姨，每天都是他掌灶，你今天品尝一下，必定赞不绝口。"

"他年纪大了，你怎么忍心饭来张口呢？"艾蒿随便问了一句。

"我每天都给他煎药呀！"李金好话刚出口，便发觉溜了嘴，脸一红。

艾蒿是个直肠子的人，并没有多想，又问道："除了烹调和吃药，他每天的生活还有什么节目？"

"养花、写字、练气功、打麻将。"李金好的神气又傲慢起来，"宦海浮沉一生，晚年该享一享清福了。"

"我看不如多读几本书。"艾蒿犯起呆气，"他这个人，好弄权术，不爱学术；卸任之后，开始第二人生，应该补一补课。"

"那就请你多加指教啦！"李金好皮笑肉不笑，"他虽然不学无术，却很想拜读你的大作，把你的作品送给他几本，签上你的名字。"

汽车穿街过巷钻胡同，孟公馆到了。

已经敞开街门，艾蒿一眼就看见手提喷壶，正给影壁前面的花圃浇水的老孟。老孟一听汽车喇叭响，扔下喷壶迎出来。他虽然已经七十出头，却头发乌黑，牙齿整洁，不胖不瘦，腰杆儿不塌不弯，身穿纺绸裤褂，隐士高贤风度，看上去只像六十岁上下。

"老艾，欢迎你光临寒舍！"老孟抢上一步，紧紧握住艾蒿的双手。

远看不显得衰老，近瞧却识破了真相。原来，他是染黑了那稀薄的残发，梳理得一丝不乱，又镶上满口白亮的假牙，脸色也进行了艺术加工。艾蒿哪里知道，李金好是自己的美容师，也是老孟的化妆师；两口子在美容和化妆方面，是煞费苦心，不惜工本的。

艾蒿心肠子软，也不能冷起面孔，强笑道："老孟，你……你……老当益壮呀！"

"俱往矣！"老孟故作爽朗地纵声大笑，"数风流人物，还看今朝。"

他不肯撒手，艾蒿只得跟他挽手而行。

拐过影壁，便看见一座花木繁荫的庭院。五间北房，东西厢房各三间，被油漆彩画的游廊连接在一起。艾蒿是个写小说的，不但喜欢了解一个个不同的人，而且喜欢观察一个个不同的环境。对于北京的大宅门，四合院，很有兴趣。他走进院里，便四下看，却看见北房五大间贴着封条，三间西厢房也挂着锁，感到十分奇怪。

"真对不起，房屋正在修缮；天气又热，咱们就在院里吃饭吧！"女主人李金好的这几句话，好像是回答艾蒿的疑问。

"花间树下，更能开怀畅饮！"老孟把艾蒿按坐在藤萝架下的石桌上，"想当年，供给制，一碗小米饭，一碗白菜汤；没有饭厅，蹲在机关大院的空场里，吃得更香。"

藤萝架下还有一张圆面石桌，李金好先搬来两瓶冰镇啤酒、三瓶鲜橘汁和几样凉菜，又拿来杯、盘、碗、盏和筷子。

"咱们喝起来吧！"李金好给艾蒿和她自己斟上一杯啤酒，给老孟倒满一杯橘子汁，"'度尽劫波兄弟在，相逢一笑泯恩仇。'咱们三个人要尽弃前嫌，一切向前看，干这一杯！"

"话虽如此，我的内心仍然深感负疚。"老孟的脸上，一副悔恨交加的神色，"往者已矣，历史的悲剧已经不能挽回；来者可追，我们何不转悲为喜呢？"

夫妻一唱一和，艾蒿被迫只得喝酒。

"艾蒿，你还记得秋莎吗？"李金好前倾着身子，突然问道。

艾蒿一怔，眨了一下眼睛，眼前的花影尘光中，仿佛出现一个苹果脸的小女孩儿，咿呀学语，蹒跚学步，挓挲着两手，叫着："叔叔！"向他扑过来。

那是老孟的女儿。

老孟一生三娶。他原是三家村小学教员出身，指腹为婚，娶的是他的表妹，生下一个儿子。儿子还没有满月，正是一九三八年的春夏之交，他抛妻离子投身到革命队伍。一走十年，全国解放以后，他又另娶了一个年轻貌美的女同志，生了个女儿，就是秋莎。那时候，孩子取名沾点苏联味儿，是很时髦的。

艾蒿到地委宣传部筹办文联，秋莎刚刚两三岁，被她爹娘娇生惯养，撒娇、爱哭、抓尖儿，无理取闹，一身零碎儿毛病；她的妈妈护犊子，连她的爸爸也不敢呵斥她一句。也是天生的缘分儿，她跟艾蒿却通情达理，粘在艾蒿身上，像挂在树枝上的果子。长大一岁，艾蒿抱她，过一会儿她就问道："叔叔，你累了吗？我抱抱你吧！"后来，秋莎的妈妈管教女儿，就拿艾蒿镇唬她："我告诉艾叔叔去，叫他不喜欢你！"吓得秋莎乖乖的不敢恶作剧。艾蒿挨了整，从地委机关消失了，秋莎常常哭闹着要找艾叔叔，老孟这时可就不再娇惯女儿，大巴掌捂住秋莎的小嘴，憋得女儿脸皮黑紫，眼睛翻白。

"秋莎现在哪儿工作？"艾蒿放下酒杯，心急地问道。

"这个孩子命苦呀！"老孟一声悲叹，"'文革'期间，我那个孽障儿子勾结他的狐朋狗友，到我家里造反。把秋莎的妈妈剃了光头，按进抽水马桶里，又把她打得皮开肉绽，伤口上浇盐水，秋莎的妈妈难以忍受这种凌辱，跳楼自杀了。秋莎也挨了打，我正关在牛棚里，她无依无靠，到云南西双版纳插队去了。家破人亡，我也是十年浩劫的受害者。"

"后来呢？"艾蒿拿筷子的手哆嗦着。

"老孟从牛棚里放出来，结合到领导班子，她也就被选拔上了大学。"李金好忽然愁眉苦脸起来，"三十挂零了，还是一个人。"

"她现在哪儿工作？"艾蒿只想打听秋莎的下落，又追问道。

"旅游社当翻译。"李金好摇了摇头，又叹了口气，"我和老孟给她找过几个对象，她都看不上眼；孤芳自赏，自己一点也不主动。急死了人！"

"我劝一劝她，她也许还肯听艾叔叔的话。"艾蒿放心地笑了，"年龄差不多，人品也不错，有一定的文化水平，就可以了。"

"秋莎不喜欢同辈人，她骂他们轻浮、浅薄。"李金好偷眼儿瞟了瞟艾蒿，"我想，你至今还是独身，也是不想找个同辈人。"

艾蒿虽然心直，却也听出了弦外之音。他皱了一下眉头，沉下脸问道："你这话是什么意思？"

李金好堆起笑脸儿，甜丝丝儿地说："你和秋莎结合一起，我和老孟不但了却一桩心事，而且也算偿还了一笔旧债。"

"你们可真会乱点鸳鸯谱！"艾蒿又羞又恼，"她是我晚辈，难道你们就不怕被人耻笑？"

老孟嘿嘿笑道："同姓三服以外都可以结婚，你和秋莎更不必讲什么尊卑长幼了。"

艾蒿已经看透这两口子别有用心，真想拂袖而去。可是，想到不能不给他们留个脸面，只得强压住怒气，冷冷地说："我已经有人了。"

"骗人！"李金好撇了撇嘴，"我对你的情况了如指掌，直到昨天你在爱情上还是一块空白。"

"今天已经发生变化。"

"你找了谁？"

艾蒿只是心有所思，怎能说出许蓉仙的名字。

"谁找了你？"老孟神情紧张地问道。

艾蒿只得咬了咬牙，答道："她叫许蓉仙。"

"那是个作风不正的女人！"李金好尖叫着，"她那个离婚的丈夫，原是老孟的秘书，把她婚前的丑事，都讲给我听了。"

"那倒要向你领教。"

"她的丈夫打得她鼻青眼肿，她也不肯说出那个男人的名字。"

"那我就更要热爱她，尊敬她。"

"她比秋莎大好几岁，而且不是初婚。"

"我更愿意她今年四十九！"艾蒿的话中有刺了。

正在这时，电铃紧急地响起来，像发生了火警。

"秋莎回来啦！"李金好喝令老孟，"快去开门！"

老孟遵命开门去。

影壁外，门声响。只听老孟低声下气地问道："姬科长，你们来干什么呀？"

"给首长修缮住宅！"一个油腔滑调的声音，"也为了帮您乔迁新居。"

"不给我在木樨地拨一套房子，我不搬家！"老孟哭声丧气地喊道，"我是副部长级待遇。"

"鄙人是奉命差遣，只好强迫执行了。"油腔滑调的家伙吆喝一声，"同志们，动手吧！"

"鸡蛋香！你这个势利小人……"老孟叫着这个家伙的外号儿，"我……我告你去！"

"难道你就不怕别人告你吗？"这个外号叫鸡蛋香的姬科长，尖酸刻薄地冷笑，"你给司机一点小恩小惠，就每天用车，必须赔偿油钱。"

李金好哇地一声哭起来，跑进东厢房。

那位鸡蛋香率领三四十名工人，冲进大门，拥入内院。艾蒿眼看这个场面，什么都明白了；急忙起身，要离开这个是非之地。

老孟像一座从殿堂里被扔出来的泥胎，颓然地呆在花圃的砖畦上，眼泪汪汪，可怜而又可憎。

"老艾，你看我……落到这步田地……"老孟扯着纺绸褂子的袖口，擦了一把鼻涕，"我正在写回忆录，求你……给我……润色一下。"

艾蒿片刻也不愿意停留，快步走出大门口。

7

　　许蓉仙住在西直门外的一座大杂院里，一家三口，老娘、她和女儿艾艾，三辈人睡在一间倒座房的双人床上。全院几十家，五行八作，形形色色。树林子大，什么鸟儿都有，一天到晚乱乱糟糟，吵吵嚷嚷，乱得像一锅粥，吵得像蛤蟆坑。多亏这间倒座房地处大院的老虎尾巴上，能够偷得一片宁静，关上门过日子。只是常年见不到阳光，响晴的中午也得开电灯。北京人住得窄窄巴巴，却又喜爱花光草色；许蓉仙没有闲情逸致，只在窗外插一株细柳。却又得不到日照，生长得黄黄瘦瘦，弯弯曲曲；她用五彩尼龙丝编织了几只花翎小鸟儿，拴在弱不禁风的细柳枝头，上下颤悠，左右摇摆，像是翅膀还没有长硬，飞不起来。

　　老娘是街道缝纫社的裁剪师傅，年事虽高，眼神却好，更有一双巧手，能裁中西各式服装。老北京人的脾气，性子绵软，最能忍事；大杂院里男女老幼，不分大小，都管她叫许姥姥。

　　许姥姥的娘家，祖传专做大宅门的单、夹、皮、棉四季衣裳，她正是门里出身。中年丧夫，开了个小裁缝铺，挣钱糊口，拉扯三儿一女长大。三个儿子都上过大学，早已娶妻生子；女儿许蓉仙最小，也就不免偏爱。老人一辈子凭自己的双手挣饭，晚年也不想端儿子的饭碗，怕看儿媳妇的脸色。她只愿跟女儿瓜不离藤，藤不离瓜，母女相依为命。

　　女儿被分配到乡村教小学，老人拜了城隍拜土地，四面八方拜了个遍，想把女儿调回城里来。许蓉仙调离艾蒿那个小村，在县界的村庄教了半年初中班，便从老人打通的门路回了城。

许蓉仙到一所中学，这个中学的头头儿不学无术，只会逢迎拍马，没有安排许蓉仙教书，却叫她到学生文艺宣传队教舞蹈。许蓉仙念小学和初中的时候，是少年宫舞蹈班的主力，教舞蹈可算内行。这一年国庆节，学生文艺宣传队到紫竹院公园演出《红色娘子军》的一折。男主角已经出场，女主角却因为吃多了冰棍，肚子疼得上不了台。革命现代芭蕾舞剧不能腰斩，许蓉仙只得赶忙化妆，临时预替女主角。正巧，有一位孟副部长在秘书陪同下游园，这个秘书是许蓉仙小学时代的同学，外号左撇子，也进过少年宫的舞蹈班；许蓉仙扮演小白兔，左撇子扮演大灰狼。念完小学，两个人就不在一个学校了。这时，左撇子陪同孟副部长观看表演，忽然眼睛一亮，在孟副部长耳边喊喳了几句。台上大幕徐徐落下，他就直奔后台，一连声叫唤："小蓉子！"许蓉仙眯着眼睛看了又看，才看出是十多年不见的老同学，也笑起来："左撇子，是你呀！你这只大灰狼从哪儿钻出来？"文艺宣传队的学生们分散到公园里游玩，许蓉仙却想回家。左撇子抢过她的挎包，说："我送一送你。"

　　他们走出公园，左撇子掏出一把钥匙，打开一辆上海牌小轿车的车门，请许蓉仙上车。

　　"这是谁的车呀？"许蓉仙害怕，倒退了一步。

　　"孟副部长的专车。"左撇子满不在乎，把许蓉仙的挎包扔进车里。

　　"司机呢？"

　　"到公园里看节目去了。"

　　"孟副部长回家，找不到汽车，要怪罪你的。"

　　"他不敢！"

汽车没有驶向市内，却奔向紫竹院公园十里外的清水河。这条小河名不见经传，但是，《叹清水河》这支民歌却名声很大。老北京的下层市民人人会唱："提起那个宋老三，两口子卖大烟，生下个女儿名叫宋大莲……"宋大莲爱上拉骆驼从门头沟驮煤的小六子，死心塌地，棒打不散，被她的舅舅诱骗到清水河桥上，推下河淹死了。

在远离公路的一片茂密而阴暗的树林里，汽车在草丛中停下来。

小白兔遭到大灰狼的暗算，许蓉仙在左撇子的威逼下失了身。左撇子左手使用大棒，右手也摇动橄榄枝；满足了兽欲，便给许蓉仙下跪，打嘴巴，抹眼泪，甜言蜜语。

左撇子的爹，是一家大工厂的造反团头子，左撇子是厂办子弟中学的红卫兵头子；那位孟副部长当时是这家大工厂的党委书记，又是厂办子弟中学的挂名校长，身家性命和仕途官运都捏在这父子俩的手里。为免受皮肉之苦，保住头上的乌纱帽，他拜倒在这父子俩的脚下。左撇子的爹造反有利，当上工厂的革委会主任，便把老孟从牛棚里放出来，还被树立为幡然悔悟的老干部典型，先被结合到领导班子，后又升任副部长。礼尚往来，公平交易，左撇子没有下乡插队，当上了副部长的秘书。

寒门小户人家的女儿，怎惹得起如狼似虎的新贵？失了身的女子只能嫁鸡随鸡，嫁狗随狗。许蓉仙的泪水咽进肚子里，听凭左撇子的摆布和玩弄。她天生丽质，秀色可餐，好色之徒的左撇子一时还没有倒胃口，假戏真唱装得像多情种子。许姥姥大半辈子见识的人多了，虽不懂得麻衣神相，眼力却入木三分。她只跟左撇子见过一面，便断定左撇子是个心术不正、品行不端的家伙，不许女儿跟他来往。然而，许蓉仙有苦难言，她已经怀孕了。

左撇子本想赖账，可是他爹却是个封建脑壳。许蓉仙腹中的胎儿是他家的骨血，不把许蓉仙娶进门来，改嫁别人，他家的骨血便要管一个外姓男子叫爸爸，丢了他家的脸面；于是他逼迫左撇子弄假成真，却又允许左撇子婚后随意拈花惹草。

许蓉仙得到了正式的名分，也就别无所求了。左撇子另有新欢，十天半个月不回家一趟，她反倒觉得清静，恢复了自由。夜晚，窗外一弯冷月，她孤孤单单躺在床上，想念艾蒿，哭湿了枕头；她也常常梦见艾蒿，却都是噩梦。不久，生下女儿；整个满月，左撇子没有照过一回面。教书，哺乳，服侍公婆……身心交瘁，一年比一年衰弱，一年比一年见老。

艾蒿熬出了头，许蓉仙却仍旧披枷戴锁。左撇子的爹心肌梗塞，一命呜呼，孟副部长也下了台；左撇子还有李金好给他开后门，被安排到旅游社。他结交了一大帮子不三不四的酒肉朋友，有男有女，一个个打扮得像假洋鬼子，跳摇摆舞，听靡靡之音，看黄色录像。喝得酩酊大醉，跳得精疲力竭，便男女混杂地在左撇子家过夜，许蓉仙只得抱着孩子回娘家。有一天，许蓉仙中午回家取参考书，打开房门一看，左撇子和一个外国女人，龇牙咧嘴地睡在她的床上，丑态百出，不堪入目。她忍无可忍，打来一盆凉水，兜头浇到这两个畜生的身上。左撇子惊跳起来，两眼挂着血丝，凶相毕露，拳打脚踢，许蓉仙昏死过去。

她带着女儿艾艾，回到许姥姥身边，跟左撇子分居了。

分居以后，她考取了师范学院分院，艾艾上了小学；母女一大一小，都是一年级。

一桩离婚案，扯了三年皮。左撇子打定主意，咬定牙关不离婚；他可以找那些臭味相投的女人寻欢作乐，许蓉仙却只能守活寡。拖上几年，愁得许蓉仙未老先衰，难以改嫁，他才点头。

许蓉仙从法院领到离婚证，已经失去喜悦的知觉，心早麻木了。

想不到在十五路车站上，隔着马路看见了艾蒿，她才怦然心动。月坛公园绿椅上的谈话，冰块子似的心更解了冻。归途，她感到胸腔里像二月的桃汛，春水上涨，波动起伏。

这一夜，她躺在床上，前思后想，心疼得像刀剁肉。左边是女儿艾艾，睡得又香又甜；右边是劳累一天的老娘，睡梦中呻吟连声。她想哭不敢哭，身子也一动不敢动，睁着眼睛到天明。

早晨，一照镜子，脸色枯黄，憔悴得像当年的杨家白丫姐。早知这个样子，她就不会跟艾蒿在紫竹院公园见面了。

还差十分钟九点，她找了个借口，到农贸市场买两条活鱼，便提着菜篮出了门。

艾蒿已经买好两张入门票，等候在公园门口的树荫下，也是一副神情沮丧的气色。

"你病了吗？"艾蒿一见许蓉仙那霜打黄叶似的脸儿，低声问道。

许蓉仙摇摇头，反问道："你是不是也整夜失眠？"

艾蒿点了点头。

紫竹院公园比月坛公园大，但是游人更多；一张张绿椅早已被一对对青年恋人抢占，有的一张椅子挤坐着两对恋人，各自为政，互不相扰。花丛中，绿树下，亭台楼榭，河畔塘边，也是人满为患。

他们只得在墙根的荫凉里坐下来。

8

城里住的是豆荚斋，乡下住的是青堂瓦舍的大宅院；艾蒿在城里只算有个窝儿，乡下的青堂瓦舍大宅院才是他的家。

这个家老少三辈三口人，还是三个姓。艾蒿本人，他的干娘，杨家白丫姐的儿子春闹儿，三位一体。

许蓉仙走后半年，杨家白丫姐生了个儿子。正是阳春三月，傍晌时分，艾蒿收工回来，一进门就听见婴儿呱呱坠地的哭声。

"丫姐，恭喜你！"艾蒿嘻嘻哈哈地道喜，"是飞鸽牌的，还是永久牌的。"

"黑小子儿，永久牌。"白丫姐隔着窗户搭话，"兄弟，你是咱们沿河方圆左右的土圣人，给你的小外甥起个好名儿。"

艾蒿答应一声，在这座小院里走来走去。从门里转到门外，忽然看见明媚的春光中，一枝粉红的杏花从黄泥墙上，探出一张笑脸儿。他心中一动，想起宋朝诗人宋祁那脍炙人口的名句"红杏枝头春意闹"，便触景生情，说道："就叫春闹儿吧！"

"春……闹……儿？"白丫姐心里犯嘀咕，嘴上咂滋味儿，"小子家本来就猴气，起名儿又占上个闹字，只怕长大要闹得捅破了天。"

艾蒿连忙走到窗下，掰开揉碎，给白丫姐讲宋词，说明这个名字的含义。

"闹得好！"白丫姐的丈夫正给产妇熬小米粥，扯着脖子大声喝彩，就算一锤定音了。

工值很低，白丫姐的日子很穷。分红一年比一年少，两口子只有一个盼头，盼望春闹儿快快长大，多一个挣工分的人。

"等我们春闹儿一天也能挣十分，日子就好过了。"白丫姐把儿子紧搂在怀里，满是皱纹的脸上绽出一丝笑容。

春闹儿长到四五岁，虎头虎脑，惹人喜爱。他爹给他编一只小小的柳条背筐，磨一把五寸韭镰，说："闹儿，到河边剜猪菜去吧！卖了大肥猪，给你买糖吃。"

艾蒿到柳湾看瓜，便把春闹儿扛在肩上，上午和下午往返四趟，春闹儿剜回两筐猪菜。歇息的时候，艾蒿又把他抱到河柳下，教他识字、背诗、念九九歌。树上，柳叶小鸟叽叽喳喳地啼叫；树下，春闹儿奶声奶气地念着："一一得一，一二得二，二二得四……"艾蒿乐在其中。

"教书我是外行。"有时，艾蒿忽然眼睛发直，自言自语，"可惜许老师走了……她比我会教你。"

"许老师是哪个村的？"春闹儿歪着脑瓜儿问道，"您带我找她去。"

一只柳叶小鸟飞起来，向大河西北的北京方向飞去，一眨眼便在浮光云影中不见了。

"她就像那只鸟儿……"艾蒿目光迷离，失神地追踪着鸟影，"不知飞到了哪儿，落在了哪棵树上。"

大肥猪长到二百斤上下，卖了猪却没有给春闹儿买糖；白丫姐的丈夫得了肝硬化，住进县医院，一口大肥猪的钱都换了药吃。病入膏肓，死里求生，花光了一口大肥猪的钱，又卖许蓉仙住过的那间小西屋的柁木檩架，人还是没有救活。

发丧死人，白丫姐又卖掉了艾蒿栖身的小东厢房，只剩下风雨飘摇的北房三间。鳏夫寡妇同住在一个门里，虽然是一明两暗，也难免瓜田李下之嫌，艾蒿收拾自己的家当，搬到柳湾的瓜楼去了。

　　一天夜晚，那位戴着右字号荆冠的乡土文学作家刘某，又偷偷过河，跟老朋友相会。上岸一看，艾蒿在瓜楼下砌起一座冷灶，烧青柴做饭，整个身子趴在地上，嘴对着灶门吹火。

　　"真是一心为公，爱社如家呀！"刘某蹲下来，拍着艾蒿的后背，说风凉话。"人家是中午带顿饭，一天连轴转；你干脆风餐露宿在大寨田上，我封你为十好社员。"

　　"别关上门打叫化子，拿穷人开心解闷儿。"艾蒿直起腰，满脸黑烟，"白丫姐的丈夫死了，我怎么能跟孤儿寡妇住在一起。"

　　"是呀！谣言杀人。"刘某这才知道老朋友陷入了困境，也忧愁起来，"一过中秋，天凉下来，这座四面通风的瓜楼就住不下去了，如何是好？"

　　"人定胜天，自有生路。"艾蒿笑了笑，"我给瓜楼镶上柳条子四壁，糊上泥巴，也能遮风挡雪。"

　　"这不是长久之计！"刘某沉吟半晌，忽然出语惊人，"你得赶快找个老婆，有个热炕头子睡觉。"

　　"我不想坑人害己。"艾蒿哼了一声，又吹起火来。

　　"我知道你忘不了许蓉仙！"刘某只当艾蒿怨恨他，很不高兴，"此一时彼一时，你不要拿我的话堵我的嘴。"

　　"你错怪了我！"艾蒿连连叫屈，"以我目前的处境，更不能连累别人。"

"这又是片面理解我那'坑人害己'四个字。"刘某是个粗心大意的人,却喜欢在艾蒿面前扮演智多星,随心所欲地乱出主意,"涸辙之鲋,相濡以沫,你应该跟白丫姐合二而一。"

"人家刚刚死了丈夫,我怎么能转这个念头?"

"你们本来是青梅竹马,有什么说不出口的?"

"我没有你的脸皮厚。"

"那我就当你的代言人!"快刀斩乱麻是刘某的一贯作风,不等艾蒿同意,拔腿就走。

艾蒿也不拦他,揭锅吃饭。

熬鱼贴饼子,柴湿火不旺,延长了时间;小鱼熬成了一锅粥,凉锅的饼子半生不熟。艾蒿把生饼子掰在鱼粥里,盛上一碗,吃了几口,难以下咽,扔下筷子靠在瓜楼的立柱上,生自己的气。

他想到自己有生四十年,也许当年不该进城念书。如果种地为生,必定跟白丫姐结婚,虽然吃不饱穿不暖,却能过个团圆日子,不至于男鳏女寡。假如自己不踩着刘某的脚印写小说,默默无闻,没有那点虚名,便不会招来塌天大祸;李金好也不会屈尊嫁给他,造成妻离子散的悲剧。刘某分析天下大势,断定前途光明,他却不那么乐观;倒不如跟白丫姐同命相怜搭个伴,抚养春闹儿长大成人,返璞归真,了此一生。

呜——汪汪!一阵犬吠,艾蒿一惊,远远望去,只见白茫茫的月光下,白丫姐那条大黑狗正在追赶扑咬手无寸铁的刘某。刘某且战且退,直到一片柳棵子地,折断一棵小树,有了武器,发动反攻,大黑狗才仓皇败逃。

"怎么回事儿?"艾蒿走上前来问道。

"这个老白丫儿！"刘某擦抹着满头冷汗，"蛮不讲理，还放狗咬人。"

　　这二三年，刘某和艾蒿的暗中来往多起来，每年也到白丫姐家串几回门。两人又像回到童年时代，常常打牙逗嘴儿；也是黄连树下唱小曲，苦中作乐。

　　刘某来到白丫姐家的小院，叫开了门；白丫姐的丈夫刚死几天，满脸苦相，目光没有一点活气。刘某不看眉眼高低，也不嘘寒问暖，开口就保媒。白丫姐还算给他留面子，只不过恶狠狠地瞪了他一眼，哐啷又把门关上了。刘某说出艾蒿的名字，白丫姐沉了一会儿，才说了一句："我要给春闹儿他爹守三年孝。"刘某急了，喊道："冬天来了，艾蒿上无片瓦遮身，难道你眼看着他冻死在瓜楼上？"

　　"我没有赶他呀！"

　　"明白了！"刘某自作聪明，哈哈笑道，"你们先睡到一条炕上，三年之后再领结婚证。"

　　于是，白丫姐放出了大黑狗。

　　"你把我的退路都堵死了！"艾蒿长吁短叹。

　　"好事多磨，你别泄气！"刘某喘息了片刻，又摆出一副百折不挠的神气，"只要你铁下心来，一定娶白丫姐，我就替你唱一出《三请樊梨花》。"

　　"白丫姐养的是二郎爷的狗，咬断你的腿。"

　　"我带一根绳子，把大黑狗套住脖子勒死，咱们吃一顿狗肉烧酒的宴席。"

　　"算了吧！我听天由命了。"

艾蒿并没有在瓜楼上安家落户，干娘把他接到家里。

干娘已经年近七十，还没有掉过一颗牙，嚼得动铁蚕豆。她只有两间小土房，一个人挣分过日子，不跟女儿合灶，却愿意跟干儿子一口锅里搅马勺。艾蒿搬出白丫姐家的第三天，也就是刘某夜晚保媒的第二天，干娘来到白丫姐家门口，大骂女儿小肚鸡肠。白丫姐一声不吭，也不还嘴，却把春闹儿交给了姥姥。这时候，工值一角三分，比不上一只能下蛋的老母鸡。白丫姐不但到队里挣分，而且起五更爬半夜，中午也不打个盹儿，到河边堤畔割草，晒干了卖钱，早几天把小西屋和东厢房重新盖起来。

人为财死，鸟为食亡。队里有一台五十马力的拖拉机，三九天给公社窑场运送砖瓦，装卸工每天有八毛钱的补助，白丫姐抢到了这个肥差。出车之前的晚上，刮着呜呜叫的大风，白丫姐忽然到娘家来。里屋的老娘，喝一碗稀粥，已经睡了。外屋一灯如豆，艾蒿和春闹儿也钻进了被窝；春闹儿在艾蒿身边熟睡，艾蒿还在炕上看书。白丫姐隔门窗一看，两行热泪淌下来，挂在冰凉的脸上。艾蒿听见门外的抽泣声，惊问道："谁？"白丫姐走进屋，从怀里摸出一个纸包，放在艾蒿的枕边，说："我给拖拉机当装卸工，一连两三个月，天不亮出门，天大黑进门，我积攒的二百多块钱，你给收起来。"艾蒿披上棉袄坐起来，说："天寒地冻，你怎么见钱不要命呀？"白丫姐坐到炕沿上，凄然一笑，说："我恨不能一夜之间凑够了钱，盖起小西屋和东厢房，把你请回去。"艾蒿一把握住白丫姐的手，说："北房三间，难道不能挤下我这一个人吗？"白丫姐摇了摇头，说："我还要积攒个千八百块，交给人贩子，给你从外省他乡买个黄花闺女，要比许蓉仙年轻，也比许蓉仙俊俏。"艾蒿眼里噙满了泪水，把手握得更紧，哽咽着说："丫姐，什么黄花闺女，什么许蓉仙，我都不要！我……只要你。"白丫姐猛抽出手来，把艾蒿推倒炕上，跑出门去。她这一去，便是生离死别。半夜出车，冷风刺骨，拖拉机手灌下半瓶白薯干酒。黎明时分，路过外县的一个铁路交叉口。铁路的规章制度遭到破坏，看守交叉口的工人也喝得醉如烂泥，睡得鼾声如雷，一辆火车呼啸着疾驶而来，也没有惊醒了他。醉眼蒙眬的拖拉机手，耳目不灵，没有看见火车，也没有听见车轮声，更没有看见落下路障。于是，一声巨响，车毁人亡。

三姓三辈三口人，合成一家，相依为命。艾蒿平了反，接连发表和出版作品，拿出稿费，在白丫姐家的旧址盖起五间瓦房，一座宅院，他便每年有六七个月住在乡下。包干到户，干娘和春闹儿分到二亩三分地；干娘老了，春闹儿上学，他承担下来，种的是西瓜。眼下正是瓜熟时节，他不能在城里逗留，一两天就想回去。

"你应该多写小说，不该为种西瓜花费宝贵的时间。"坐在紫竹院墙根下的许蓉仙，只觉得艾蒿不务正业，很不以为然。

"种西瓜比写小说更有乐趣！"艾蒿谈起他的瓜园，眉飞色舞了，"放暑假，你下乡给我打几天下手，就会理解我的乐在其中。"

"搂紧我！"许蓉仙突然扑到艾蒿怀里，"遮住我的身子。"她的脸埋在艾蒿胸前，身上散发着温馨的君子兰气息。

艾蒿东张西望，低声问道："你看见了什么？看见了什么？"

一位老太太牵着一个小姑娘的手，从他的眼前走过去，他却视而不见。

"我妈和我女儿……"许蓉仙从艾蒿的怀抱中挣脱出来，拢了拢散乱的头发，"我得到小河边念外语，给他们演戏。再见！"

"可是，我还有许多话……"

"明天上午我们没有课程。十点钟在天坛公园见面。"

她嗽了一下嗓子，高声念着英文课本，离开墙根，追赶那位老太太和小姑娘。

9

十二岁的艾艾那一双乌溜溜的眼睛看得见，妈妈从紫竹院公园回来，白菜叶子似的脸像搽上了胭脂，眼角眉梢挂着喜色，嘴角上漾着甜甜的微笑。过去，妈妈那一条清瘦的身子，走起路来像被秋风吹得摇摇曳曳的一根芦苇，一年三百六十五天难得有个笑脸儿。可是，艾艾也看见，姥姥那一双饱经沧桑的眼睛，充满怀疑和忧郁的神色。

半夜，下起小雨。沙沙的雨声和溜溜的风声中，睡过一觉的艾艾，蒙蒙眬眬醒来，耳边听见姥姥和妈妈在炕上嘁嘁喳喳。

"告诉我，他是谁?"姥姥的声音很低，口气很急。

"种西瓜的。"妈妈哧哧笑。

"社员！"

"退休职工。"

"老头子！"

"只比我大十岁，冷眼一看比我还年轻。"

"家里几口人?"

"乡下有个干娘，还有个抱养的儿子。"

“他结过婚吗？”

“离婚十多年了。”

“你怎么认识了他？”

“我到农村教小学，他也被遣返原籍……”

“劳改犯！”

“反党分子。”

“唉呀！你这不是自找苦吃吗？”

“他的冤案早平反了。”

“念过大学吗？”

“能当大学教授。”

姥姥歇了口气，又问道：“眼下他每月挣多少钱？”

“您为什么要问这个？”妈妈像是噘起了嘴。

“结了婚过日子，我不能不为你们的穿衣吃饭操心。”

“他能养活自己。”

“抽烟吗？”

“抽。”

“喝酒吗？”

“喝。”

“只怕他挣的钱不够他一个人花的！”姥姥哼了一声，“他有房子吗？”

“在乡下有五间瓦房，一座大院。”

“我问的是城里。”

“一间蝈蝈笼子。”

"我不同意！"姥姥忍不住嚷出声来，"你已经吃过一回亏，又想受二茬罪呀？"

"我也不同意！"一直紧闭着眼睛，屏住呼吸，支起耳朵偷听的艾艾，双腿踢开被子，哭喊着，"妈妈，你别再找个……打你的人。"

许蓉仙把女儿搂在自己怀里，自己投到母亲怀里，三辈人两对母女，哭成一团。只因雨下得大起来，哭声被风雨声淹没了，才没有惊动邻居。

天亮，许蓉仙眼窝塌陷，头疼得太阳穴上的青筋迸起。女儿吃过早饭上学去了，老母亲也收拾工具，准备上班。她想等她们走后，一个人躺在床上镇静一下，再到天坛公园去，却不想来了一位不速之客，更扰得她心乱如麻。

来人是艾蒿的儿子小喜，不过许蓉仙只知道他叫孟力。

前几年，小喜跟左撇子形影不离，常到左撇子家大吃大喝，跟左撇子合伙玩弄女人，许蓉仙非常憎恶这个流里流气的花花公子。今天一见，许蓉仙却大为惊奇。花花公子剃掉了小胡子，长发大鬓角也剪成了短头，大花方格汗衫和米黄色筒裤换上了白汗衫和蓝裤子；摇身一变，好像改邪归正了。

"蓉仙大姐，你好！"小喜彬彬有礼地叫了一声。

小喜虽然改头换面，许蓉仙却只怕是夜猫子进宅，脸上挂霜地问道："孟力，你找我有什么事？"

"今后不要管我叫孟力。"小喜赶忙声明，"我已经拨乱反正，现在名叫艾喜。"

许蓉仙不知他的身世，只知道他是孟副部长的儿子，冷笑道："你爸爸不吃香，姓孟并不臭呀！"

"我爸爸姓艾，艾蒿。"

"啊！……"许蓉仙大吃一惊，歪倒在门框上，"你是艾蒿的儿子？"

"谁是艾蒿？"许姥姥插嘴问道。

"就是昨天夜里……"许蓉仙的脸一阵白一阵红，"您问起的那个人。"

"蓉仙大姐，过两天我就要到美国留学去，可是遇到了困难……"小喜垂头丧气，一副哭相，"解铃还得系铃人，你帮帮我的忙吧！"

"我一不管护照，二不在海关，能帮你什么忙？"许蓉仙不知他的葫芦里装的是什么药。

"我爸爸遭受多年打击，心理状态反常……"小喜挤出了几滴眼泪，"孟秋莎爱他，他不肯接受，却一心要跟你……我到美国去，投奔的是左撇子，这不是堵死了我的路，叫我迈不开步吗？"

"不要跟我提起那个畜生的名字！"许蓉仙愤怒地喝道。

"蓉仙大姐，你以为嫁给我爸爸会得到幸福，那就大错特错了！"小喜口沫飞溅，扳着手指算账，"他得到不少稿费，可是要赡养他的干娘，抚养他的干儿子，又给他们盖起新房，花掉了三分之一；他念过书的那个农村小学和中学，聘请他当名誉校长，他给这两个学校都捐了款，又花掉不少；宽打窄算，银行里还能存有多少钱？"

"住口！"许蓉仙一阵气噎，头晕目眩。

"他发了疯，要把户口转回乡下，北京城里连个站脚之地的蝈蝈笼子也不要了！"小喜怨气冲天，"他守旧、狭隘、固执、不改泥人土性，蓉仙大姐只能当他的牺牲品。"

"不要说啦！"许姥姥越听越刺耳，不耐烦地摆了摆手，"我家蓉仙，一不贪财，二不牺牲，让那个孟秋莎当你的后娘吧！"

"谢谢您，老人家！"小喜礼貌周全，搀扶着许姥姥上班去。

许蓉仙心灰意冷，已经不想再跟艾蒿见面；只是因为昨天订下约会，难以失信，才不得不到天坛公园走一趟。

风丝雨片连阴天，她撑着一把花伞到车站，坐十五路公共汽车到虎坊桥，换乘六路公共汽车到天坛公园东门口；只见艾蒿撑着一把黑伞走来走去，不时看一看腕上的手表，已经等候很久，焦急不安了。

她忽然感到这个人十分可怜，心又软了。

"喂！"她跑过去。

艾蒿眨了眨眼，看见了她，笑了。

买了票，走进公园。雨天虽然游人稀少，但是情侣正得相会，亭台、游廊和藤萝架下的恋人反而更多。绿椅上的恋人，张开伞遮住头脸，亲昵得比在夜色中还要放肆。

只有一条曲曲弯弯的小路，笼罩在烟雨迷蒙中，行人寥寥无几。

环丘坛的东墙外，是一大片郁郁葱葱的丛林，林间是茂密的蓬蒿，一簇簇的野花，令人想起运河滩上的乡野风光。

"蓉仙，我有许多话要跟你说……"艾蒿见四下无人，便开了口。

"什么都不要说吧！"许蓉仙抓住他的一只手，"你随便说出哪一句话，我都想哭。"

艾蒿只得不声不响，两人走进丛林深处。枝繁叶茂遮住了牛毛细雨，他们遇见一对对情侣把一块塑料布铺在草丛上，身上蒙住大红、墨绿、米黄、浅蓝的雨衣，枕着胳臂，喁喁细语。

他们是两个过来人，赶忙撤退，沿着大墙绕圈子。

走得腿酸了，撑着雨伞的胳臂也渐渐支持不住，都想坐一坐，休息一会儿。

一棵大树下，躺倒一座腰断两截的石碑，他们走过去，收拢雨伞坐下来。许蓉仙一夜失眠，又走得疲乏无力，便枕在艾蒿的肩上，闭上眼睛，身子轻如谷草人。艾蒿看见她脸上的点点锈斑，心疼地发出一声叹息："蓉仙，你这些年的日子，过得比我苦呀！"

"我真想重新活一回，从我十五年前，到你们村子那一天开始。"许蓉仙的眼角溢出了泪水，声调哀怨而又悲凉。"只是白丫姐和她的丈夫不能死而复生，我也不能恢复原状了。"

"重新开始并不是要恢复原状，而是要从此时此刻开创新局面。"艾蒿轻声柔气地劝道，"我的好朋友老刘，宣告要从二十一岁开始，难道他能回到二十一岁吗？他的儿女都二十大几了。"

"你是他的影子！"许蓉仙一听此人的名字，便脸色不悦，"亦步亦趋，你哪一天才有自己的独立性格？"

"这一回我却一马当先，跑到他的前面去了！"艾蒿掏出了户口卡片，"老刘有家室之累，只不过到县委挂职；我却要一竿子插到底，深入生活直到老死。"

"我也有家室之累，身不由己呀！"许蓉仙悲叹一声，"老娘年近七十，身边离不开我；女儿明年就要上中学，我也不能离开她。"

艾蒿愣怔了半晌，点着头说："本来我想劝你毕业后到农村教书，看来不能强人所难了。"

"我最喜爱农村孩子，想念我当年教过的那些学生。"

"他们早已男婚女嫁了。"

"有上大学的吗？"

"连一个上中专的也没有。"

"可惜。"

"你有没有看见，主管文教的副市长对报社记者的谈话？"

"我很少看报。"

"'文化大革命'前，京郊农村的中学教师，大学毕业生占百分之三十八点二。目前却只占百分之七点六。"

许蓉仙哭了，呜咽着说："你另找个志同道合的人吧！"

"小喜找你去了？这个自私自利的东西！"艾蒿想点起一支香烟，却又折断了抛在地上，"我不怨恨李金好跟我离婚，但是我要怨恨她把儿子熏染成一个势利小人。"

"你收养了白丫姐的儿子，但愿他长大以后能够像你。"

"春闹儿已经上中学，今后我要在他身上多花费一些心血了。"

许蓉仙的心又一阵疼痛，哭着说："为了报答白丫姐两口子，为了春闹儿，我也应该跟你一同到农村去。"

"等过七年，艾艾上了大学，你愿意找我去，也不算晚。"

"七年之后，我已经四十四岁，你等来的是一个老太婆。"

"少年夫妻老来伴嘛！"

许蓉仙破涕而笑了。

他们买了几块蛋糕，两瓶橘子汁，匆匆吃过午饭。艾蒿送许蓉仙上车，到分院上课；许蓉仙临别给他留下令人难忘的惆怅的目光，他返回豆荚斋，雇来一辆卡车，收拾了全部家当，告别了夹竹桃胡同，离开了北京。

10

一辆北京牌吉普车，驶下京津公路，直上运河大桥；司机旁边的座位，坐的是乡土文学作家刘某，后车座上坐的是许蓉仙和她的女儿艾艾。

艾艾从打开的车窗探出头去，左瞧右看，只见两岸绿柳垂杨夹住一条满槽碧水的大河。岸边，一丛丛芦苇里，苇喳子吵架似的欢叫。碧水上的鸭群，像从天上扯下的白云；一只只放鸭子的小船，像一片片水上的浮萍。两岸两道翠堤，从河边到堤坡，是青青的草滩；黑的牛，白的羊，满天星似的撒满草滩上。放牛的小孩头戴着柳圈儿，放羊的老头儿头戴着蘑菇顶草帽儿；小孩扔下牛群，柳棵子地里藏猫儿，老头儿坐在柳荫下，笑眯眯地抽烟。

车到桥那边，刘某叫了一声："停！"

"刘伯伯，到了吗？"艾艾问道。

"上了堤，还要走一里路。"刘某回过头，"蓉仙，我就不进行现场指导了！你们母女下车步行，一边走一边看风景，溜溜达达就到了家。"

"你事先也不给他打个招呼，我们突如其来，真难为情。"

"我就是想叫他喜出望外呀！"

原来，许蓉仙和艾蒿分别以后半个月，她和艾艾便放了暑假。每天上午，她都以念外语做借口，到紫竹院公园和天坛公园走一走，在她和艾蒿相会的地方坐上很久，常常流连忘返。有一回，她到王府井百货大楼买几件衣裳，归途路过景山公园，忽然萌发一个念头，下了车，买票进门，一口气爬上景山顶峰的知春亭，向北京东南方向的运河滩眺望。她仿佛看见，艾蒿正站在柳湾瓜园的瓜楼上，面朝西北，向她招手。于是，第二天上午她又到景山公园来了。

正当她从窗口买了票，转过身子的时候，一辆北京牌吉普车突然停在路边。车上跳下一个高大魁梧的中年人，大踏步向她走来，喊了一声："许蓉仙！"

她吓了一跳，惊问道："您……是谁？"

"一个被你骂了十三年的人。"

"老刘同志？"

"然也。"

"谁说我骂了您十三年？"

"要知道，我和艾蒿不分彼此。"

"我跟您没有见过面，您怎么一眼就认出了我？"

"十三年前你被调走，给艾蒿留下了一张照片，我翻来覆去不知看过多少回。"

"今昔对比，面目全非了。"

"艾蒿又给我描画了你半个多月前的风采，今昔合二而一，便眼睛不空了。"

"您是回家休假吧？"

"满载西瓜，专程前来拜访你。"刘某挽起许蓉仙的胳臂，"到你家里，我再负荆请罪。”

许蓉仙身不由己上了车，司机心里有底，直奔西直门外。

来到许蓉仙居住的大杂院，刘某和许蓉仙下车以后，司机搬下一筐西瓜，锁上车门。然后，许蓉仙在前，刘某居中，司机扛筐相随，鱼贯而入。

一见老虎尾巴的小屋，刘某不等许蓉仙叫门，便扯开嗓子喊道："许姥姥，小艾艾，尝尝我们运河滩的大西瓜！"

艾艾从小屋里迎出来，看见是个生人，便问道："妈妈，这位伯伯是谁呀？"

"你猜一猜。"许蓉仙微笑着，测验女儿的眼力。

艾艾的眼睛亮了亮，雀跃着叫道："您是作家刘伯伯，我在电视里看见过您。"

"讨你喜欢吗？"

"挺顺眼的。"

刘某放声大笑，许蓉仙也被他那得意忘形的样子逗出了咯咯的笑声。

许姥姥一听来了贵客，也赶忙走出屋门。老太太的一双眼睛会相面，一见刘某那爽直得旁若无人的神气，就断定此人是个热心肠儿，没有坏心眼儿。

"刘同志，您怎么认得我家蓉仙？"许姥姥含笑问道。

"想当年，许老师在我们运河滩上，谁人不知，哪个不晓？"刘某一指司机放在地上的瓜筐，"这只筐里的六个西瓜，是她的六个学生孝敬的；这六个学生还给许老师写了六封信，我也给捎来了。"

"快给我！"许蓉仙激动得伸出双手。

刘某打开公文包，就像变魔术，掏出一封又一封，一边掏一边说："许老师，看看学生们是多么想念你，我真羡慕你的深得人心。"

许蓉仙每接过一封信，一看信皮上落款的名字，便发出一声惊呼："啊，是他！那个小淘气儿。""哟！这个小黄毛丫头还没忘了我。"等到一读信里的内容，她的心里更是一阵阵发热，眼眶潮湿起来。最后一封信的写信人，是她没有教过也没有见过的春闹儿，尤其出乎意外。春闹儿在信上写道："许姑姑，我没有见过您的面，可是我干爹常常念叨您的名字，所以我早就跟您熟悉了。姥姥也告诉我，您跟我那死去的妈妈好得像亲姐妹；我看您留下的照片，笑吟吟的挺像我的妈妈。您已经放暑假了，请到我家住几天吧！带着您的女儿，到我家来吃西瓜。我干爹种的瓜又大又甜，他留着瓜王，等您来开园……"许蓉仙读到此处，再也忍不住满腹辛酸，双手掩面，泣不成声。

"妈妈，信上写了些什么？"艾艾惊恐地问道。

许姥姥怀疑地追问道："谁写的信？"

"是当年……我那位房东大嫂的儿子写来的。房东大嫂……已经死了。"许蓉仙抽抽噎噎，语不成句，"这个孩子……请我带着艾艾……到他家……住几天。"

刘某插嘴道："那几个学生，也眼巴巴地恭候他们的许老师大驾光临。"

"妈妈，咱们到乡下做客去！"艾艾欢叫着，"捉两只真正的小鸟儿，拴在咱家的小柳树上，那才好玩。"

"许姥姥也一同前去！"刘某想一举三得，"天气一天比一天热，城里像火炉子，乡下有水有树，凉快得多。"

许姥姥已经被刘某的先声夺人搅得来不及左思右想，便连连道谢，说："我们缝纫社，正赶做一批出口的活儿；我脱不开身，让她们娘儿俩去吧！"

"那么，先吃个西瓜，免得路上口渴。"刘某把春闹儿送给许蓉仙的西瓜挑出来。"这个品种的瓜与众不同，二茬更比头茬甜，瓜把式倾注了大量心血。"

刘某话中有话，许蓉仙明白这是艾蒿亲手种的西瓜，不忍下刀。司机急着赶路，夺过刀来，横七竖八切出几十块。

许蓉仙没有吃，她拣出一盘，分送邻近的几家，有福同享。

刘某只怕他一手导演的这出喜剧露了馅，吃完西瓜就催促许蓉仙和艾艾赶快上路；娘儿俩带上几件替换衣裳，被刘某一阵风似的裹走了。

一路上，刘某好像返老还童了，只跟艾艾说说笑笑。

"艾艾，我们运河滩是块宝地，你住上三天五日，就不想回城了。"

"我最多住上一个暑假，九月一日就得回城里上学。"

"农村也有学校呀！"

"农村的学生考不上重点中学。"

"刘伯伯就是农村小学的毕业生。"

"您考的是哪个中学？"

"北京二中。"

"那可是有名的尖子学校。"

"而且是在五千考生中抢了个第一名。"

"您的脑瓜儿真聪明！"

"是我的老师水平高，把我点石成金。"

"您的老师在哪儿？"

"他老人家在农村教了一辈子书，七十岁才退休，今年八十整寿，乡亲们都尊称他是运河滩的孙敬修。"

"我要看望这位老人家。"

"你妈妈会带你去的。"

就在这时，吉普车到达运河大桥，刘某不再伴送，前边的路要让这娘儿俩自己走了。

11

娘儿俩双双走上翠堤。

堤外，一块块瓜园，一片片稻田。瓜园里搭着高高的瓜楼，稻田地头搭着看水窝棚，瓜园和稻田里走动着红男绿女，花天锦地像一幅水彩风景画。

几丈外，堤边一棵浓荫蔽日的大杜梨树，两条长长的麻绳，拴着两只奶山羊，绕着树吃草，一个小牧童在埋头看书。

看见这棵老杜梨树，许蓉仙的心疼挛起来。十三年前，她被调走，艾蒿避而不见，她走出村口，一步一回头，直到在这棵杜梨树下哭了一场，才心碎而去。伤心人怕见伤心地，她的两腿发软，坐了下来，说："艾艾，你上前问路。"

"怎么问呢？"

"你问那放羊的小孩儿，春闹儿家住在哪里？"

不知是河风将她们母女的对话吹进小牧童的耳朵，还是那个小牧童有特异功能，只见他猛抬起头，把书一扔，飞跑过来。

"您是许姑姑吗？"小牧童一边跑一边问道，"那个小孩儿是艾艾吗？"

许蓉仙来不及答话，艾艾抢先问道："请问，到春闹儿家怎么走？"

"我就是春闹儿！"小牧童笑着露出两颗小虎牙儿。

"春闹儿……春闹儿，你几岁啦？"许蓉仙眼里噙满泪水，吃力地站起来，捧着春闹儿的脸，"是你干爹打发你来接我们吗？"

"我今年十三岁。"春闹儿响脆地答道，"是刘叔叔叫我在这儿等候你们娘儿俩。"

"你念几年级？"艾艾不甘寂寞，又把话抢过来。

"开学以后念初二。"

艾艾大吃一惊，想不到这个比她大一岁的小牧童儿，却比她高两班。

"你吹牛吧？"艾艾半信半疑，"本来应该念初一。"

春闹儿腼腆地笑了笑，说："我两岁干爹教我看图识字，三岁就教我加、减、乘、除，上小学我跳了一班。"

艾艾放下城市孩子高一等的架子，不敢小看这位牧童哥了。

他们来到老杜梨树下，艾艾拾起春闹儿扔在地上的那本书，只见封面上的作者名字叫艾蒿，扉页上还有艾蒿站在瓜楼下的一张照片。

"我在电视上也见过这个人！"艾艾把书拿给妈妈看，"好像是他在河边的树荫下，给一群老头老太太念小说。"

"他就是我干爹！"春闹儿嘻嘻笑道，"这本小说是他去年写的，刚刚印出来。"

"你的干爹呢？"许蓉仙问道，"快把他找来。"

"他还被刘叔叔蒙在鼓里。"春闹儿笑着说，"早晨到公社中学修建图书馆去了，天大黑才能回来。"

昨天晚上，刘某从县里下来，在艾蒿家里住了一夜。艾蒿正忙着带工给公社修建图书馆，头顶着星星就走了。等他走后，刘某便把许蓉仙的几个学生找来，开了个诸葛亮会，这才乘车到北京去接许蓉仙和艾艾。

许蓉仙明知落入刘某的圈套，却并不生气，反倒暗暗欣赏刘某的煞费苦心。

"你家的新房大院，坐落在哪儿呀？"许蓉仙手搭凉棚，向村里张望。

"进村头一家，还是老地方。"春闹儿指点了一下，"我要放羊，又要看瓜，不给您带路了。"

村边，一口荷花塘，一片茂密的果园。绿树浓荫中掩映着一座泥墙院落，院墙里五间红瓦青砖的新房，从墙头上挂下几个斗大的南瓜，像几盏大红灯笼。许蓉仙带着艾艾绕过池塘和果园，来到一座花门楼前。门前几棵桃、李、杏、枣树，还有两块花畦；秫秸花一人高，蜜蜂嗡嗡叫，蝴蝶飞来飞去。

许蓉仙正要叫门，院里走出一位白头发戴着红绒花的老太太。

"大娘！"许蓉仙认得出这位老太太正是白丫姐的母亲，春闹儿的姥姥，艾蒿的干娘，村里人都管她叫杨奶奶。

"蓉姑娘！"杨奶奶揉揉眼睛，"你身边的是小蓉姑娘吧？"

"艾艾，快叫奶奶！"许蓉仙推了女儿一下。

艾艾向前走了一步，鞠了个躬，口羞地叫了声："奶……奶！"

"好个嘴儿甜的孩子！"杨奶奶乐得合不拢嘴，"快进院去，到你艾大伯的屋里歇歇腿儿，躺一躺。"

五间北房，都是玻璃窗，窗上钉着令人感到清爽的绿纱，还有两座葡萄架遮荫。艾艾睁大了眼睛，又惊讶又欢喜；这么多的房子，宽敞、高大、明亮，跟大杂院老虎尾巴上的小屋两相对照，自家真像住在火柴盒里。

许蓉仙牵着她的手走进堂屋，堂屋里有沙发、彩电和冰箱，像个小客厅。许蓉仙推开西屋的荷叶门，珠帘里两居室。外间靠墙六只书橱，临窗一张写字台，两把藤椅。艾艾伸了一下舌头，说："这么多书呀！"

"你伯伯爱书如命，有钱就买书。"许蓉仙也被书橱里琳琅满目的藏书吸引了，拉开玻璃门，竟然发现不少有关她的专业的书籍，心中一动，不平静起来。

艾艾挑起里屋的门帘，只见迎面墙壁上挂着艾伯伯和刘伯伯的合影，彩色十二寸。蓝天、白云、陡岸、树影……两人坐在一叶扁舟上。这间屋里，一张双人床，一只立柜，一座梳妆台，一张三屉桌，一把弹簧皮面椅子。

"妈妈，是不是还有一位艾伯母呀？"艾艾回过头问道。

许蓉仙红着脸答道："等艾伯伯回来，你问他吧！"

艾艾洗了脸，上床躺着；许蓉仙退出去，帮杨奶奶做饭。

墙上的照片，吸引着艾艾的眼睛。看着看着，照片上的两个人恍恍惚惚地叠成一个人影了。朦朦胧胧中，她隐隐约约地听见，院里冷灶上，杨奶奶和妈妈的轻声低语：

"艾蒿要等你七年，难熬的日月呀！"

"我们分院是年底毕业，也许我申请到农村中学教书，那就不是七年了。"

"看来还是老刘这个媒人的面子大。"

"我才不赏他的脸哩！"

"他在县里是个官儿，你可不能小看他。"

"县官不如现管。"

"他向我夸下海口，只要他给市里打个电话，不管你愿意不愿意，也能把你打发到乡下来。"

"他现在倒急得像火上房啦！当年要不是他拦腰一刀……"

艾艾上眼皮粘住下眼皮，听不见杨奶奶和妈妈的谈话，却坐到了艾伯伯和刘伯伯的小船上，小船漂呀漂，摇呀摇，她惊醒了。

是杨奶奶轻轻摇着枕头，低语唤她："艾艾，吃饭了。"

饭桌放在葡萄架下，四面来风，凉爽得像浸在潺潺流水中。

绿釉子瓦盆里，游丝面像水中的一条条银鱼，一缕缕水藻，一碗匀溜溜的芝麻酱，八个配菜，四凉四热，好看而又好吃。

"春闹儿怎么不来吃饭呀？"艾艾不肯落座。

杨奶奶亲手给她捞面，说："我一会儿给他送饭去。"

许蓉仙忙说："大热的天，我去吧！"

艾艾也心疼妈妈，争着说："小孩子不怕热，我给春闹儿送饭。"

杨奶奶连连摆手，说："你初来乍到，人生地不熟，我给春闹儿送饭。"

"我刚才从堤上路过，知道送到哪个地方。"艾艾匆忙吃了一碗面，放下筷子站起身。

杨奶奶把饭篮挎在她的胳臂上，说："春闹儿不在杜梨树下，就是到堤下的瓜楼去了。"送艾艾出门，又把一顶锅盖似的大草帽扣在她的头上。

12

艾艾哼着歌儿走出村口，火烧火燎的阳光热辣辣地烤着皮肤，堤上的土路晒得烫脚。她一手按着头上的草帽，一手提着饭篮，一溜小跑，气喘吁吁跑到梨树下，两只奶山羊卧在荫凉里，闭着眼睛反刍，树上鸟儿叽叽喳喳叫，却不见春闹儿的影子。她想，春闹儿一定在瓜楼里，便下了堤，向瓜楼走去。这时，在她背后，春闹儿像一片落叶从杜梨树上飘下来，眨眼之间又不见了。这二亩瓜园，层层密叶下躲藏着一个个圆滚滚的大西瓜；艾艾只顾低头走路，却没有留神离她不远的一条瓜垄里，瓜叶沙沙响，春闹儿在瓜叶下爬行。她走到瓜楼下，瓜楼离地三尺；她踮起脚尖，把饭篮放在瓜楼门口，转着身子喊叫："春闹儿，吃饭来！"连叫几声，没有回音。瓜园四外的柳棵子地里，这里一声鸟叫，那里一声鸟叫，悦耳动听，逗得她身不由己地走出瓜园，想看个究竟。她钻进一片柳丛，鸟飞了；又追到另一片柳丛，鸟又飞走。追来追去追累了，无可奈何地又回到瓜楼下；大事不好，饭篮不见了。

"谁偷了我的饭篮，谁偷了我的饭篮？"艾艾着急地喊起来。

"艾艾，我在这儿哩！"杜梨树上，传来春闹儿的笑声。

"春闹儿，我给你送来的饭篮，给人家偷跑啦！"艾艾带着哭音向杜梨树跑去。

春闹儿骑着树杈，饭篮挂在他面前的树枝上，摇头晃腿吧唧嘴："我快吃饱啦！"

"坏东西，原来是你偷的！"

"你到柳丛里追鸟儿，我瞅空子把饭篮拎跑了。"

"柳丛里的鸟儿叫得真好听。"

"是我噘着嘴唇学鸟叫。"

"你会捉鸟儿吗？"

"干爹不许可。"

"为什么？"

"鸟儿能吃虫子，对庄稼有好处；鸟叫像唱歌，人们听了心里快活。"

"就给我捉一只，行不行？"

"我不敢。"

"怕什么？"

"干爹生气。"

"他打人吗？"

"他不打人，也不发火；我瞧见他脸色难过，心里就像刀扎似的。"

春闹儿吃完了饭，一手提着空篮，一手搂着树腰，出溜下来。

"唉呀，你要摔断腿的！"艾艾张开双臂想接住他。

春闹儿两腿盘在树腰上，腾出手来耍饭篮儿，说："摔下来也断不了腿。"

"吹牛！"艾艾撇了撇嘴儿。

"我会武术！"春闹儿拍着胸脯，"半空中翻斤斗，落地像一团杨花柳絮。"

"是你干爹教会你的吗？"

"干爹请村里一位大伯教我学武艺。"

"学这个干什么呀？"

"坏家伙欺侮好人，我就能跟他斗争。"

春闹儿下了树，艾艾接过空篮，说："你带我到各处看看风景。"

"我要下河浮水。"春闹儿说着便扒下身上的背心，"我干爹规定，每天浮水十二里，也算我的暑假作业。你会游泳吗？"

"姥姥怕我淹死，不许我到游泳池看一眼。"

他们肩并肩下堤，瓜园下就是大河的柳湾；水平如镜，凉风习习，朵朵睡莲散发着清香，河柳的倒影铺到河面上。

"艾艾，你躲到树后，背过身，闭上眼。"

"干什么呀？"

"我要脱裤子。"

"呸，呸！你该买一条游泳裤衩。"

"我干爹给我买一条，我舍不得穿，也穿不惯。"

艾艾只得遵命，树背后两眼一闭。等了半天，不见响动，恼火地叫道："春闹儿，你快下河呀！"

"哈哈哈哈！"春闹儿早已经不声不响下了水。

艾艾转身睁眼一看，只见春闹儿在河里像鱼儿戏水；一会儿蹿出来，一会儿沉下去，满头亮晶晶的水珠儿。

"河边的水深吗？"艾艾问道。

"一尺上下。"

艾艾怯生生地走到河边，找一片白沙地坐下，脱去鞋袜，提心吊胆地把两只白嫩的脚丫儿泡到水里，从脚心凉到脑瓜顶儿。她从身边的野花丛中摘下一朵又一朵红的、白的、黄的、紫的、蓝的小花，插满了头。

杨奶奶忽然出现，两手搂住一个大西瓜，说："艾艾，吃瓜。"

"春闹儿，你也上岸来吃瓜吧！"艾艾向河上打着手势。

春闹儿摇头，说："西瓜晒得烫嘴，你把西瓜滚下河来，泡凉了再吃。"

"西瓜下河，大水冲跑了！"

"孙悟空逃不出如来佛的手心。"

艾艾从杨奶奶手里接过西瓜，放在水边，看了看，舍不得。

"艾艾，推下去吧！他能捞上来。"杨奶奶笑道，"春闹儿想在你的面前，显一显他的本事。"

艾艾只得一咬牙，狠心把西瓜推下河去。

大西瓜在水里打了几个旋转，翻了个身，顺流而下。

"春闹儿，快追呀！"艾艾呼喊。

"放它跑出二里地！"春闹儿一点也不惊慌，正眼也不看那逃跑的西瓜。

西瓜像流星赶月，拐过河湾不见了。

"春闹儿，你骗人！"艾艾气得直跺脚。

春闹儿猛地一蹲身，潜下水去，无影无踪，无声无息了。

艾艾瞪圆了眼睛，心怦怦乱跳。眼眶子瞪得发酸，不见春闹儿出水，她只怕春闹儿有个好歹，已经不再可惜那一去不复返的西瓜了。

正当她双手捏出两把汗，急得心如汤煮的时候，忽然那个大西瓜乖乖地去而复返。原来，春闹儿头顶着西瓜浮水，得胜而归。

他们在河柳荫下，花香、水汽、凉风中吃完西瓜。玩到太阳落山，暮色苍茫，倦鸟归林，他们才一人牵着一只奶山羊回家。

艾艾野跑了大半天，吃过晚饭洗了个澡，上床就睡着了。

睡到半夜，艾艾醒来，浑身软软的，懒得睁开眼，却也感觉到外屋亮着灯，有人说话。

"你怎么大半夜才回来？"是妈妈那娇嗔的声音，"我出来进去十几趟，一趟一趟落了空，急死人。"

"我从公社中学收工回来，老刘把我找到他家里……"一个低沉的男中音，疲惫而又沮丧，"跟李金好见了个面。"

"她是不是想联合老刘，还要给你保媒？"

"已经没有这份闲心了。"

"那么有何贵干？"

"老孟迁出大宅门，一下子中风不语了；她听说老刘结识不少村里奇人，想求老刘给找个起死回生的名医。"

"为什么又把你找去呢？"

"小喜到了美国，左撇子早被他的姘头抛弃，跑到台湾去了。小喜多亏一个爱国华侨社团的救助，在一家饭馆里当守夜人，哪里还能上学？"

"快叫他回来吧！"

"我是要给他写一封信，但是他未必能够迷途知返。"男中音那喑哑的嗓子清亮起来，"我把希望寄托在春闹儿身上了。"

沉静了一会儿，艾艾又听妈妈说："我跟艾艾睡在你的床上，你到哪儿去睡呢？"

"这些日子，我一直住在瓜楼上，鹥雀一叫就醒来，写两个小时的小说。"男中音笑呵呵的了，"让我看艾艾一看就走，你也赶紧睡觉。"

妈妈挑起里屋的门窗，一片灯光投到床上，艾艾装睡，却从眼角偷看，她看见那个人的身影，很像堤坡那棵大杜梨树。

"看够了吗？"妈妈压低声音笑道，"她跟我小时候一模一样。"

"一个描着你的影子画下来的孩子。"男中音从胸腔里发出柔情的笑声，"她更像你给我留下的那张照片，你反而似是而非了。"

"所以，我不敢再拖延七年了。"

门帘落下来，艾艾把眼睛睁大，帘上映出妈妈投入那人怀抱的影子。

妈妈送走那个人回来，熄灭了外屋的台灯，走进里屋，坐在床沿，轻轻地叹了一口气，却不脱衣上床。

"艾艾，艾艾！"妈妈低声叫她。

艾艾大气不出，好像睡得十分沉酣。

妈妈给她掩上毛巾被，轻手轻脚走出去。等妈妈出了门，艾艾也起身下床，披上衣裳追出门口，跟着妈妈的脚印，紧跟妈妈身后。

月影星光下，妈妈轻车熟路，又走得很急；艾艾深一脚浅一脚，一只鞋跑丢了，也追不上。

她正想喊妈妈站住脚，背后却有人喝住了她："艾艾，跟我回去吧！"

回头一看，是春闹儿，手里提着一只鞋。

春闹儿是乡下孩子的习惯，夏夜睡在葡萄架下；许蓉仙和艾艾先后出门，惊醒了他，他也蹑手蹑脚尾随在身后。

"我要找妈妈……"艾艾接过春闹儿递给她的凉鞋，穿在脚上，哽哽咽咽地说：

"咱们到杜梨树下等她。"

他们向杜梨树下走去；从瓜楼窗口的灯光中，依稀可见两个凭窗望月的身影。

"好像是艾艾找来了。"

"还有春闹儿。"

"孩子们，快到瓜楼上来！"艾蒿拍着巴掌，欢喜若狂地喊道。

一个呼爹，一个叫娘，春闹儿和艾艾手拉手向瓜楼奔跑。大团圆。

一九八三年五至六月作

一九八三年九至十月改

原载一九八四年第一期《新苑》

黄花闺女池塘

1

京剧舞台上，坤伶扮女人，反倒演不过男旦。男旦以假乱真，竟比本身就是女人的坤伶更能表现女性特色。

何以如此？一是用心，二是用功。

男人本是雄性，即便是个细皮嫩肉的小白脸儿，各方面跟真正的女性差异也很大。然而，他在舞台上演女人，首先要像女人，要经得住台下男观众和女观众从不同角度的观察、挑剔和认可。因而，光是形似一个或某几个女人是不够的，还必须集众家之长于一身。这就需要用心观摩和用功模仿最富有女性特征的形态与神态，在丰采和魅力上比女人更女人，遂使真正的女人相形见绌，黯然失色。

文坛上，也有类似现象：当今以京味小说鸣世的几位作家，都不是北京人。而我这个北京伏地娃娃竟成了"老外"，正宗本工反倒像个唱票的。

我在北京出生、上学、工作、划右、劳改、复出、病倒……五十多年没有动过窝儿，可算是"真正老王麻子"牌的北京人。这五十多年时光，我一半时间住在乡下——京门脸子，一半时间住在市内——城圈里头。头一趟从乡下进入市内，是四十七年前我七岁的时候，那一年北京正吃混合面。

一九四二年秋季，八路军来到我的家乡北运河东岸。开头，白天是日伪军的地盘，黑夜是八路军的天下。到一九四三年春，日伪军便全部撤退到北运河西岸，在京津公路上构筑炮楼，与八路军隔河而治。但是，日寇不甘心失败而垂死挣扎，每个月都兵分几路，从北运河西岸到北运河东岸烧杀抢掠。我是家里的娇哥儿，念书的小学又散了摊子，便被送到在北京城内做生意的父亲身边。

当时我父亲是个经营布匹的领东掌柜，只做内局生意。也就是不挂招牌，没有门面，只批发而不零售。这个内局设在前门外玄女庙胡同的一座民宅内。玄女庙胡同小而且弯，弯而且窄，很不起眼儿，但占地利。它南临珠市口，北靠鲜鱼口，出胡同过马路，对面便是大栅栏，正是商业中心的寸金之地。而且，闹中取静，别有洞天。

这是个小四合院，北房三间，南房三间，东西厢房各两间。我父亲领东的内局，租赁了南北六间房。房东住东厢房，是个未老先衰的女人，一天到晚黏在床上吸鸦片烟。首如飞蓬，面如灰土，声音喑哑，满嘴黑牙，衣衫不整却是红袄绿裤，三分像人七分像鬼。我最怕她龇牙一乐，令人浑身起鸡皮疙瘩，根根汗毛倒竖。

她原是一位南方富商的外室。

那位南方富商，每年都到北京做两回买卖，每一趟要在北京住上一两个月。住旅馆饭馆花钱多，嫖妓宿娼得不到真情实感；不如找个贫寒人家女子，省钱而又能享受家庭温暖。包占的女子一身不二，不会染上

310

花柳梅毒。

外室的身份比姨太太还低下，见不得人，上不了台面。

女房东的爹是个破落户，嗜赌如命输得精光，把女儿押了注。骰子掷亮了点儿，南方富商没有破费分文，把他的女儿赢到了手。南方富商还算怜香惜玉，给这个外室买下这座小四合院。女房东也曾插金戴银，穿绸裹缎，鸡鸭鱼肉，呼奴唤婢，享乐了几年。不料卢沟桥一声炮响，南北交通阻隔，那位富商一去不回，女房东只得靠出租房屋吃瓦片子（房租）活命。

悒郁寡欢，苦闷无聊，便以吸食鸦片烟解闷儿。几年工夫，花容月貌萎靡凋残，三十出头便早衰得像五十多岁；一口糯米白牙被烟熏黑，好似油漆墨染，丰腴的体态也一变而骨瘦如柴。

每天吃过早饭，我父亲和跑外的伙计便分头外出，招揽生意。柜上只留下账房先生和打杂跑腿的小徒弟，我跟他们无话可说，自己又无事可做，感到非常冷清寂寞，常常坐在台阶上手托着腮，呆望着女房东窗外的花草发愣。

女房东拉开窗帘，点手叫我到她屋里去玩。我不爱看她的黑牙，更怕闻她屋里的鸦片烟味。但是，她三请四叫，我只得硬着头皮捏着鼻子而入其门。

其实，我到女房东屋里去，也并不是完全被动。这个烟鬼女人的幽室，古怪离奇，对我自有一股莫名其妙的吸引力。

两间房隔成里外间，紫檀的雕花隔扇，挂着湘绣门帘，里间有花梨木的合欢床，红木的梳妆台。我只进过里间一两回，觉得很像《西游记》里蜘蛛精的盘丝洞。她的外间虽然也气味难闻，但是养着花、鸟、

311

虫、鱼，使我能忍耐逗留。花是一盆文竹，一盆吊兰，鸟是铜丝笼里的一对鹦鹉，虫是竹篾笼里的蝈蝈儿，鱼是蓝花瓷缸里的几条金身凤尾。这些花、鸟、虫、鱼引起我的乡思，想念家乡那些天上飞的，地上蹦的，水里浮的，豆棵里叫的，撒欢野味的花儿、鸟儿、虫儿、鱼儿。

最令人纳闷的是女房东的这些心爱玩意儿，也有烟瘾。

只有女房东抱起烟枪，烧着了烟泡儿，喷云吐雾，弥漫全屋时，花草才挺直了腰，昂起了头，鹦鹉才欢啼跳跃，蝈蝈儿才清脆地叫个不停，鱼儿才上下左右游动。这股烟劲儿一过去，花草打了蔫，鹦鹉睡了觉，蝈蝈儿变成了哑巴，鱼儿半死不活，连墙上的苍蝇也懒得飞起来。

女房东最爱向我炫耀她扮演四大美人的古装照片和模仿四大名旦的戏装照片。四大美人是西施、王昭君、貂蝉、杨贵妃。她身穿古装，那位南方富商却是长袍马褂或西装革履；两人勾肩搭臂合影，奇形怪状，不伦不类。戏装照片她模仿的是梅兰芳的《洛神》、程砚秋的《哭冢》、荀慧生的《红娘》和尚小云的《出塞》，眉眼发呆，表情造作，没有一点神采和灵气儿。

我最欣赏她那张小家碧玉处女照，神态娇嗔，喜眉笑眼，梳一条大辫子，穿一件印花布褂子，像一枝带着朝露的鲜花，清香四溢，沁人心脾。我把照片上的少女跟眼前这个女烟鬼两相对照，远瞧近看也找不到一星半点儿共同之处。

我一片童真，不会心口不一，便小胡同赶猪直来直去，说："照片这个姑娘，倒像您那个使唤丫头。"

"她也配！"女房东啐了一口，却又一声哀叹，"人无十年少，花无百日红，我人老珠黄不中看了。"

这个时候，我心里又有点可怜她。然而，虽有恻隐之心但是眼里不揉沙子；我还是爱看那个使唤丫头，而且目不转睛，不愿在这个烟鬼女人身上停留我的目光。

2

女房东虽已穷愁潦倒，却是瘦驴不倒架子，还雇着一个从早到晚服侍她的使唤丫头。这个使唤丫头姓金，小名褥子，住在小四合院的对门。

金褥子的娘生她是难产，折腾了三天三夜，人困马乏在热炕头上睡着了。梦见一个光屁股的婴儿，躺在麦秸垫子上，好像是三伏天却天降大雪；一惊之下醒来，女儿呱呱坠地。身下的麦秸垫子是铺金，身上的白雪是盖银，便给女儿起名金褥子。金褥子的爹，街面上人称打鼓儿的老金。每天短衣襟小打扮，肩头却搭着一件油渍麻花的打补丁长衫，敲打小鼓儿走街串巷收买破烂。打鼓儿的虽发不了财，但是有眼力而又走时运，碰上几宗巧货，也能赚不少钱，养家糊口不犯愁。打鼓儿的老金本是行家里手，财路挺宽；怎奈他又是个馋痨酒篓，挣多少都酒肉穿肠过了。十八岁的金褥子为了挣出自己的一口饭，不得不到女房东家当使唤丫头。

她一大早就蹲在小四合院门外，等候内局扫院子的小徒弟打开街门。她嗞溜闪身而入，便在女房东窗外站班。

"褥子来了吗？"女房东早已醒来，不出被窝先抽一个烟泡儿；伸个懒腰沙哑着嗓子，在床上问道。

"早就侍候着哪！"金褥子儿答应得清脆悦耳，像春三月白云中的鸽哨。

于是，金褥子走进屋去，把女房东从被窝里轻轻抱起，靠在自己胸前，然后一件一件给她穿罗衫、绸裤、丝袜、绣鞋，又侍候她漱口洗脸，梳妆打扮。金褥子手脚不停闲，直到大晚老黑，给女房东擦净身子洗了脚，上床捶腰砸腿哄得酣睡，才能回家。一日三餐，吃的都是女房东的残汤剩饭。我一想到金褥子要吃女房东那黑牙咬过的饽饽，就忍不住一阵阵翻胃，心里难受而又愤愤不平。

我只盼快到礼拜六晚上，谷秸大哥来到小四合院，金褥子那整天喝苦水的嘴，才有人喂一口枣花蜜。

谷秸是我的本村乡亲，在北京市立男二中念书。

鱼菱村南，有一口池塘，远看圆中有方，近看方中有圆，很像一个砚台。北岸有一座雕花青砖砌成的小庙，供奉的是北运河河神爷的黄花妃子，所以又叫黄花妃子庙。年月一多叫走了嘴，黄花妃子庙便成了黄花闺女庙。相传，北运河的河神爷每年春、夏、秋三季出巡，给他管辖的二百八十里水域送雨。这位河神爷的老爹，便是战国时代的西门豹曾与之对抗的河伯。有其父必有其子，北运河的这位河神爷也好色成性。出巡每到一处，都要游龙戏凤打野食，拈个花惹个草儿。河神爷一日路过这口池塘，看见一个身穿杏黄衫子的少女，正在水边洗绣花兜肚，不禁为之心动。河神爷眼毒，一眼就识破这个少女的原身是一条黄花雌鱼，便一爪把她抓在手中，揽在怀里，沉入水下入了洞房。从此，河神爷每年驾临这口池塘一趟，跟黄花妃子欢度一夜。黄花妃子一年三百五十九天守空房，患上了弗洛伊德学说中的性压抑症，便在鱼菱村人身上发泄出气。每年立夏以后，鱼菱村的大小伙子们到池塘浮水，至少也要淹死仨俩的，四五天才漂上尸首。原来是充当黄花妃子的面首，缓解了黄花妃子的性饥渴，才被放回。村人大惧，求神问卜，又重金礼聘能工巧匠，精雕细刻青砖，在北岸砌成一座高二尺、宽尺半的小庙。正中彩画黄花妃子神像，两厢站立四名虾兵蟹将；名为护卫，实为看守，防止她不守妇道，给河神爷戴绿帽子而又祸害村人。

这口池塘三个姓，我家、谷家和高家。东西三十丈，南北十丈多，占地五六亩。我家住南岸，谷家住西岸，高家住东岸，有如魏、蜀、吴三分天下。

谷家世代单传，都是念书人。谷秸的父亲是个小学教员，丧妻之后便把儿子带在身边上学。谷秸念完了小学升中学，考上了北京市立男二中。他父亲望子成龙，不惜血本，把几亩地卖给了高家，卖地的钱在我父亲领东的内局入了股，红利可供儿子念书的花销。

谷秸原名保邻，是他父亲给起的名字。民谚："好汉保三村，好狗护三邻。"古人有云："不能为良相，但得为良医。"谷秸的父亲希望自己的儿子当不了好汉也要当一条好狗。谷保邻又字吉和，拆大改小拼成个秸字，进京上学因以为名。

北京市立男二中只有男学生，也没有女教员，校规森严，像座古刹。住宿生每周放假一天，礼拜六下午就可离校。谷秸不坐叮当车，全靠两条腿，从东四牌楼走到前门外，在我父亲领东的内局住一夜。他每周准时正点到来，有三个目的。一个是吃两顿好饭，见一见荤腥儿。一个是这座小四合院有个住户，在鲜鱼口内的华乐戏院卖票，每天都带回几张后排角落的戏票送人。谷秸是个戏迷，跟此人交上了朋友，此人每个礼拜六都给谷秸留一张。礼拜六夜场都是好角儿登台，贴出的戏码也硬；谷秸虽然坐在后排角落看不清晰，却也大饱了耳福。一个是跟金褥子亲热亲热。谷秸的生活圈子很小，眼界也就很窄，看了才子佳人戏，不能不产生"关关雎鸠，在河之洲"的联想。才子是自己，佳人是哪位？马上跳进脑海映入眼帘的便是金褥子。

金褥子粗手大脚，目不识丁，跟窈窕淑女沾不上边。但是她宽肩、蜂腰、肥臀，胸脯子高而衫子瘦，不能不令人瞩目。她弯眉吊眼角，高颧骨薄嘴唇，本是一副穷相；然而人面桃花，口如咧嘴石榴，又秀色可餐，风韵迷人，谷秸和金褥子眉目传情了一些日子，便渐渐动手动脚起来。有一回，两人正在影壁后面的灯影里亲嘴儿，被我看个正着。我大惊小怪叫道："谷大哥，你怎么咬人？"金褥子慌忙从谷秸的怀抱中挣脱出来，仓皇逃窜。

谷秸望着金褥子的背影怅然若失，舌舐嘴唇很不满足。

"你这个井底之蛙，少见多怪！"谷秸怒形于色，"一犬吠影，惊飞彩蝶。"

我听他咬文嚼字，只觉得很像戏台上的小生念白，便嬉笑道："你是不是教金褥子唱《拾玉镯》？"

"然也。"谷秸转怒为喜。

我怕他是逢场作戏，急忙点醒他："傅朋后来娶孙玉姣当媳妇了。"

谷秸满脸正色，说："我也要把金褥子娶回鱼菱村。"

"可不能接演《豆汁记》呀！"我还不大放心。

"兄弟，大哥不是薄情郎。"谷秸见天色不早，跟我挥手而别，急回学校报到。

3

日本鬼子的武运并不长久，从硬逼着北京人吃混合面那天起，就头朝下走了背字儿。眼看着气数一年不如一年，一月不如一月，一天不如一天，一会儿不如一会儿，一阵儿不如一阵儿。鬼子临死还要拉北京人垫背，大大减少了混合面的配给，却又瞬息万变地涨价。街有饿殍，路有倒卧；打鼓儿的老金空了三天肚子，灌下两瓶烧酒，醉倒饿死在便宜坊烤鸭店门前。巡警拿块席头一卷，埋在了城南陶然亭的乱葬岗子；坟坑太浅，黄土都遮不住脸。

女房东也讲不起排场，把金褡子解雇。穷途末路，身陷绝境，只有依靠谷秸搭救她了。

谁都愿意花常好月常圆，千里共婵娟；可惜，此事古难全。

一个星期日的清晨大早，金褡子在小四合院门外站立多时；小徒弟刚拉开街门的门闩，她就破门而入，抢步跨进来。

"谷先生醒了吗？"金褡子顾不得口羞，心急气喘地问道。

小徒弟左瞧瞧右看看，才掩上街门，压低嗓子，说："谷先生……犯了案，逃回……老家了。"

北京市立男二中有个日本教官，野蛮粗暴，专横霸道；学生有一半以上挨过他的打，老师有二分之一挨过他的骂。这一天的日语课上，他不但大骂谷秸"巴格牙鲁"，而且抬掌直劈谷秸脖颈，叫嚷"死啦死啦的！"谷秸忍无可忍，从课桌里拿出裁纸的折刀，直刺日本教官的胸窝。他见日本教官杀猪般在血泊中滚叫，便一刻也不敢停留，跳窗逃回老家。

金褥子叫了声天，说："活要见人，死要见尸，我找他去！"

这时，我父亲也起了床，走出屋来，说："金姑娘，今儿初一，高留住要给我送粮，你就搭坐他的骡驮子，到鱼菱村去找谷秸。"

这个小四合院家家吃混合面，只有我父亲和他领东的内局吃的是净米纯粮。

北运河东岸建立了民主政府，实行二五减租，年年谷秀双穗，穗如凤尾，地里插根筷子都能开花结果。鱼菱村是个米粮仓，我父亲和他领东的内局也就饿不了肚子受不着罪。

每月赶着骡驮子送粮来的人，是住在黄花闺女池塘东岸的高留住。

高留住喜欢穿一身紫花布裤褂，戴一顶麦编尖顶草帽子，走路不声不响，坐下不抬眼皮，却是哑巴吃饺子心里有数。他半夜从鱼菱村起身，一副驮子两只筐，每只筐里装一石小米，到我父亲领东的内局正赶吃早饭。吃过饭睡个大觉，醒来又填一回肚子，就赶在关城门前出去。他往返都走夜路，为的是避免在路上碰见日伪军的哨卡和巡逻队。

金褥子坐在高留住的骡背上，心情有如孟姜女千里寻夫。高留住却是一张冷脸子，从面皮上看不出喜怒哀乐，金褥子心中暗骂他比石头人多一口气。出了城天就大黑，高留住把骡子赶进青纱帐，不走大路走小道。晚风吹得高粱叶子沙沙响，金褥子抬头只见星星鬼眨眼，月牙弯弯像悬在头上的一把刀。她一阵阵心惊肉跳，冷汗从脊梁上淌下来，湿透了裤腰，顺腿而下。

"大哥，快到了吗？"她哆里哆嗦问道。

"闭嘴！"高留住粗声恶气，一脸凶相，"鬼子地面，不许出声。"

金褥子只得把眼泪咽进肚子里，牙咬紧嘴唇。是福不是祸，是祸躲不过，死活听天由命了。

一路上，深夜犬吠，吠音如豹；炮楼洞眼，常打冷枪，枪声震耳，划破夜空。金褥子吓得趴在骡背上捂住耳朵，欲哭无泪，追悔莫及。

水声哗哗，河风阵阵，昏昏迷迷中好像坐上小船。忽然，小船打了个旋转，她失足落水，一声惊叫睁开双眼，只见满河闪烁月影星光，骡子漂行水中，水齐了她的胸。

"救……命！"她两手乱抓着叫起来。

"坐稳！没有过不了的鬼门关。"身后，高留住揪着骡子尾巴，哈哈大笑。

"轻声！"她反倒百倍小心了。

"已经到了八路地面，你该笑就笑，想哭就哭吧！"高留住解下盘在头上的鞭子，抽了个声传十里的响鞭。

骡子上了岸，金褥子像一只落汤鸡，凉风一吹连打寒噤，上牙磕得下牙咯咯响。

"大哥，哪儿是谷秸家？"金褥子恨不能一步扑进谷秸怀里。

"前边就是鱼菱村。"高留住的口气又不冷不热起来，"只是你想见的那个人，见不着了。"

"谷秸他……"

"找他爹去了。"

"他爹在哪儿？"

"在山里的八路小学教书。"

"你怎不早说？"

"说破你就不出城了。"

"你拐骗良家妇女！"

"难道你想在城里等着饿死？"

两人拌着嘴，从河边上了河堤。

"谷秸不在家，我睁眼一团黑，到鱼菱村投奔谁？"金褥子在骡背上抹起眼泪。

"这二年我家的日子好过，饭桌上不怕多双筷子。"高留住嘿嘿笑道，"棒子楂粥管你够，豆馅团子你敞口吃。"

"黄鼠狼给鸡拜年！"黑夜中，金褥子脸色惨白。

"狗咬吕洞宾！"高留住鼻孔里喷出的热气，烫金褥子的后背。

骡子走到池塘西岸，月光下只见有一座柳条篱笆小院，满院子半人高的苍耳秧子和蒺藜狗子，三间泥棚寒舍坍倒了两面山墙，窗口像两个黑咕隆咚大窟窿。

"下来吧！"高留住抓住骡子的笼头，骡子四脚立定。

"这是……哪儿？"

"你的婆家！"

突然，一只夜宿荒宅的野兔受到惊吓，钻出柳篱裂缝，夺路而逃。金褥子惊叫哎呀，滚下骡背；高留住抢上一步，张开双手把她抱住。

"到你家……歇歇脚吧！"金褥子哼哼唧唧，有气无力。

"不是一家人，不进一家门。"高留住心中欢喜口气冷，"你迈进我家门槛就拔不出腿，跳到大河也洗不清了。"

金褥子已经山穷水尽没有退路可走，高家又不是火坑，跳下去或许死里逃生，也就半推半就了。

连吃了三天饱饭，金褥子便开了脸，剪下辫子梳圆髻，地地道道是个小媳妇了。

4

市井女子并不比柴火妞子娇贵多少，金褥子嫁给高留住没有几个月，就入乡随俗；入木三分的明眼人也分不出她是进口货，还是土产品。

婚后，金褥子跟着送粮的高留住回过一趟玄女庙胡同。她走东家串西家，好比一个活广告：嫁到乡下吃饱饭。十多个玄女庙胡同的市井女子，被金褥子带回鱼菱村。几年后，北运河东岸土改，金褥子又回过玄女庙胡同一趟，又到过去的左邻右舍转了转。嫁到乡下去，每人三亩地，一阵风吹进玄女庙胡同的穷门小户。"地心引力"的作用更大，玄女庙胡同市井女子嫁到鱼菱村的又有十多人。

二三十个市井女子改变不了鱼菱村的村风民俗，却也带给鱼菱村两大文明习惯：一是爱干净，二是好打扮。

爱干净表现在清早起来刷牙上。鱼菱村男女老少千百年来不刷牙，艳如桃李的大姑娘小媳妇，明眸而不皓齿，张嘴满堂黄牙板子，大煞风景，美中不足。金褥子来到鱼菱村，随身携带牙粉口袋牙刷子，清早开门头件事，就是把牙刷得满嘴吐白泡。高留住讥讽她是掏茅厕，她也不争不吵，只是嫌高留住嘴臭，不许高留住跟她亲嘴呫舌。高留住很想跟金褛子做个吕字，也就掏起了茅厕。好打扮反映在衫子、褂子、小袄的腰褃上。鱼菱村女人穿衣裳，千百年来都是上下一般粗，不掐腰，不抱身。金褛子和那些市井女子，件件衣裳都有腰褃，穿起来胸高腰细，像个挂秧葫芦，十分惹眼好看。

金褛子两年一胎，三胎正赶上北京和平解放那一年。这个女人生一回孩子便俊俏一倍，桃花脸鲜艳夺目，石榴嘴湿润红嫩，腰不见粗而胸脯子更高。这一年我已在北京市立男二中上学，学生的暑假正是农家的挂锄时节，我回到鱼菱村。刚到黄花闺女池塘，就见金褛子在水边洗衣裳。我喊她留住嫂子，她不愿意，偏要我叫她褛子大姐；我也就随风转舵，赶忙改口。

我下午到家，上炕歇息，一觉睡到太阳压山。

傍晚的鱼菱村，家家户户的烟囱好像一声令下齐步走，眨眼之间咕嘟咕嘟冒炊烟；争先恐后，直上直下，像在天地间倒挂一匹匹白布单子。但是，炊烟一过树梢，便四外飘散开来，笼罩了长堤，弥漫了大河，合围了田野，串进了地垄。炊烟被豆丛草棵撕扯成一缕缕一片片，运河滩被包围在香甜的饭香和辛辣的烟味里。

我走出柴门，只见西山落日红又圆，东南月上柳梢像小船。我在画中，画在我眼，黄花闺女池塘令人心醉神迷。

东岸，金褛子向我连连招手，笑嘻嘻喊道："接风的饺子送行的面，今晚上我管你饭。"

好吃不如饺子，恭敬不如从命，我招之即来。

天已大黑，金褛子还舍不得点灯；满灶膛的柴火点着了火，火光照得半屋子明半屋子暗。金褛子叫我坐在门槛上，跟她贫嘴。

"真的有秧不愁长。"她直勾勾地盯着我不转眼珠儿，"兄弟，你个子高了。"

我躲闪她那火辣辣的目光，嘿嘿一乐，说："豆芽儿菜，细长。"

"你这个模样儿，叫我想起一个人。"金褥子掀开锅盖，把饺子一个个下到开水锅里。火光、热气、身影，声音迷离徜徉。

"你想起谁？"我一时摸不着头脑。

"他……"金褥子还是不捅破这层窗户纸。

"他是谁？"我仍然猜不出这个哑谜。

金褥子又给灶膛填上一把柴火，盖上锅盖，背过脸去，说："你的个子快赶上当年的谷秸，行动坐卧也越来越像当年的谷秸，看见葫芦想起了瓢。"

"我跟谷秸大哥是一个师父传授。眼下我念书的学校，当年谷大哥也在那里坐科。"

"你知道他的下落吗？"

"他在军管会工作，天天带着几个人遛大街，整顿市容。"

"多大的官？"

"遛大街的头儿，够不上品。"

金褥子双手抱着膝头，沉吟了半晌，说："兄弟，你哪天回北京，我跟你搭伴，进城看看。"

这个有夫之妇，竟想扮演潘氏姐妹（金莲、巧云），我忍不住大叫起来："你是有主儿的人啦！"

"我进城是为了寻找我娘！"金褥子急赤白脸，"前年土改，我顶着雷进城，本想接她到鱼菱村吃口饱饭，谁想她不知搬到哪儿去了，这两年我老是放心不下。"

"顺便也可以找一找谷秸大哥。"我又心软了，"他一走六年多，理当衣锦还乡回村看看，挂锄时节正该歇伏。"

金褥子从鼻孔里哼了一声，站起身揭锅捞饺子，跟我不过话了。

我装满一肚子饺子回家，爬上炕倒头便睡；鼾声响如旱天雷，整夜回响在黄花闺女池塘上。我哪里知道金褥子这一夜的煎熬难过，睡不着觉在炕上翻饼，鸡一叫就离家出走，不知去向。

睡到傍晌我才起炕，跳下炕跑出柴门，到黄花闺女池塘浮水。三圈两转我浮到东岸下，只见高留住正在冷灶上烧火。青柴没有干透，光冒烟不起火苗子；高留住撅着屁股趴在灶膛口，呼哧呼哧大口吹气，呛得一阵阵咳嗽。

"留住大哥，当上大脚老妈儿啦？"我踩着水问道。

高留住转过熏黑的脸，瓮声丧气地骂金褥子："那娘儿们不是鬼迷心窍就是中了邪，头遍鸡叫穿衣下炕出了门，我只当是到院外倒她肚子里的泔水，谁知她一走就像肉包子打狗，到这时候还不照面。"

我似有所悟，满脸三年早知道的神气，说："十有八九，八九不离十，她是进城寻她娘去了。"

"我那个丈母娘，早就找到啦！"高留住哼道，"前年土改，她下乡嫁到京北；四十八还结个晚瓜，给我养了个小舅子。"

"那就是……"我没敢说出"找谷秸去了"，便急忙扎了个猛子，水遁而去。

溜溜一天，高留住当爹又当娘，没有摘奶的小三哭得声嘶力竭要断气，急得他全身起满痱毒，生出一嘴玉米珠子大小的口疮。

我的起急，也不在高留住以下。入夜，高留住在东岸转磨，我在南岸绕影壁；活像两头蒙住眼罩的噘嘴骡子，拉着碾子轧麦场。

三更时分，金褥子回来了。我跟高留住都没想到，她带回了那个烟鬼女房东。

5

金褥子出城下嫁鱼菱村，不多不少三年整。我父亲领东的内局关了张，到东城的一家纽扣商行帮账（助理会计），我也就斗转星移来到东城上学。等到我考上北京市立男二中时，搬出玄女庙胡同的小四合院已经两年三个月了。

我虽年幼，却很念旧。虽然我念书的学校跟玄女庙胡同相距甚远，我还是坐上叮当车来到前门外重游旧地。

然而，我敲开小四合院的两扇街门，看见的却是一张生脸儿。开门的女人浓妆艳抹，花枝招展，妖冶风骚；我向她打听女房东，她勃然变色，砰的一声将街门紧闭，叫我碰了一鼻子灰。

我从这条胡同的一位老住户那里知道，两年前那个南方富商又来北京做买卖，出现在玄女庙胡同。这座小四合院的房契上，产权人的名字写的是富商自己。富商见女房东色相已衰，便收回房产赶走了她，另找了个外室，仍然藏娇于此。这个新收的外室便是刚才飨我以闭门羹的女人。

我父亲给人家帮账，收入上比当领东掌柜大为减少，我念书全靠勤工俭学。经人介绍作保，交了押金，我投在报把头门下，当上一名报

325

童。数九隆冬刀子风，我凌晨三点趸了报，便九城奔走叫卖。穿大街过小巷，每遇到路边躺着冻饿而死的倒卧，我都要走过去看一看，看看是不是女房东的尸首。

想不到她竟活下来，而且被金褥子带回鱼菱村。

原来，她流落街头，白天沿街行乞，夜晚在鸡毛小店栖身；命中该有救星，活到了解放后。被谷秸整容队送进游民收容所，戒了毒，治了病，身子胖起来，脸蛋也有了血色。像一只上锈的铜壶又被擦得锃亮。她才三十九岁，过去的娇媚依稀可见；每天拼命刷牙，牙齿一白更为增色。收容所常开政治报告会，有一回她认出做报告的是谷秸，从此更加严格律己，为身为顶头首长的老相识争光。谷秸大悦，也千方百计树立她当典型。收容所的游民受训完毕，就要被动员到京郊的荒地开垦稻田。女房东虽然说不上"士为知己者用"，但是谷秸的动员报告话音刚落，她就高举双手，当场头一个报了名。报名之后领取一笔生活补助，到街上买些女人的日用品，巧遇在街上拦人打听谷秸的金褥子。她花光这笔生活补助费，请金褥子吃了两盘子锅贴，便不辞而别，跟着金褥子私奔了。金褥子拐走了谷秸的典型，哪里还敢跟谷秸见面？

女房东心甘情愿跟随金褥子到鱼菱村来，是因为金褥子应许给她找个称心如意的男人。

这个男人便是鱼菱村旱船班子领作的，一个年过四十还没有娶妻，整天在娘儿们堆里出来进去的家伙。他家的祖产，不够个地主也够富农；传到他手里，几年花个寸草不剩，"土改"竟被划为贫农，可算是歪打正着。他分得两间房四亩地，自己却不耕种，租给了高留住，秋后对半分粮。平时，他挑着货郎担，摇着拨浪鼓，专卖女人的脂粉、针

326

线、花袜、洋胰子，也是赔本赚吆喝。他最上心的是跑旱船，出风头。走起会来，他像狂蜂浪蝶满场飞，不少轻浮娘儿们为了看他，眼珠瞪出眼眶子，不住手揉眼睛才没掉下来。

旱船班子十几名演员，有男无女；领作的男扮女装，演的是驾船摇橹的船娘。我是领作亲传弟子，扮演拉船的纤女——纤女共有四人，我是其中之一。有人考证，旱船虽是地上行舟，却是扮演隋炀帝乘龙舟、下运河、游扬州的故事。

鱼菱村跑旱船，全年两起。一回是正月新春到关帝庙进香，一回是挂锄时节到河边祭河神。

领作的跟女房东相见恨晚。"孤王酒醉桃花宫……"领作的沉溺酒色，忘了安排旱船班子准时登场。

我趁机篡位，挂头牌挑班。男的演男的，女的演女的；我的这项改良虽然算不上出奇制胜，却也在运河滩引起轰动。

金裤子起带头作用，抛头露面扮演船娘；我从京剧雉尾小生身上偷艺，扮演调戏船娘的花花公子。

胭脂红粉上了脸，簪钗珠翠上了头，彩衣彩裤上了身，金裤子摇身一变换了个人，鱼菱村男女老少都说她像黄花妃子投胎转世。不但我目瞪口呆，连高留住都直了眼。

锣鼓一响上了场，金裤子就像跳大神的被黄鼠狼附了体，手舞足蹈，眉飞眼动，虽没有领作的真功夫，满身的花活儿却逗弄得观众一声接一声喊好，黄口小儿都喊哑了嗓子。我跟她配戏，也不甘示弱，一会儿使出三姓家奴吕布的身段，一会儿是顾曲周郎的儒雅，一会儿又是马前先锋罗成的雄姿勃勃，跟金裤子争个高低，分个上下。气得站在人前背后偷看的高留住，脸色一阵紫一阵青，身上出汗散发着腌酸菜气味。

忽然，金褥子好像中了暑，又像被寒霜打蔫；慌手忙脚，目光散乱，三魂出窍走了神儿。我急忙一挥手中泥金扇，命令文武场停锣煞鼓。金褥子扔下旱船，没有卸妆就奔家跑。

我收拾了残局，才离开旱船班子。

出村走在到黄花闺女池塘的小路上，冷不防从路边的柳丛中跳出了高留住，吓得我一连倒退几步。

"兄弟，救我！……"他哭眉泪眼，满面愁容。

我只当他看金褥子跑旱船走红，打翻了醋缸，便铁青起脸，怒喝道："你想扯褥子大姐的后腿吗？"

"本主儿来了，本主儿来啦！"高留住双手抱头蹲在地上，"谷秸……找我报夺妻之仇，我不敢见他，有家难回。"

我扔下高留住，跑到黄花闺女池塘，只见身穿军管会粗布制服的谷秸，在他家的废墟四外转来转去。

"大哥！"我一步三跳扑过去。

"兄弟！"谷秸张开双臂迎上来，"我就是为了跟你见个面，才磨蹭着没走。"

"那就多住几天。"

"我回村是因公出差找个人，不是休假。"

"找谁？金褥子……"

"女房东。"

"你反倒挂念这个烟鬼？"

"她是我管辖的游民收容所学员，我应该亲眼看到她有个好下场，才放心。"

"你怎么知道她嫁到鱼菱村？"

"昨天我收到她托人写的一封信。"

"见着金褥子了吗？"

"我刚才一直看她跑旱船，鱼菱村的水土把她养得比过去更好看了。"

"怪不得她忽然慌神走板哩！原来是看见了你，跟你对了眼。"

"城里见！"谷秸转身推车，"明天上午还有个会。"

我抓住车把，说："你得见一见金褥子，叙一叙旧，才不枉久别重逢一场。"

"对了眼还不算见过吗？何必多此一举。"他凄然一笑，"不要惹得金褥子心酸，更不要搅得高留住心烦。"

我听他说得占理，相约等我过完暑假，到北京再见，便撒手放行。

他骑上车走出不远，突然，紧急刹车，翻身落地。我追过去一看，才知道是女房东横躺路面，挡住了自行车的前轱辘。

6

过多少年我都忘不了金褥子家那顿酒饭。

金褥子杀了一只鸡，炸了一锅油豆腐，从篱笆上摘下一篮豆角，从小菜园又摘来顶花的黄瓜。手艺高明的女房东上灶掌勺，炒了一桌子菜；饭桌摆放在炕面，当中一锡壶酒。

"刘大公子，咱们走吧！"女房东朝我挤眉弄眼努嘴儿，见我一点不识相，便动手扯我的胳臂。

"他不能走！"谷秸慌忙抓住我的膀子。

谷秸前来赴宴就有言在先，叫我陪王伴驾不离左右。

金褥子也只得留下女房东，说："没有您陪客，不咸不淡没滋味儿。"

女房东嘴馋而又好酒贪杯，金褥子开口挽留她，她正得就坡下驴。金褥子给她满上一盅又一盅，她嗞溜一口酒吧嗒一口菜，半锡壶酒入肚便溜了桌。金褥子把她像一袋麦子扛走。

金褥子扛着女房东出去，谷秸忙咬我的耳朵，说："看见了吧？你可要少饮。"

我恍然大悟，说："她是想把碍眼的人都灌醉，淘干了水塘捉的是你。"

金褥子去而复返。在金褥子死说活劝下，我虽然步步设防，也被迫喝了三盅。三分酒醉七分做戏，我歪倒在墙角落；虽然睁不开眼皮，耳朵却没有失聪。

"谷秸，你有家眷了吧？"金褥子给谷秸的碗里夹了一条鸡大腿，颤声问道。

"匈奴未灭，何以家为？"谷秸当了几年八路，仍然书生气十足，"现在国家百废待举，还顾不上个人小事。"

金褥子哭了，说："你等着我，我没等着你，骂我水性杨花吧！"

"男大当婚，女大当嫁，我不怪你。"谷秸心平气和，"民主政府有规定，已婚夫妻三年音讯皆无，也可以男婚女嫁悉听尊便。"

"我忘不了你过去待我的情意。"

"那是才子佳人旧思想，不必看重。"

"我跟高留住睡在一条炕上，心里想着的是你。"

"多谢！今后可不要一心二用了。"

"好个酒色不沾的大侄子！"窗外，女房东的新郎，旱船班子领作的，高声叫好，"正牌八路，十分成色，一点不缺斤短两。"

他推门走进来，身后跟随着高留住；两人在窗根下偷听多时了。

吃过酒饭，谷秸看了一下手表，已经深夜十二点；他要连夜赶回城里，明天早八点的大会才不会迟到。

女房东已被领作的背走，谷秸叮咛金褥子道："新社会将鬼变成人，女房东就是一例，有劳你替我在她身上操心了。"

金褥子含泪点着头，说："有我吃的，她就饿不着，你把心放进肚子里！"

当着高留住的面，谷秸又说："你们两口子，要举案齐眉，相敬如宾。"

"走你的吧！你就甭牵挂我了。"金褥子强忍着泪水，把谷秸推出门外，"难得有谁活上三万六千天，合眼就是一辈子。"

我送谷秸到桥头，他推着自行车一步一回头，恋恋不舍。我早已犯困，催他上路，他猛踩一脚，飞身上车，头也不回而去。

一去三十几年没有重返鱼菱村，其中二十二年是因为划了右，无颜见鱼菱村父老，更没脸再见金褥子。金褥子后来又连生三子，生一胎脸上多几道皱纹；日子又过得锅里缺米灶下少柴，三十老得像四十，四十老得像半百，进城怕被人当成叫花子，想到城圈儿里看看就犯怵。这几年过上好日子，承包了黄花闺女池塘，又忙得分不开身。做梦也只是旧景重现，而且一年比一年少。一个走不出城圈儿，一个离不开京门脸子，竟三十几年难相见。

谷秸已是花甲之年，打报告离休，当即照准。离休干部有的学书画，但是他的字写得能将颜、柳、欧、苏化为一体，作画能将花猫放大变成虎，一只葫芦破成两个瓢；上不上下不下，老年大学不收他。离休干部也有的练气功，他偏跟气功格格不入，像榆木疙瘩不导电。想跟我学写乡土小说，这两年进口货和仿洋牌吃香，土特产行情大跌，他又不愿做无效劳动。

恰巧，有人送我一套上等渔具，我便借花献佛转赠给他。

京郊有很多养鱼池，不少养鱼池被辟为官钓塘，专供有权势的高官假日垂钓。于是，以鱼为诱饵，换来紧俏物资供应的批件；所以，官钓塘又名钓官塘。谷秸没有权势，也不够级别，官钓塘哪有他的席位？只能扛着鱼竿寻寻觅觅，找个窑坑水洼子坐下来，钓几条草生儿，聊胜于无，自我安慰而已。

高不成低不就，谷秸想起了黄花闺女池塘；可不知道黄花闺女池塘已被金褥子承包，养鱼种藕放鸭子。他骑着那辆三十年一贯制的自行车，吱咯乱响，星夜动身，到北运河边，太阳还没有拱嘴儿。

肚子饿了。大桥头公路边，有个小饭铺亮着灯。

叫开了门，开饭铺的是老两口子；男的跑堂，女的掌灶。

一碗绿豆稀饭，两个细箩白面馒头，一盘凉拌黄瓜，一盘热炒鸡蛋，一碟卤煮花生，一碟香油臭豆腐。吃完一算账，没零没整儿二十元！谷秸出门，身上从不带着十元以上现金，以免被扒手偷走而感到肉疼。但是，不交足饭钱脱不了身，他只得把手表押给掌柜的。

一传一递之间，他认出了老头儿是旱船班子领作的，老太太正是女房东。他没有点破，走出饭铺不免一阵凄凉。处处向钱看，难道乡情也变得薄如纸？

谷秸跟金褥子在黄花闺女池塘的见面，他一直守口如瓶，详情细节我都不得而知。不过，从此他每个星期跑一趟鱼菱村，每趟都满载而归，带回一网兜子草鱼、青鱼、鲇鱼、白鲢子，打电话叫我到他家吃全鱼席。有时他一不留神走了嘴，三言两语藏头露尾；我虽不敏，也猜出这些美味来自何处了。

这一天我又到他家吃鱼，穿堂过室如入无人之境。来到桌旁坐定，挽起袖口刚要动箸，谷秸劈手把我的筷子抢走，黑沉着脸子欲言又止，一副心烦意乱景象。

"插足了，是不是？"我低声嬉笑着问道。

"本人早已不惑知命，没有这个雅兴了。"谷秸鬼鬼祟祟，颇像做贼心虚，"兄弟，你台面大，眼皮子杂，能帮我买三千米平价铁蒺藜网吗？"

"想当官倒呀？"

"为了投桃报李。"

"此话怎讲？"

"我不能白拿金褥子的鱼！"谷秸一拍桌子，紫了脸红了眼，大嚷大叫，"你也不能白吃我的鱼！"

金褥子想买铁蒺藜网，是要把黄花闺女池塘圈起来，成为铁打江山自家天下。

谷秸拿人家手软，我吃人家嘴短，敢不俯首帖耳，供人驱使？

金褥子，真有你的！你不但放长线钓大鱼，而且一箭双雕，一石二鸟，一条线拴俩蚂蚱。

一九九〇年四月至五月蝈笼斋

原载一九九〇年七月至八月合刊《人民文学》

图书在版编目 (CIP) 数据

黄花闺女池塘 / 刘绍棠著. —— 北京 : 北京十月文
艺出版社，2018.5
　（刘绍棠文集）
　ISBN 978-7-5302-1774-0

　Ⅰ．①黄… Ⅱ．①刘… Ⅲ．①中篇小说—小说集—中
国—当代 Ⅳ．① I247.5

　中国版本图书馆 CIP 数据核字 (2017) 第 321747 号

黄花闺女池塘
HUANGHUA GUINÜ CHITANG
刘绍棠　著

出　　版　北京出版集团公司
　　　　　北京十月文艺出版社
地　　址　北京北三环中路 6 号
邮　　编　100120
网　　址　www.bph.com.cn
发　　行　新经典发行有限公司
　　　　　电话（010）68423599
经　　销　新华书店
印　　刷　固安县铭成印刷有限公司
版　　次　2018 年 5 月第 1 版
　　　　　2018 年 5 月第 1 次印刷
开　　本　880 毫米 ×1230 毫米 1/32
印　　张　10.75
字　　数　245 千字
书　　号　ISBN 978-7-5302-1774-0
定　　价　35.00 元
质量监督电话　010-58572393
如有印装质量问题，由本社负责调换。